スティーヴ・マルティニ／著
白石朗／訳

策謀の法廷（上）
Double Tap

扶桑社ミステリー
1245

スティーヴ・マルティニ/著
白石朗/訳

策謀の法廷(上)

Double Tap

扶桑社ミステリー
1245

DOUBLE TAP (Vol.1)
By Steve Martini

イーヴォの思い出に。

これこそが巨獣リヴァイアサンの誕生であり……わたしたちは平和と防衛とをこの巨獣に負うている。そして、コモンウェルス内の個人すべてが与えた前述の権威をよりどころとして、巨獣はみずからに授与された強大な権力と武力を行使できるようになり、それゆえにそこからもたらされる恐怖を利用して――自国内の平和、および国外の敵にあたるための国民の相互援助という目標のもとで――全国民の意思を形作れるようになるのだ。

――トマス・ホッブズ『リヴァイアサン』（一六五一）

策謀の法廷（上）

登場人物

ポール・マドリアニ ―――――――弁護士

ハリー・ハインズ ――――――――弁護士。マドリアニのパートナー

エミリアーノ・ルイス ―――――――元陸軍軍曹。チャプマンのボディ・ガード

マデリン・チャプマン ――――――アイソテニックス社最高経営責任者

ヴィクター・ハヴリッツ ―――――同社副社長

ハロルド・クレップ ――――――――同社研究開発部門臨時責任者

ウェイン・シムズ ―――――――――同社顧問弁護士

カレン・ローガン ―――――――――チャプマンの個人秘書

ジェラルド・サッツ ―――――――元陸軍大将

マックス・ルーファス ――――――カー&ルーファス社経営者

ネイサン・クワン ―――――――――州議会議員

ジェイムズ・カプロスキー ――――プログラマ

ラリー・テンプルトン ――――――検事

サミュエル・ギルクレスト ――――判事

イーヴォ ―――――――――――――マドリアニの叔父

プロローグ

　男がレンタカーのシボレーを海岸ぞいの道に走らせるころには、すでに海からの霧が路面を覆いはじめていた。目あての邸宅は、海岸に通じている公共階段の手前では最後の個人所有の不動産で、宝石のように目立っていた。壁材はチョコレートを思わせる茶色で、窓枠などの縁は白く、天然石を積みあげた煙突を頂点として、田舎屋敷風の切妻屋根が全方向に広がっていた。

　運転をつづけながらミラーに目をむけると、屋敷の裏手にある砂岩の岩棚と、いまは一部が潮の流れに覆われている海岸がちらりと見えた。白い泡の浮いた波が砂浜を洗っている。あと数時間もすれば満潮になって、いま残っている砂浜もすべて水中に沈み、波が砂岩に叩きつけて、屋敷裏手のパティオを守っている防潮壁に波しぶきをかけることになるのだろう。

　あたり一帯の住宅街は、もっぱら高級なアパートメントや、太平洋をのぞむ小規模でスタイリッシュなコンドミニアムに占拠されていた。オーシャンフロントの土地価格が高騰し、いまでは個人が一軒家をかまえるのは無理になっているからだ。海岸ぞいにある個人居住の家屋は、ささやかな公共ビーチに通じている道の突きあたりにある二軒の大邸宅だけになっていた。

男はすでにこの界隈《かいわい》の地理や住民たちの日々の習慣に通じていたし、犬の散歩に出てくる住民の顔も、ビーチに出るサーファーの顔も知りつくしていた。

屋敷そのものは、見た目から想像されるよりも大きかった。道路と隔てる両びらき式の鉄のゲートのさらに奥にある屋敷や道路側のファサードでは、小さめのこけら板を壁材につかい、さらに小さな屋根窓のある切妻を配することで、実際よりも建物を小さく見せていた。正面からは一階と屋根裏があるようにしか見えないが、海側から見れば立派な二階建てだということがわかった。二階には、大海原の景色を最大限に楽しめる大きな窓がならんでいた。そこから十メートルばかり奥には、石材とコンクリートでつくられた、二階の高さまではない防潮壁がある。防潮壁には上がアーチ状の木の扉がふたつある。扉は紺碧《こんぺき》の太平洋を一望できる一段高くなったパティオに通じていた。

屋敷には防犯用のセキュリティシステムがそなわっていたが、居住者が長期にわたって旅行に出る機会でもないかぎり、利用されたことはなかった。

男は二度めにブロックをまわりながら、駐車を制限するたぐいの標識がないかと目を凝らした。見あたらなかった。なにをおいても避けたいのは駐車違反で切符を切られて、自分がこの界隈にいたことが書類に記録として残ってしまう事態だった。警官はかならず、その手の記録を調べるものだ――近所に、ふだんは見なれない車が駐《と》められていなかったかどうかを。ひとたび車のナンバーがわかれば、警官はそこからレンタカー会社を割りだし、さらには男の名前に行きつく。自分の車をつかわなかった理由もそこにある。ナンバープレートから、あまりにもあっさりと身元を割りだされるからだ。

男は二ブロック北に車をとめて、後部座席から薄手のキャンバス地のジャケットをつかみあげ、ドアロックをすませてから、海岸の屋敷にむかって歩いて引き返しはじめた。いかにも海の景色に見とれているかのようなそぶりで、階段近くの歩道で足をとめ、ついでにジャケットに袖を通すと、高いカラーを立てて首と横顔を隠した。

下方には、入江と小さな公共ビーチが見えた。この角度から南に目をむけると、二軒の屋敷の裏手にある砂岩の岩棚までがよく見とおせた。見えた範囲では、人っこひとりいなかった。防犯カメラについては確認ずみだった。防犯カメラは危険要素だ。最新機種のなかには指貫ほどにも小型の品があり、どこをさがせばいいかを知らないかぎりは見つけにくい。しかもワイヤレスなので、ケーブルなどの設備を必要としていなかった。警備会社の人間があらわれて、屋敷側面の壁板のあいだに小型カメラを設置していたとしても、まったく気づかないこともありうる。正面玄関のポーチの上にカメラが一台あることは知っていたが、家の裏手には男が知るかぎりカメラはなかった。男の目が最後にもういちどだけ、電話線用の電柱をさがして視線を走らせた。ウォーターフロントに位置するこの地区では、その手の設備はみな地下に埋められているらしい。約百メートルおきに街灯があるにはあったが、ここでは道路を照らすための珍しくもないナトリウムライト以外、なにも備えつけられていなかった。ラホヤの街頭なら警察の防犯カメラがあるだろうが、ダウンタウンにかぎった話であり、この地区が見のがされていることには確信があった。

男はビーチに通じている階段を半分まで降りると、岩棚と階段を仕切っている低いコンクリートの縁石をまたぎ越えて、岩の上をさりげなく歩きはじめた。海から吹き寄せるそよ風が、男のジャケットをふくらませた。しかしカラーを立てたのは、風を防ぐためではない。たまたま都合のわるいタイミングで窓の前を通りかかった住人が偶然むけてきた視線から——あるいは道路から車のドアが閉まる音がするたびに、ベネチアンブラインドを指で曲げて外をのぞき見るしか能がない老いぼれ、住宅街監視団の団長気どりの手あいの穿鑿《せんさく》がましい目から——横顔を隠すためだった。

そこに立って屋敷の裏手のようすを目でさぐっていると、硬い靴底がコンクリートを打つ音が近づいてくるのがきこえた。片目の隅に、白いボート用のスラックスに青いブレザー姿の老紳士がちらりと見えた。麦わら帽子と杖も見えたように思ったが、その点はさだかではなかった。だれであれその人物は、いま男よりもわずかに高い位置にある歩道をかなりの早足で歩いていた。

キャンバス地のジャケットを着た男はふりかえりもせず、見あげることもしなかった。何年もの経験から、アイコンタクトを避けることは体に叩きこまれている。人間の知覚能力は、目がなにかを見ても対象が動いていなければ、記憶を司《つかさど》る脳細胞にその情報を入力しない傾向がある。だから人間でもじっと動かずにいると、岩や花のおわった灌木《かんぼく》とおなじく動かない物体、感知する訓練をうけていなければ記憶できないものになる。男は偵察監視任務の経験もあり、それなりに危険な場所への潜入でも場数を踏んでおり、そのことを身をもって知るまでになっていた。いま男の存在をわずかでも察しとって記憶にとどめられるのは、男とおなじようなその道のプロだけのはずだ。

男が歩道に背をむけて海にむかって立ったまま微動だにせずにいると、やがて足音は充分に遠くまで去っていった。ついで、ちらりと左を見やる。足音の主の老人はそのまま道を歩いていってカーブをまわりこみ、ようやく姿を消した。

男は深々と息を吸いこみ、吐きだした。もし先ほどの老人が足をとめて時間をたずねてきたり、あるいはただ階段を降りてビーチに行く途中、ちらりとでも男のほうに視線をむけてきたりしていたら、それだけですべてが水泡に帰すところだった。危ない橋をわたるわけにはいかない。そうなっていたらこの場を撤退し、これまで二週間かけた入念な計画はすべてどぶに捨て、すべてを一からやりなおさなくてはならないところだった。女が行動を起こしはじめるまで、どのくらいの時間が残っているのかは定かではない。女は多忙の身であり、オフィスでは百万もの計画が進行している。女の集中が削《そ》がれるかもしれない。しかし一方では、あしたにもその関係書類をデスクから抜きとって、仕事にかかるかもしれない。男は仕事をはじめる前から、ある種の安全パラメーターをきっちり組みこんでいた。あれほど多くの人間がつかまった理由はここにある。つかまった人間は注意不足だったのだ。

　海を見ていると、鼓動が高鳴ってきた。二百メートル弱沖合では半ダースほどのサーファーがボードにまたがって、打ち寄せてくる波の頂点を乗り越え、波間にくだっていく。これだけ距離があれば、サーファーたちがこちらの顔だちを見わけたり、屋敷裏手をひとりで歩く人影をはっきり見てとったりするはずはない。ビーチは海水浴を楽しむ者には人気がなかった。波が荒すぎるからだ。こんなところで泳いだりしたら、寄せてくる波にさらわれて、海岸ぞいに鋭い岩棚を形成してる硬い砂岩に叩きつけられてしまうのが関の山だ。

　日没間近の光は、影と靄《もや》のはざま、目に見えるあの幽冥《ゆうめい》の世界の域に達していた。

まもなく街灯がともりだすはずだ。男はさりげなく岩の上を歩きつつ、その途中で岩の裂け目を躍り越えた。裂け目の下では泡立つ波が、下に見えるビーチの低い部分に海草を叩きつけていた。男はごつごつとした岩の上を、スラックスのポケットに手を入れたまま歩いていたが、それも砕け波のしぶきが岩を濡らして、滑りやすくなっているところに来るまでだった。ついで男はゆっくりと、海に背をむけた。石づくりの防潮壁をちらりと見あげる。いちばん上には白い杭垣があり、杭垣の先にはそそり立つような茶色い壁と大きな窓が見えていた。

屋敷は見たところ無人のようだった。住みこみの警備員はいない——男はそれを事実として知っていた。おあつらえむきだった。

ひとつだけ残っていた課題は、メイドを厄介払いする方法を考えだすことだった——男はそれにも首尾よく成功していた。ある日の午後早い時間に、家の所有者がオフィスに出ていて留守になっていることを知ったうえで、男は屋敷に電話をかけた。その時間、屋敷にいるのはメイドひとりだとわかっていた。男はまず偽名を名乗ってから、自分はアイソテニックス社の警備保安スタッフだ、と話した。すでに当社が住居に警備員を派遣していない関係上、住居で働いている者と住居の鍵を所有している者について、すべての情報をあつめておくように命令されて電話をかけている——男はそう説明したのち、一連の質問を発していった。職歴や以前の勤務先についてたずね、どこで生まれたのかをたずね、さらにこの屋敷で働く前の直近五年について、その期間に住んだところや働いたところなどを詳細にききだしていった。そのあいだ哀れな女は質問のかなりの部分でつまずき、口ごもり、曖昧《あいまい》な返事をしていた。このあやふやな返答ぶりから、メイドがこの種の質問の大多数に——少なくとも正直には——答えられない境遇にあるということが明らかになってきた。

やがて男は、〝とどめの一撃《クー・ド・グラース》〟を繰りだした。セキュリティチェックをするために一応記録しておきたいと前置きしたうえで、メイドに社会保障番号と出生地をたずねたのである。電話の反対側の沈黙からは正確に事実を見ぬけなかったが、それでも男はメイドが恐怖にふるえあがって、いまにも倒れそうになっているはずだと見当をつけていた——いまの質問への答えを政府のコンピュータに照会すれば、自分は不法滞在者だという事実が明らかになるとわかっているからだ。カリフォルニア南部の高級住宅街のどこであれ、十軒ばかりの豪邸のドアをノックしてメイドが応答に出たら、メイドが英語を——訛《なまり》があるとすれば南部訛の英語を——話す確率こそ高いが、ジョージア州で身についた訛であることはまずない。

その二日後、マデリン・チャプマン邸にいたメキシコ人メイドはわずかな所持品を小さなスーツケースに詰めこむだけ詰めこんで、姿を消した。最後の給金の小切手を要求する手間さえ省いていた。代わって大手の家事代行サーヴィス会社から派遣されてきたスタッフがメイドになった。このメイドは通常の時間帯勤務、午後四時半には仕事をおえて屋敷を出る。きょう監視していた男は、メイドが正面玄関から出てきて鍵をデッドボルト式の錠前にさしこんでまわし、外からしっかりとドアに施錠していた場面を目にしていた。

男はふりかえり、ふたたび海に視線をむけた。サーファーたちは、こちらには目もくれていなかった。彼らはひたすら、背後の海でつぎつぎと盛りあがっては波頭を白くしながら打ち寄せてくる波に注意をむけているばかりだった。

男はジャケットのポケットに手を入れると、茶色い革の運転用手袋をとりだし、歩きながら両手にはめた。となりあう二軒の建物の窓をすばやく見あげる。左の屋敷の窓はすべてまっ暗だった。右側の大きなアパートメントの建物は、海岸にいちばん近い低層階から上にいくにしたがって階段状にひっこんでいくつくりであり、外側の輪郭もビーチのつくる自然のカーブに沿っていた。それゆえ十歩も先に進めば、上のほうの階の住民が窓から外を見ても、男の姿はまったく見えなくなった。

それから数秒のうちに、男は防潮壁そのものと、パティオに通じている木の扉の片方で姿を隠せる場所にたどりついていた。扉そのものは頑丈な材木で、内側から掛け金がかけてあった。男はスイスアーミーナイフの薄いナイフの刃をドアと枠のあいだにさしこんで、掛け金をもちあげた。三秒後、男は内側にはいりこんで、木の扉を閉めていた。

裏口の扉の鍵をあけるためにピッキング用具ももってきてはいたが、できればつかいたくなかった。つかえば引っかき傷が残る。その工具に特有の痕跡だ。そういった証拠は、ひとつも残したくない。目あてのものを男が見つけだすまでには、一分とかからなかった――掛け金のかかっていない一階の窓である。地域住民たちの多くに警戒心が欠如していることからもわかるように、この住宅街は犯罪発生率が決して高くはなかった。

それから数分のうちに男は網戸をはずし、窓の下半分を押しあげ、するりと屋内に忍びこんでいた。窓は元どおりに閉めたが、網戸は外の小さな灌木に立てかけたままにした。まだ外からはあたりを見てとるには充分な光が射しいっているため、ポケットのペンライトをつかう必要はなかった。はいりこんだのは、一階にある来客用の寝室だった。ひとつの壁の隅、それも天井に近いあたりに小型のプラスティックの球体があった。特大サイズの卵を壁に押しつけて片側をひらたく潰したようにも見える。部屋にむかって丸く突きだしている側は一部が凹んでいた――白いまま彎曲《わんきょく》して凹んでいる部分のさしわたしは二センチ半ほどで、それが室内にむけられていた。動体センサーだ。男はセンサーの窪みのすぐ下にある小さなライトに目を貼りつかせたまま、じっと凍りついたように動かず、頭のなかで三十まで数えた。三十まで数えおわっても、ライトがまたたくことはなかった。システムはオフになっているのだ。

男は深々と息を吸いこむと、部屋を見てまわりはじめた。ドアは三つ。片方はクロゼットに、もうひとつはバスルームに通じている。後者のドアはあいていた。バスルームにある猫足のバスタブが見えた。

男は三つめの閉じているドアの前に移動すると、木の扉に耳を押しあてて、しばし耳をそばだてた。ついでノブをまわしてドアをあけ、わずかな隙間をつくって玄関ホールをのぞく。同時に二階の物音にも耳をそばだてた——床板の軋《きし》み、足音、それにテレビの音。しかし、背後の壁の高い場所にあるエアコンの吹出口から流れでる空気の、ごくかすかな高音しかきこえてこなかった。

男は靴を脱いで片手にもつと、足音を忍ばせて廊下に出ていった。靴下の足でタイルの床をまったく音をたてずに歩いていき、ふたつの閉まったドアの前を通りすぎて、キッチンに足を踏みいれた。

キッチンは、まるで宇宙船の船室のようだった。曲線を描くステンレススチールの調理器具類、冷蔵庫に冷凍庫、ぴかぴか輝く銅のフードが備わった業務用のレンジ台。男は前を通りがてら、手袋をはめた指をガスレンジの正面に記されたメーカー名の上にそっと滑らせた。そこには《モーリス》とあった。

短い廊下を歩いていくと食品庫があり、その先は車が三台はいるガレージになっていた。とはいえ、駐めてあるのは一台だけ。メルセデスの最新モデルだった。

男はまた屋敷のなかに引き返した。ほかの方向に足をむけると、居間と広々とした正式なダイニングルームがあった。やはりスペースをたっぷりとった楕円形の玄関ホールには、精妙な彫刻がほどこされた黒っぽい硬木づくりの丸テーブルが置いてあった。アフリカか南アメリカの原始のまま残っている熱帯雨林から運ばれてきた材木だろう。テーブルにはぶあついガラスのプレートが置かれていた。透明なガラスのなめらかな表面には、指紋ひとつ、汚れひとつなかった。入口に近い壁のそばから、階段がカーブを描いて二階に伸びていた。階段の下に、カーブに沿って弧を描くようにディスプレイケースがならんでいた。どのケースのガラスの扉にもシリンダー錠がある——公立の博物館が、きわめて貴重な収蔵品を展示しているケースにも似ていた。ここにしまってある品も、同様に高価なのだろう。ケース内の棚は床から階段の裏側にいたるまで、ガラス工芸品で埋めつくされていた。ケースと棚はいかにもつくりつけのようだが、あとから追加で設置された雰囲気もあった——建築家の当初の設計にはなく、所有者の利便性を考慮してつけくわえられたようだったのだ。

男は階段の降り口あたりのカーペットの床に、手にしていた靴を置いた。二階に硬木づくりの床やタイルの床があるかどうかはわからなかったし、屋敷が本当に無人だと確認しないうちは、物音をたてないことが望ましい。

玄関ホールを横切るときには、男は注意して家の外にある防犯カメラに姿を撮影されないようにした。カメラは正面玄関前のポーチの天井にとりつけてあって、レンズは両びらきの正面玄関をむいている。その左右のドアの上部に、扇形の窓があった。

男はドアにぴったりと身を貼りつかせ、わずかに身をかがめて窓よりも低い位置をたもちながら玄関ホールを横切り、反対側の入口から身を滑りこませた。この部屋もまた娯楽のためのスペースで、会話のためのソファやテーブルがあり、煖炉《だんろ》がそなわっていた。またここにも、テーブルの上や専用の飾り棚などにガラスの工芸品が飾られていた。その先には、さらに広い部屋があった。二面の壁に鏡がすえつけてあった。部屋には、トレーニングマシンがところ狭しとならんでいた。エアロバイクが二台、トレッドミル、ウェイトマシン、二種類のエリプティカルトレーナー、ステップマシン、それに全身の筋肉群を鍛えられるマルチステーション。スポーツクラブでしか見たことのない機器ばかりだ。鏡には、電話番号とプロのトレーナーの氏名が書いてある名刺がテープで貼りつけてあった。男は不安を感じはじめた。これは、まったく予想もしていなかった新たな要素だ。これ以外にどのような変更の手がくわえられているのだろうか？　もしここの所有者なり、最近雇われた手伝いなりの手で二階の抽出《ひきだし》がすっかり調べられ、中身がきれいさっぱり片づけられてしまっていたら？

男は腕時計を確かめると、すばやくまた玄関ホールに引き返した。なにかが男の注意を引いた——ガレージからの物音だ。電気モーターの〝ぶうん〟という音だった。心臓がずきんと一拍跳ねた。ガレージのシャッターがあがっているのではないか？男は耳をそばだてつつ部屋に視線をめぐらせ、いちばん近い空調の通気孔をさがした。ふたたび風のたてる高い音。音はさらにつづいた。男は頭のなかで二十まで数えた。音はやまなかった。そう、これは強制空調システムのモーター音だ。

男は深々と息を吸いこむと、カーブしている階段を一度に二段ずつあがって二階に急いだ。階段をあがりきったところには三メートル四方ほどの空間がとられて、左右両側には専用にスポットライトをあてられた大きな展示ケースが置いてあった。ここにもガラス工芸品が展示されていた。色と形を見れば、それが実用を目的として制作された品ではないことはすぐにわかった。

なにかがきこえたような気がして、男はバルコニーから正面玄関ホールと、そこにある大きな黒いテーブルに目を走らせた。さらに一秒ほど耳をすます。いま男は極端に神経質になっていた。そのせいで、ありもしない物音がきこえた。階段のあがり口の床は、毛足の長いウールのパイル地がつくる海になっていた——あがり口から左右に伸びている幅広の廊下の床にも、おなじものが敷きつめてあった。

男がむかったのは、左側廊下の突きあたりにある大きな客間だった。部屋の前にたどりつくと、つかのま足をとめ、閉まったドアの向こう側に耳をすましてから、静かにドアをあけた。大きな煖炉があった。マントルピースの上には飾りをほどこされた凸面鏡が飾られており、そこに部屋全体の光景や、几帳面にととのえられた羽根ぶとんのあるキングサイズのベッドとそのベッドスカート、厚手の綴織《つづれおり》でできているベッドカバーなどが、魚眼レンズで見ているように映りこんでいた。部屋には独立したバスルームが付随していた。ひらいたドアからも、そして外に面している窓からも光が流れこんでいた。

男は部屋に踏みこんでドアを閉めた。広々とした部屋は、どこもすっきりとした直線と暗い色調という男性的なタッチで統一されていた。

部屋の反対側にある大きなドレッサーに近づき、上から二番めの抽出をあけ、手袋をした右手で厚手のキルトの毛布の下をさぐる。やがてその手が、硬くて重い品をとらえた。その物体の把手を握り、かさばる布地の下から引きだす。約二十センチ四方の砂漠迷彩模様のキャンバスバッグで、三方がジッパーで開閉できるようになっていた。

男は抽出を閉めるとバッグをドレッサーの上に置き、ジッパーをひらいて、その重みを確かめることもしないまま、上蓋をはねあげた。青い金属がちらりと見えたのもつかのま、磨きぬかれた木の表面にあたって音をたて、さらにドレッサーの奥の壁にあたって跳ねかえり、そのまま床のカーペットの上に落ちて鈍い音をたてた。

男はその場に凍りついたように立ちつくして、ひゅっと空気を吸いこんだまま、ドレッサーの上面とそのうしろの傷がついた壁をただ呆けたように見つめていた。

男はそれから永遠とも思えるあいだ、屋内で人の動きを示す物音がしないかと耳をそばだてたまま、ただ待っていた。汗がひたいや鼻梁《びりよう》をつたい落ちていく。汗に右目を焼かれながら、男は頭脳内の聴覚神経を総動員して屋内のいちばん遠いところにまで探りを入れ、不安の音波をソナーのように発し、跳ねかえってくる物音がないかとひたすら耳をすました。

なにもきこえない！　室内にそなわっているルーバーのついた通気孔からきこえていた、あの空調だとわかる高い音さえ、いまは途切れているようだった。

ようやく男は動きはじめた。身をかがめて、弾薬が装塡されているマガジンを床から拾いあげる。拳銃ケースの上蓋に二個収納されていたマガジンの片方が落ちたのである。装塡ずみのマガジンは五百グラム近い重さがあった。

男はひらいた片手の手のひらにマガジンをぴしゃりと叩きつけ、装塡ずみの弾薬をマガジン後方に正しくそろえた。ついで、注意をドレッサーに載せたバッグにもどす。幅の広いマジックテープで底面にきっちりと固定されていたのは、がっしりとしたつくりの青光りする金属のセミオートマティックの拳銃だった。

スライド側面には、アメリカ合衆国特殊作戦軍を示す《ＵＳＳＯＣＯＭ》の刻印があった。ドイツのヘッケラー&コッホ製の銃で、このモデルには四五口径のオートマティックしか存在しない。

男は、万一必要になった場合にそなえて、六発のばらの弾薬をジャケットのポケットに忍ばせてきていた。街の商店で購入した、ありふれた品だ。出所をたどることは事実上不可能。しかし結局キャンバスバッグ内にフル装塡されたマガジンがふたつあったこともあって、持参してきた弾薬をあえてつかう必要はなかった。

さらにバッグ内には、黒っぽい金属のチューブもあった。

男はマジックテープのタブを引き、慎重な手つきで拳銃をとりあげた。特別に精度を高めたつくりで、銃口はねじが切ってある。バレルブッシングは特注品、調節可能な引金、精密スプリング、そして同様にバッグにはいっていた特殊照準器をとりつけるためのレールスライド、さらにはクロームめっきをほどこした銃身——その一切合財は、小型のバックパックに収納できる。

男は銃の照準器をレールに滑りこませて所定の位置に落ち着かせると、バッグにはいっていた小型のアレンレンチでねじを締めてしっかりと固定した。つぎに剝きだしの銃口にサイレンサーを装着し、床に落ちたマガジンをいま一度点検した。

そのときになって、いちばん上に見えている弾薬の先端の形状と色がおかしいことに気がついた。鉛でも銅でもなく、なにか別の材質だった。最初は爪で、ついてアレンレンチの角ばった部分でひっかいてみたが、どちらでも傷痕ひとつつけられなかった。レール式照準器とサイレンサーを装着した高性能拳銃。ついで男は本能的にハイテク時代の銃弾がどのようなもので、なにを目的として設計されたのかを卒然として悟った。自分が警官への置き土産として難問を残すことにひとりほくそ笑みつつ、男はいちばん上の弾薬をマガジンから出し、代わってポケットに入れてきたばらの弾薬をひとつとりだすと、先端が鉛になっているソフトポイント弾を装塡した。

弾薬装塡ずみのマガジンをグリップ内におさめようとして下をむいたその瞬間、男はあることをすっかり忘れていたことに気がついた。この不安な思いがしっかり脳に落ち着くだけの間もなく、耳が物音をとらえた。金属がぶつかりあうような最初の物音につづき、電動モーターのうなり。しかも今回は屋内からではなく、屋敷の外からきこえてきた。それは、正面玄関の先にあるドライブウェイの機械式の鉄のゲートがひらく物音だった。

1

　金曜日の夕方、午後五時をまわった時刻で、プロスペクト・ストリートは早くも列車事故を思わせるような車の渋滞に見舞われていた。ラホヤの秋では、これが平均的な週末のスタートの光景である。

　先遣部隊の面々――オフィスを早引けした人々――と、わずかな日帰り旅行者たちはすでに大挙して繰りだし、ブティックの偵察にとりかかっていた。となると土曜の午前中には、ラホヤ・ヴィレッジの通称で知られるダウンタウンは猛攻を受けることになるだろう。

　マデリン・チャプマンが走らせているエンツォ・フェラーリの十二気筒オーバーヘッドカムエンジンの轟音が響きわたると、男たちの頭が――その音をとらえるレーダーアンテナの果樹園であるかのように――いっせいにその方向をむいた。豊かさを誇示するこの地区でさえ、ほっそりとした赤いフェラーリは好奇心をあつめるアイテムだ。低速走行時のフェラーリは、獲物を求めて徘徊しているときの豹のように静かにのどを鳴らしていた。

いつもは夜も遅くまでデスクに縛りつけられている身だったが、きょうの夕方マデリンは早めにオフィスを引けて用事を足すことにした。というのも、その用事をすませたあと、街からの脱出族たちが道路を渋滞で完全に詰まらせてしまう前に、なんとか家に帰りついておきたかったのだ。

マデリンは駐車スペースをもとめて、周囲に目を走らせた。おなじブロックをまたまわるつもりはなかったし、公共駐車場に車を入れるつもりもなかった。そんなことをすれば、頭のおかしな人種が富への抵抗宣言として、車のボディに卑猥な文句を刻みこみかねないからだ。

その代わりにマデリンは、レースに適した赤いスポーツカーをホテル、ラ・ヴァレンシア前の白線で区切られているスペースにむけていった。メインストリートに面した、流行の先端をいく高級ホテルの一軒である。正面には従業員が駐車をおこなう《ヴァレーパーキングのみ》という標識が出ていた。そのうしろにはホテルのフラミンゴピンクの壁があり、スペインタイルの屋根のある柱つきの玄関があり、後者はホテルの庭園の入口に通じていた。

入口近くに立っている白いドレスシャツと黒いスラックスという服装の若者ふたりが、フェラーリを見つめていた。ふたりとも、どちらがフェラーリのハンドルを握って、ホテルの狭い地下駐車場でマリオ・アンドレッティ気分にひたれるだろうかと考えていたようだ。ひとりが主導権を握り、すかさず運転席側のドアをあけた。それこそ、マデリンがシートベルトをはずすひまもないほどの迅速な動作だった。

「ラ・ヴァレンシアへようこそ——ああ、ミズ・チャプマンでしたか。これはすぐに気づかず、失礼いたしました」

「ジミー」

ヴィレッジが混雑しているときには、マデリンはいつもヴァレーパーキング用のスペースに車を乗り入れることを習慣にしていた。ハイヒールを履いているときには決して一キロも歩かず、このホテルには正面玄関前のヴァレーパーキング・スペースの終生使用権があるかのようにふるまっていた。

「いい車ですね！」ジミーはフェラーリを隅から隅までながめまわしたのち、リアウインドウに貼りつけられている仮ナンバーの書類に目をとめた。「おや、いましがたディーラーから受けとってきたばかりとお見うけします」

「ほんとのことをいえば、納車はきのうだったの」

ジミーはボンネットにあるフェラーリのトレードマーク、銀の雄馬にちらりと目をむけた。「なんという車なんですか？　いえ、モデル名を知りたくて」

「エンツォよ」マデリンは答えた。「会社の創業者にちなんだ名前。営業マンのセールストークを引用すれば、この車は創業者エンツォ・フェラーリの精神を受けついでいるのだとか」

この車はフォーミュラカー直系の特別限定仕様車のひとつであり、石油王たちや、一本の映画に出るだけでカリフォルニア州の予算に匹敵する金を稼ぐ数名のハリウッド・スターのおもちゃだった。それこそ、国家の財政赤字に匹敵するほど高価な車だ。

車高の低いレーシングカーからタイトスカートとハイヒールで降り立つのはリンボーダンスのようなものだったが、それでもマデリンは機敏で優雅な身ごなしでやってのけた。現在四十三歳だが十歳は若く見えるし、維持のために少なからぬ努力を払っている肉体は、決してその幻想を裏切るものではなかった。いまでも若い男たちは目をぎらぎらさせ、食いいるように見つめてくる。

若者が車を見ているあいだにマデリンはハンドバッグから緑色の紙幣をとりだし、両手で若者の手を握りしめた。

「それでね、ジミー。車をしばらくこの道ばたにとめておいてほしいの。わかった?」

「さて、それはどうでしょうか。うちのマネジャーが……」といいかけたところで、ジミーはマデリンの手がひらいた手のひらに押しつけてくる、折り畳んだ紙幣のへりの部分の鋭い感触をとらえた。

マデリンが手を離すと、駐車場係のジミーはちらりと下に目をむけて、百ドル紙幣のベンジャミン・フランクリンの顔を目にとめた——一度ならず二度までも。ジミーはたちまち笑顔を見せて、商売上手になった。「本当にありがとうございます、ミズ・チャプマン」

「で、わたしの車は？」

「こちらに駐めておきます」若者は答えた。

「よかった」マデリンは自信に満ちた笑みを返した。過去十年間で自分の流儀を押しとおすことに慣れきったマデリンが、いちばんよく人に見せる表情がこの笑顔だった。

「いつごろおもどりになるか、わかりますか？」ジミーはたずねた。

マデリンは、いまも紙幣を握ったままのジミーの手に視線をむけた。

「いえ、それが問題になるとかじゃありません」ジミーはいい添えた。

「それがわからなくて。二十分……ことによると三十分かかるかも」

「問題ありません」

ジミーが静かな手つきで運転席側のドアを閉めた。マデリンはジミーの肩に腕をかけて、歩道にむかって歩きはじめた。「じゃ、もしマネジャーが玄関から外に出てきて、車を移動させろといったら、あなたはなんと答えるつもり？」

「金曜の夜にホテルの正面に高級スポーツカーがとまっているのは、いい宣伝になりますと話します。こんなチャンスは二度とない、ってね」

「それだけ？」

若者はもうなにも思いつかず、ぽかんとマデリンを見つめていた。

「あなたはマネジャーに、この車がわたしの所有物であり、キーはわたしがもっていったと話すの」いいながらマデリンは、キーリングをハンドバッグに落としこんだ。「——もしマネジャーがレッカー移動をたくらんでいるのなら、わたしが今夜のうちにホテルを買収して、あんたなんか馘《くび》にしてやるといっていたと、そう伝えておいて」

ジミーは愉快そうな笑みをのぞかせた。「かしこまりました！」

七十万ドルのスポーツカーを、むざむざとふたりの駐車場係員に走らせるつもりはなかった。そんなことをすればコイントスで勝った係員が、地下駐車場のコンクリートの柱のまわりでエンツォの曲乗りをしかねない。

マデリンはいったん体の向きを変えて歩きかけてから、ふたたびむきなおった。

「それからね、ジミー。わたしが帰ったとき、ドアだろうとどこだろうと、とにかく車体に傷や凹みや窪《ディンプル》みができていてほしくないの」

ジミーはその言葉もおわらないうちから、頭を横にふっていた。

マデリンは微笑んだ。「わたしが許せるディンプルは、あなたの笑窪《ディンプル》だけよ」

若者はふたたび顔を赤らめてから、同僚に目をむけた。同僚のほうはすでに、せせら笑いを見せはじめていた。

ジミーは金をポケットにしまいこんだ。

マデリンは口の動きだけで《車を見ていてね》と伝えると、ジミーにキスを投げてからその場を離れ、頭上に張りだしている〈ホエリング・バー&グリル〉の日よけの下を通っていった。

もうひとりの係員は大っぴらに笑みをのぞかせ、やがてマデリンの姿が見えなくなると笑い声をあげはじめた。「おおい、ジミー。こっちに来いよ。おれにも笑窪とやらを見せてくれ」

「ああ、わかった。勝手にいってろ」

もうひとりの若者は口の前で片方の手のひらを広げて唇を突きだし、ジミーにむけて吐息で数回のキスを送ってよこしてから、馬鹿丸出しの笑い声をあげた。

「その馬鹿な真似の使い道、ちゃんとわかってんだろうな?」ジミーはいった。

「おまえがまた笑窪をつくったら、さっきの女におなじことをしてもらえるかも」友人が応じた。

ジミーはなにもいわずににっこりと笑うと、ポケットに手を突っこみ、先ほどマデリンから受けとった手が切れそうな二枚の紙幣をとりだした。それから紙幣の両端を左右の指でつまんで、左右にふってみせる。友人の笑みが消えていった。

「あの女から二百ドルももらったの?」

「ああ、マジだよ」ジミーはいった。おまけに、あたりはまだ暗くなってもいない。ラホヤの金曜の夜。


マデリンは鮮やかな色づかいの日よけの下を歩き、エキゾティックな服がきらびやかにならぶショーウィンドウの前を通りすぎていった。顔に浮かぶ笑みを抑えられなかった。ちょっとした短時間の駐車のために二百ドル。二十年前だったら、週給のじつに半分だ。それを思うとずいぶん遠くまで、しかもかなりの速さで来たものだという感慨を禁じえなかったし、自分のキャリアでの重要な分岐点についても、またそのたびにいろいろな道を示してくれた人についても、それが現実のことだったとはいまでも信じられない気持ちだった。過去をふりかえるのは得意ではなかった。ひたすら前へ前へと進んでいくことだけであっても、理想とエネルギーと注意力のありったけが必要だったからだ。

ショップのオーナーのなかには、顔をあげて、通りすぎていくマデリンを見ている者もいた。マデリン・チャプマンは顔がかなり広く知られている人物であり、ヴィレッジの常連客中でもある種の有名人として――とりわけ商業コミュニティのあいだで――名が通ってもいた。マデリンの名前と顔写真は、少なくとも四年前から地元新聞の社交欄とビジネス欄に頻繁に登場するようになっていた。マデリンが最高経営責任者と取締役会長を兼任しているアイソテニックス社は、マデリンがヴァージニア州からカリフォルニア州に本社を移してから一年とたたないうちに上場企業になった。マデリンは、会社経営に支配権を行使できるだけの株式を保有していた。これこそがマデリンが築いた帝国の礎石だったが、本人は所有資産を不動産やほかの投資などに分散していた。

いまではそれぞれ異なる州の六カ所に家を所有する身にもなった。ヴァージニア州の家には馬の牧場が併設され、ペンタゴンに近いアレグザンドリアにはコンドミニアムを所有、ニューヨークにもタウンハウスがあった。しかし、自宅はあくまでもラホヤだった。

八年前マデリンは、会社の所有する土地を大学に賃貸しする決断をくだした。ドットコム景気というお祭り騒ぎの時期にあちこちに芽吹いたテクノロジー・パークのひとつに近い土地だった。当時は名刺に〝ハイテク〟という単語さえ載せていれば、銀行が気前よく融資し、投資家たちは列をなして株をわれもわれもと買ってくれる時代だった。

やがて嵐が到来し、タイフーンに直撃された競合相手の大多数が紙の船のように沈んでいったが、マデリンの会社はちがった。というのも、それ以前に自社を政府の請負仕事という安全な避難港に入港させていたからだ。服や車へのセンスと同様、マデリンには時代の流れをすっかり読みとるだけの目があった。テロの時代が到来すると、マデリンのコンピュータ・プログラムは国家安全保障上の要求に適合するべく作成されるようになった。

いまやマデリンの会社は、州内でも最大の企業のひとつになっており、株価はいまなお上昇傾向にあった。昨年一年だけでも、株価は三倍になっている。時宜を得ているかどうかは、大自然の季節のリズムに同調しているかどうかにかかってくる。という言葉がある。これが正しいとするなら、マデリンは月だけではなく、諸惑星や星々と、さらには久遠《くおん》の彼方にある闇に閉ざされた宇宙空間のブラックホールとも同調しているといえた。

情報こそがすべてというこの時代に、マデリンの会社は国防ソフトウエアの王国に通じる鍵を手中にしていた。〈プリミス〉の全権を握っているからだ。

二ブロック歩いて、目的の場所にたどりついた。ギャラリーのメインウィンドウの前で足をとめ、展示されている新しい品をながめる。まるで液晶のように、ガラスが想像のおよぶかぎりの形をつくって流れていた。半透明の色彩がまばゆい輝きを帯びて、光のスペクトルの可視領域にあるあらゆる色をつくりだしている。ほのかに光る紫と渦を巻く琥珀《こはく》の、洞窟を思わせるような巨大な牡蠣《かき》の殻があり、紫から青と緑にしだいに色を変えていく、筒状のチューリップの花があった。自由造形のガラスがつくりだす形状に匹敵できるのは、大自然のつくりだす豊富なバリエーションしかないだろう。いまではマデリンがよく知るようになった作者の名前のあるラベルもあったが、一方では目下売りだし中の作者の名前も見うけられた。

このギャラリーに来るのは数週間ぶりだった。オーナーはイブラム・アサーニという男で、マデリンに代わって工芸品の探索をおこなってくれていた。マデリンがいちばん最近になって耽溺してしまった分野――ガラス工芸品の収集――における、一種のエージェントになってくれていたのだ。いまではマデリンもコレクターとしての目を身につけ、アサーニはそれをさらに鋭くする手助けをしていた。

イラン人として生まれたアサーニは、一九七〇年代に国王《シャー》による王制が打倒されたとき、一家ともどもアメリカに逃れてきた。この国にたどりついたときには無一文だった。それがいまでは、カリフォルニア州南部でも最高に格式の高いショッピングエリアに、自前のギャラリーをかまえるまでになったのである。

マデリンがドアをくぐると、控えめな電子音がその来店を告げ、アサーニが顔をあげた。

アサーニはすぐに目を輝かせ、ついで商業活動全般を守備範囲とする神に祈りを捧げているかのように両手をあわせた。「これはこれは、わが大切な友人のミズ・チャプマン。ご来店ありがとうございます。わたしのメッセージをお受けとりになったのですね」

「ええ、受けとったわ」

「少々お待ちを。いますぐうかがいます」アサーニはそういうと、展示ケースのガラスごしに小さめの品を検分しているふたりの女性客にむきなおった。

外交世界への天稟《てんぴん》がありながら機会を逸したギャラリーのオーナーは、ひとこと断わりを入れて、商品をつぶさに調べているふたりの先客をそのまま残し、てきぱきとした足どりでマデリンと金のにおいに近づいてきた。

「ミズ・チャプマン、お元気でしたか?」

「ええ、イブラム。あなたは?」

アサーニは顔に皺を寄せた——中東とヨーロッパの中間のどこかに位置する表情だった。「なんの不満もありませんよ。おかげさまで、商売も好調でしたし」

「あなたから電話があったと秘書にきいたの。ヤドル・ハイリッヒの作品を新しく仕入れたとかいう話だったけど?」

「しいいっ」アサーニは唇に指を立て、ふたりの女性客に目をむけた。しかしふたりは、まったく注意をむけていなかった。「ええ、きのう、こちらに到着しました。真に独創的な作品ですよ。作者がその初期に、個人の依頼で制作した品です」アサーニは片手を口もとにあてがうと、顔をマデリンの耳に近づけた。「遺品のひとつでした」そんなふうに——声を押し殺して——話していると、アサーニが話題になっている芸術作品を盗んできたかにも思えた。「どうやら遺族は作品の価値をご存じないようでしてね」にこりと微笑み、肩をすくめ、「少なくとも遺言執行者は知りませんでした」だからといって、その無知をアサーニがすばやく訂正するはずはなかった。

「さいわい友人から知らせをうけたもので、首尾よく購入できたわけです。くれぐれもご理解いただきたいのですが、あなたさまにご購入の義務はありません。わたしとしても、委託されて購入したつもりはありませんので」

「ええ、わかってるわ」

「あなたさまがご興味をもたれると思ってのことですが、かりにそう思わずとも、このギャラリーのために購入したはずですし」

「見せてもらえる?」

「もちろんですとも。信じられないほどの作品ですよ」

アサーニはカウンターの電話に近づき、内線電話でギャラリーの裏手にある作品保管スペースに連絡をとった。数秒後、アサーニの息子が小型のカートを押してドアを通りぬけ、ギャラリーのメインルームにやってきた。父親がすぐにカウンターの裏から出てきて近づき、指示を与えはじめた。カートは特注の品だった——箱のような荷台部分は内側に深く窪みがあり、その内側には厚みのあるフォームラバーの内張りがある。これによって収納された品は、子宮内の胎児のように大切にいだかれて、衝撃から守られるのだ。

ふたりでカウンターに近づくと、アサーニはてきぱきとした効率のよい身ごなしでカートの下の収納スペースからゴムマットをとりだし、カウンターの上に広げた。それから息子を遠ざけ、自分だけでフォームラバーの緩衝材からちらちら輝く青い球体をとりあげ、そっとゴムマットの上に置いた。

マデリンは球体に見いりながら、さらに近づいていった。生まれてこのかた、見たこともないような品だった。ライトを浴びて輝くガラスに、目が釘づけになる。体を動かすと、ガラスはそれにつれてその風合や色彩を微妙に変化させた。形はほぼ完璧な球体で、内部では蜘蛛《くも》の巣のように精妙な青と白のガラスが渦を巻いて光に満たされていた。正面から見ると、球面の直下部分だけが煌《きら》めく濃紺に変わる。その完璧な形状と色彩から、マデリンは宇宙飛行士が撮影した地球の写真を連想した——夜明けを迎える地球の、弧を描いている輪郭をとらえた写真である。

アサーニは、作品に見いったままトランス状態におちいっているかのようなマデリンを見つめた。思わず口もとをほころばせ、手もちの電卓で、この作品の売上金額と売買から発生する税金を表示できるだろうか、と思いをめぐらせる。

マデリンがこんな質問を発するあいだだけ、われに返った。「この作品には題名がついているの?」

「ええ、ついています。本作の当初の所有者——というのは、制作を発注した方ですが——その方と作者はともに、この作品を〈危機に瀕した球体〉という名前で呼んでいました」

ついでアサーニはマデリンをギャラリー裏手の奥の院に案内し、オフィスでいよいよ売買交渉にとりかかった。数分ばかり価格について応酬したのち、アサーニはちょっとだけ中座したいと告げた。小用を足したいのだ、と理由を説明する。マデリンは腕時計を見やってから、約束に遅れているので、そろそろ辞去しなくてはならないと告げた。八時にディナーの約束こそあったが、それ以外には急ぎの用件はなにもなかったし、知力をつくしているときにひとり部屋に残されるつもりはなかった。この時点でアサーニがオフィスから出ていたら、マデリンは提示した条件を撤回してギャラリーをあとにしていたはずだ。マデリンとしては、どこぞの美術館の作品入手主任との長距離電話を介した入札競争に巻きこまれるのもまっぴらだった。ほかならぬアイソテニックス社が文化芸術支援活動の一環で、その美術館に後援金を出しているかもしれないことだし。

最終的に両者は価格で合意し、マデリンは小切手を切った。アサーニは、作品は翌日自分が届けるといったが、マデリンはその申し出を断わった。ギャラリーのオーナーと息子は作品を梱包しにいった。

配達してもらうよりも、箱に詰めた青い球体をこうして隣の助手席に置いたまま車を走らせているほうがずっと満ちたりた気持ちになれた。そちらにばかり気をとられて注意が留守になっていたせいで、信号が緑に変わったのをうっかり見のがしてしまった。うしろの車のドライバーが、マデリンにむけてクラクションを鳴らしてきた。リアビューミラーをのぞくと、後続車のドライバーが手ぶりで《フォーミュラワンを走らせてる金持ちクソ女は運転もできないのか》と罵倒をしているのが見えた。

「落ち着いてよ」マデリンは黒いサングラスに隠れた目を細くして、ミラーの男を見つめた。「そうかっかするものじゃないわ」

いいながら足をアクセルに乗せると、フェラーリがゆっくりと前に進みだし、しだいに速度をあげていった。この車を買って初めて、オートマ車にしなかったことが悔やまれた。オートマ車だったら片手があくので、急ブレーキを踏んでも箱が前に飛びださないよう、手で押さえていられたはずだ。それができない代わりに、マデリンは片目で箱を、片目で道路を見ながら、右手をシフトレバーと助手席の箱とのあいだで往復させた。

ほっそりとしたレーシングカーは時速九十キロを越えず、ギアがセカンドよりも上になることもなかった。やがてマデリンは車を自宅のドライブウェイに入れ、リモコンのボタンを押した。両びらきの鉄のゲートが左右にひらきはじめた。

数秒後にはマデリンは車をガレージに入れ、背後でシャッターが閉まっていった。ノートパソコンのはいっているブリーフケースや、オフィスからもってきた大事な手紙の束などは、車に置きっぱなしにする。ハンドバッグのストラップを肩にかけたまま、助手席側のドアから大きな箱をとりだすのにはひとしきり苦労させられた。それからドアを腰で押して閉めて通り道をつくり、肩からずり落ちてきたバッグのストラップを肘のところでつかまえると、十センチのヒールの靴で歩いてフェラーリをまわりこむ。〈危機に瀕した球体〉をおさめた箱はそれほど重くなかったが、扱いにくく、腕をまわしてもかかえきれない大きさだった。ほかの女なら手伝いを待つだろうが、マデリンはちがった。まだほんの子どものころから、女ならではの手管で、本来自分でやるべき仕事を巧妙に男に押しつけている手あいが大きらいだった。工具と説明書さえあれば、ソフトウエアの作成にも負けないほど巧みに車の修理もできた。

マデリンはガレージのいちばん奥、裏庭に通じているドアのそばに置いてある小さな鉢植え用テーブルにまでたどりついた。いったん箱を慎重な手つきでテーブルに置くと、ハンドバッグを肩から滑らせて床に落とし、スカートの裾を五センチばかり引っぱりあげた。箱と格闘しているあいだに、ずり落ちていたのだ。

マデリンはわずかに息を切らしながら、六メートルばかり先のキッチンに通じるドアを見つめ、なにか利用できる品はないかとあたりを見まわした。

六分後、マデリンはキッチンのカウンターと床にできた梱包用テープと気泡緩衝材《エアパッキン》の海のなかに立っていた。〈危機に瀕した球体〉をとりだすと、これほど美しい品を所有できた喜びに口もとがひとりでにほころんできた。そっともちあげて、キッチンを通りぬけ、廊下を歩いていく。それから玄関ホールにある黒檀《こくたん》の大きな丸テーブルに歩み寄った。アサーニのギャラリーでひと目見たその瞬間から、この品をどこに置きたいのかはわかっていた。ここなら、広々とした玄関ホールからはいってきた客人がまっさきにこの品を目にすることになる。

マデリンはテーブルの中央にそれを置いた。艶光りする黒檀の上に、揺らめくように輝くガラスの美術品。ひとしきりそれを見つめ、さらに一歩さがって離れたところからの見え方を確かめる。あとずさった拍子に、ヒールがなにかにひっかかって、あやうく転びかけた。土壇場で体勢を立てなおしたマデリンは、体の向きを変えて床に目をむけた。

いったい、だれが玄関ホールのこんなところにスニーカーを置いたのか？　自分のものではなかった。サイズが大きすぎる。メイドだ——マデリンは思った。どうすれば、まっとうなメイドが見つかるのか？

しかし口から罵りの言葉が出るよりも先に、視線がテーブルの上のガラスの球に引きもどされた。いまは反射した光が当たって、〈球体〉のコバルトブルーの部分からまっ赤な光が迸《ほとばし》りでていた。ガラスから飛びだして目を射抜いてくる光があまりにも強烈で、激しい痛みさえ感じるほどだった。マデリンは目を閉じて顔をそむけ、片手を顔のほうにもちあげようとした。

しかし脳に通じている神経経路から信号が手に伝わるよりも先に、運動エネルギーがマデリンの頭部を荒々しくのけぞらせた。あがっていた腕が落ちた——というよりも、一気に炸裂して放出されたエネルギーによって、重力よりもなお強い力が発生し、その力が頭部から手へと駆けぬけたがゆえの結果だった。視神経が感じていた痛みが瞬時に消え、一本の指に焼けるような感覚が走ったものの、それもすぐに消えて、なにも感じなくなった。顔が物問いたげな表情を浮かべたまま、がっくりと片方の肩にむかって落ちた。二回めに襲ってきた衝撃で膝の力が抜け、マデリンの体は骨をなくした肉の袋と化したかのように床に倒れこんでいった。

2

わたしにはイーヴォという名の叔父がいた。身長が百九十センチになろうかという大男で、ベルトの上に太鼓腹が迫《せ》りだし、左右の尻のどちらにもスペアタイヤがそなわっているかのようだったが、でぶだと思ったことは一度もなかった。記憶にあるかぎり、イーヴォ叔父は通りぬける戸口という戸口の上下左右すべてを占拠していた。港湾労働者のようながっちりとした肩。角ばった頭部はまるでブロンズの胸像のようで、禿げあがった頭部が磨きぬかれた石のように光っていた。目につく毛といえば、整えられていないもじゃもじゃの眉毛と、数日分の無精ひげだけ。子ども時代もそのあとも、わたしにとってイーヴォ叔父の外見は、映画〈ゴッドファーザー〉でレニー・モンタナが演じた殺し屋、ルカ・ブラジと生き写しの姿だった。

イーヴォ叔父はいつも、なにがなし受け身な雰囲気の内気な笑みを顔にのぞかせていた。寸鉄人を刺す警句を口にしそうな人間の顔だと思う向きもあるだろうが、そう思うのも――めったにないことながら――叔父が口をひらくまでだった。叔父が口をひらくと、板が欠けたフェンスのように前歯が欠けているのが目にとまり、その精神から出てくるのが子どもっぽい思考と不安だということに気づかされるからだ。

ハイスクール卒業後のわずか数年でさまざまな出来ごとに見舞われるまで、イーヴォはいつも人生を謳歌し、にこにこと笑顔をのぞかせ、よく声をあげて笑う幸せな少年時代を過ごしたという話を人づてにきかされた。しかし一九五〇年のクリスマスが近づくころ、イーヴォは雪に覆われた山の斜面でM1ガーランドという愛称をもつセミオートマティックライフルをかまえ、スコープごしに地球のへりとしか見えないような土地をのぞきこむ羽目に陥っていた。海兵隊の大隊が貯水池の西の岸にそって野営しており、イーヴォの所属する陸軍の部隊がその北にある山地に進んでいた——川が氷で覆われ、あとは荒涼とした山ばかりの不気味な土地だった。

北朝鮮軍は空からの大規模な攻撃と、国連軍のたびかさなる砲撃によって消滅していた。陸軍と海兵隊からなるアメリカ軍は、同盟国の軍隊ともども北朝鮮軍を半島の北へと追いつめて、中国との国境まで数キロのところにまで追いこんでいた。マッカーサーは仁川《インチョン》上陸作戦を成功させ、北朝鮮軍の背骨をへし折った。勝利は目前だった。クリスマスには、軍隊は故国に帰っていられるはずだった。時は十一月も下旬、夜間には気温がマイナス五〇度にまで低下し、満州平原から凍るような風が吹きつけてきた。あまりの低温に、マシンガンのアクション部分までもが凍りついて一発しか発射できず、あとは手動で撃つしかないこともしばしばだった。敵の前線よりもはるか後方で上陸して北朝鮮軍の裏をかく作戦をとったため、国連軍はかなりのスピードでの北上を強いられ、そのせいで軍に防寒具類が支給されないも同然か、あるいはまったく支給されていなかった。

叔父本人はまったく知らなかったが、いろいろ総合して考えると、そのころ叔父の所属していた部隊や行動をともにして最前線にいた部隊は、国連軍がたどりつけるかぎりの北方にまでたどりついていたのである。感謝祭が近づくころには、彼らは北朝鮮と中華人民共和国の国境を流れる鴨緑江《ヤールーチャン》まで、あといくつかの尾根を越えるだけの地点にいた。

こうした出来ごとについての知識は、あらかた本や記事で読んで得たり、イーヴォの兄にあたる父との会話によって得たものである。叔父自身は、めったに戦争経験を語らなかった。それどころか民間人としての暮らしに復帰してからの数十年間、イーヴォ叔父が人と会話をしているところを見かけたのは、わずか数回だけだし、その数回もわたしの父との会話に限定されていた。

そういったあれこれがあったにもかかわらず、子どものころのわたしを叔父にいちばん引き寄せたのは、普通の人なら目があるはずの場所にぽっかりとあいている、すべてを吸いこむほどの重力をそなえたブラックホールだった。左右対《つい》になった黒い穴の空虚な深みで、いったいなにが起こっているのだろうかと想像をたくましくしたものだ。復員軍人病院の精神分析医によれば、そこでは地獄の光景が展開されている可能性がいちばん高いとのことだった。

叔父にまつわる子ども時代のこうした記憶がわが頭脳をふやかせ、判断力のかなりの部分を損なっていたことは充分に考えられる——というのも先週わたしは、まったく未知の人物、アメリカ陸軍を退役しているジェイムズ・サフォード元大佐なる人物に返事の電話をかけてしまったのだ。サフォード元大佐は民間人の世界ではアイダホ州の弁護士であり、計画的遺産処分や遺言状の作成、信託などとその周辺分野を専門にしているのだが、時間があいたときにはボランティアで、〈GI弁護基金〉という小規模な復員軍人むけの弁護組織の一員としても仕事をしているという。この組織が創立されたのは一九七〇年代、それもヴェトナム戦争が末期を迎えていたころだった。そのころになると、法律がらみでトラブルを起こす復員兵もしだいに増えていた。大半は、まったく無意味で、だれかに挑発されたわけでもない恐るべき暴力行為の結果のように見えるケースだった。しかも当事者は軍隊以前の前科がひとつもなければ、トラブルを起こしたこともない男たちばかりだった。

サフォードはわたしの名前を——ほかの数人の地元弁護士の名前ともども——サンディエゴのコロナド島にあるノースアイランド海軍航空基地の基地司令官室から教え

られたとのことだった。どうやら海軍は、地元にいる退役軍人の弁護士のうち、司法当局と衝突した軍人の弁護で注目をあつめている数人の弁護士と連絡をとりあっているようだ。こうした弁護士たちが弁護費用のとりたてをあきらめたことも、一度や二度ではない。なかにはこれを、無償の公益弁護活動だといいきる向きもある。しかし現実問題として見れば、相手が兵士であれ水兵であれ、その配偶者や子どもたちが月末まで食べていくためだけに、郡の福祉窓口にならんで食糧切符の交付を受けなくてはならないとなれば、おいそれと金を巻きあげられるものではない。

サフォードは、ある裁判の助力者をさがしていた。退役した元陸軍軍曹が、ありふれた軍人と法律との些細な諍《いさか》いではすまないことをしたようだ——ちなみにありふれた諍いというのは、珍しくもないバーでの喧嘩沙汰、あるいは解き放たれた敵意や家庭内のいざこざや、さらには若干のビールの飲みすぎなどによって引き起こされた、社会への〝あかんべえ〟的な意味をもつ突発的なご乱行のたぐいだ。

いまわたしたち——パートナーのハリー・ハインズとわたし——が依頼人候補者に会うため郡拘置所のエレベーターにむかっていたのは、つまりはそうした事情からだった。男の名前はエミリアーノ・ルイス。わたしたちのどちらも、今回がまったくの初対面だ。

ルイスは当年三十八歳、二年半前までは陸軍の二等軍曹だった。こういった人物を職業軍人と呼ぶ向きもある。なにせ軍服生活が二十年だ。わたしが知りえたわずかな情報によれば、パナマと第一次湾岸戦争での実戦経験があった。退役ののち、約二年前にサンディエゴの警備保安会社に就職した。国内外を問わず、企業の重役たちに一級の身辺警護サービスを提供する会社のひとつだった。そして過去四カ月間、ルイス元軍曹は特殊付帯情況つき第一級謀殺の容疑で投獄されていた。裁判で有罪となれば、事件への注目度の高さや――被害者は地域社会でめざましい活躍をしていた有名人だった――冷酷無慈悲な犯罪の性質からいって、サンクェンティン刑務所の死刑囚舎房の住民になるのはまちがいないところだった。

午後二時に予定されていた会合のためにハリーともども角を曲がると、そのとたん、少し先にとまっていた衛星中継車の一台の近くにいた者が、「ふたりが来たぞ！」と大声で叫んだ。たちまち取材陣が、雲霞《うんか》のごとくわたしたちに襲いかかってきた。

わたしたちは、マイクを突きだしてレンズをこちらの顔に押しつけようとする人間たちの海に飲みこまれた。まぶしいほどのライトの光と百万もの質問――しかもその大半は理解不能だ――は、しかし、さらに背後から大声で浴びせかけられる質問に飲みこまれてしまった。

いったい何人いるのか、その見当さえつけられなかった。群衆にとりかこまれて先を見とおすこともできなかったが、それでもカメラクルーたちは少しでもいい位置を確保しようと、たがいに小突きあっていた。中継車は、はるか北方のロサンジェルスからも来ていたし、各ネットワーク系列局が勢ぞろいしていた。どの中継車も衛星アンテナを早くも高くかかげて空に方角をさだめ、発電機を動かしていた。中継車は郡拘置所入口前の歩道ぎわに列をなしており、そのためまっすぐ歩道にあがることもできず、わたしたちはやむなく中継車の列を迂回して入口にむかうしかなかった。

「ミスター・マドリアニ——」ひとりの記者がハリーの顔にマイクを突きつけながらいった。「ひとことお願いします、もう依頼人とは会われたんですか?」

これをきっかけに、全員がいっせいにハリーに襲いかかった。ハリーは質問の洪水を浴びせかけられた。その場のだれもが、この記者は相手がだれなのか知っていると思いこんでいた。

「ルイスにはいつ会われるんですか?」

「ルイスはなぜデイル・ケンダルを解任したんです? ケンダルの弁護に不満だったんでしょうか?」

この群衆から逃げだすチャンスだった。しかし、わたしはそうしなかった。

「予備審問については? ルイスがもし無実なら、なぜ判事はいまもルイスの身柄を勾留しているんです?」

「ルイスは政府のもとで働いていたんですか？」

「ルイスはどうやって、安全保障情報提供《インフォメーション・フォー・セキュリティ》プログラムのことを知ったんです？」

「マデリン・チャプマンが殺されたのは、IFSこと安全保障情報提供プログラムが理由でしょうか？　すでに政府筋の人間と話をされましたか？」

　ハリーは記者たちをかきわけ、ブリーフケースを顔の前にかかげつつ、のろのろとながら前進していたが、とうとう薄笑いを浮かべた顔をわたしにむけていった。「マドリアニはおれじゃない、こっちの男だよ」

「ありがたいお言葉だな」

「礼はいらんよ」

　頭のおかしなヤマアラシの針さながら、百本ものマイク――なかには二メートル弱もあるポールの先端にとりつけられているものもあった――が、いきなりわたしにむけて突きだされてきた。

　サンディエゴの午後の日ざしのなかでさえ、カメラ用のライトの光は目がくらむほどのまぶしさだった。長いポールの先端に横ならびにライトをとりつけた携帯用の器具が、群衆と歩調をあわせて移動していくなか、わたしたちは一度に一センチずつ、じりじりと郡拘置所の入口に近づいていった。

「いま話すことはなにもない。ミスター・ルイスと話をしたあとなら、なにか話せることもあるかもしれないがね」

おずおずとそう提案したのだが、記者たちは納得しなかった。うしろにいた記者のひとりがマイクをわたしの頭ごしに前にまわりこませようとして、そのマイクをわたしの尻に突き立てた。拘置所を出るときには、別の出口をつかおう——わたしはそう決めた。

ブリーフケースを剣から身を守る楯代わりにしながら、ハリーは群衆を押しのけて前に進もうとしていた。マイクとカメラの砲列に果敢に立ちむかっていくドン・キホーテの図だ。半ブロック進むあいだ、わたしたちはこの一斉攻撃にさらされた。マスコミの取材陣という名の暴徒は半円になってわたしたちを囲み、わたしたちが道路を横断するあいだ車の流れを完全に遮断していた。広角レンズつきのカメラをもったカメラマンが、下方からの写真を撮影しようとしていた。だれかがカメラマンをうしろから押した。カメラマンがシャッターを押した瞬間には、レンズがわたしの顔にあまりにも近づいていたため、レンズに表示されている絞り目盛が読みとれるほどだった。

「最高の一枚！　最高の一枚だ！　ほら、弁護士の鼻に髪の毛がかかっているところだ！」世の中にはこの手の写真を魅力的に感じる人種もいるのだ。

社交界の華麗なる花形にして、この国屈指のソフトウエア富豪が殺されたとなれば——なんといっても地元大企業の代表者で、フォーブス誌選定のアメリカ資産家五百人中、二百二十位にランクされた人物だ――いい記事にはなる。しかし、それだけではしょせん地方ニュースにすぎないのも事実だ。その情況を一変させたのは、ワシントンの新聞がきょうの朝刊の一面トップに掲載した記事だった。記事は――いまでは東海岸から西海岸までのあらゆるメディアでくりかえし報じられているとおり――被害者のマデリン・チャプマンとその会社が、もっか論議の的になっている安全保障情報提供プログラム（マスコミや一般の人々のあいだでは略称のIFSで広く知られている）と関係があったことを指摘するものだった。

数週間前、ホワイトハウスと上院の綱引きのなかで最大の争点になって以来、このIFSは全国レベルのマスコミのトップニュースの座を占めつづけていた。大統領は、国家の安全保障のためにもこのプログラムが必要だと主張し、市民的自由主義者はプライバシーの侵害につながると主張していた。

きょうの朝になるまで、ハリーとわたしは――数名の地元の記者たちが取材に来ることはあっても――落ち着いた雰囲気の静かな殺人事件の公判に関与してもいいという点で合意していた。ところが、チャプマンとIFSプログラムの関連が指摘されたいま、殺人事件が全国ニュースのトップに躍りでて、ハリーとわたしは質問の海に尻まで飲みこまれていた。

四、五十メートル先に、数人の制服を着た看守があつまっているのが見えた。看守たちは拘置所玄関のガラスの扉のすぐ内側に寄りあつまって、外を見ながら笑っていた。ひとりにいたっては、口もとに手をあてがってなにか話していた。それを見るに看守たちはこのエンターテインメント・ショーを——ふたりの弁護士が、拘置所前に蝟集《いしゅう》しているマスコミ・アメーバに捕獲されて消化されていくショーを——心から楽しんでいるようだった。売名の機会をさがし求めている？　けっこう、なんとでもいうがいい。

わたしたちは進退きわまって、その場で停止せざるをえなくなった。先住民に完全包囲されたときのカスター将軍の心境がわかりはじめた。こうなると、手に負えない状態にもなりかねない。だれかがハリーをマイクで小突いたが、そのお返しに把手のついた革製品で顔面を直撃された。相手の男が押しかえしてきて、わたしは取材陣が暴徒と化す前になんとかハリーを押しとどめた。こんなことがつづけば、わがパートナーのハリーのこと、つぎの接見で拘置所に来るときにはブリーフケースの底に鉄床《かなとこ》を忍ばせかねない。

「連中、ここを先途《せんど》とお楽しみだな」ハリーがいった。

拘置所内で接見室という名で呼ばれているコンクリートの小部屋で、わたしたちはようやくひと息入れた。ハリーはテーブルの片側に置いてあるスチールのベンチに片足を載せ、左肘を膝について手をあごの下にあてがいつつ、右手の指で金属のテーブルトップを小刻みに叩いていた。

　ハリーはもう、きょうという日に早くもうんざりしていた。法廷での仕事はともかくも、大群衆となるとまた別の話である。ハリーは昔気質の紳士であり、こと無秩序な状態には我慢がならない性質《たち》だった。

「ケンダルはどうして弁護人を降りたくなったんだ?」ハリーがたずねた。

「日程が多忙すぎるという理由だったね」と、わたし。

「この裁判で、テレビにどれだけ顔が映ると思う?」ハリーはいった。「それを考えたら、あの男も弁護人に返り咲きたいと思うだろうね。ああ、この件はケンダルに返すことを助言するよ。こんな厄介な目にあう余裕があるほど人生長くはないからね」

　デイル・ケンダルはカリフォルニア州南部の、いわゆる〝ブランドネーム弁護士〟のひとりであり、ロサンジェルス郡とオレンジ郡、およびサンディエゴ郡で仕事を漁《あさ》っている。ケンダルは予備審問で弁護人をつとめた。その予備審問では、郡地方裁判所での公判まで被告人エミリアーノ・ルイスを勾留しておくことが決定されていた。低い証拠水準しか求められていないこともあり、ルイスが有罪判決をまぬがれるとはだれも予想していない。しかしケンダルは、予備審問後に弁護人を辞する手続をとり、法廷がそれを認めたのだった。

ハリーが腕時計を確かめた。「ま、拘置所がファーストフード店とおなじ商売の流儀で動いてるなんて思うのは、お門ちがいというものだがね」

そういってわたしを見たが、わたしはこの餌に食いつかなかった。

「どうかな、それもありだとは思わないか?」ハリーはつづけた。「ここを民間企業が買い取って、まっとうな運営をするというのも?」

「わたしがなにかいったか?」

「利点を考えてみるといい。民間経営の矯正施設。警官組合に支払っている退職年金がなくなるだけでも、郡は年間何千億ドルも節約できるぞ」

ハリーは片目の隅から、こっそりとわたしを盗み見ていた。しかしいまのわたしは旗色不鮮明なまま、ハリーに議論のとっかかりひとつ与えなかった。

「そうなったら、拘置所の裏口にドライブスルーの窓口をつくってもらえばいい」ハリーはいった。「車で窓口に近づいて、注文するんだ。重罪犯ひとりと軽罪犯ふたりという具合にね。まとめてセットメニューで注文するようなものだね。係に依頼人たちの名前をまとめて伝える。ああ、そうそう、おれ用に地区検事補ひとりを追加注文してくれよ——ロースクールを卒業したての、ほやほやの新人をね。先週おまえにあてがわれた検事は、ちょっとばかりタフ、自分の仕事を心得ていやがるベテランだったぞ。で、注文がおわったら、まちがいがないかどうか、係にきっちり復唱させる。

かまわないだろうが――いまじゃ民間経営になったんだし、民間の客商売ではいつだって客の方が正しいと決まってるんだからな」

ハリーはちらりとわたしを見やって、わたしが話のすべてに同意しているのかどうかを確かめた。

「民間企業だとしたら、どうしてきみが客になる？　どうして収監者が客じゃないんだ？」わたしはたずねた。

「そうじゃない、ちがう」ハリーはいった。「収監者は売買される商品だ」

「おや、むしろ正義が商品だと思ったが」

「それもちがう。正義はたまに出てくる副産物だ」と、ハリー。

「つまりきみは、〈マクドナルド〉の黄金のアーチを手にしているわけだな」わたしはにやりと笑った。「さて、窓口のあとはどこに行く？」

「そのまま車を建物の横手に進め、指定された駐車スペースに車を入れるんだよ。こっち向きに。それから車の窓をあけて、電話の受話器を手にとる。建物の壁の窓にかかったカーテンがあくと、そこには依頼人が受話器を手にしてすわっていて、話しあう準備がととのっているわけだ。こんなところでじっとすわって、ただ待たされるような目にはあわないんだよ」ハリーはふたたび腕時計に目を走らせた。「その次は、またべつの窓のカーテンがあく。こっちには、検事がべつの回線の受話器をもって待っているわけだ」

「くれぐれも、ふたつの回線をとりちがえるなよ」

「もちろん」

「判事はどうする？」わたしはたずねた。

「判事がどうした？」

「そこには判事も必要だろう？　そうでなかったら、いずれ裁判所までてくてく歩いていかなくちゃならなくなる」

「わかった」ハリーはいった。「判事は二階の窓にいてもらう。おれたちを見おろせるように。そのほうがあの男もご機嫌になるはずだ」

「〝あの男〟とは？」

「男でも女でもいい。とにかく黒い法服を着た生き物を二階の窓にすえ、ハンマーを与えて板きれを叩かせておけば攻撃訓練にもなるし、あとは声が届くようにメガホンを与えておけばいい。そのあいだこっちはエアコンのきいた車にすわって、スケジュール表をチェック、オフィスでの十時の約束に遅刻していないことを確認するわけだな。どれほど利点があるかを考えてみるといい。わざわざ歩いて建物にはいっていく必要はない。おれたちは仕事をすませたら、すぐに車を出して、ここからバイバイだ。時間も金もたっぷりと節約できるぞ」ハリーはいった。

「このところ、ちょっと疎《うと》くなっているんだが、郡がそういった勢力——わたしたちの時間と金の節約を目ざそうという勢力——に、とりわけ熱を入れて味方していた記憶はないな」

「それはそうとして、名案なのは確かだよ」

「ああ、たしかにとびきり、名案中の名案だな。ただし、隠居生活を送っている連中のことを考えるといい。きみがいうようになったら、連中は毎朝デッキチェアをあの駐車場にならべて腰をすえ、双眼鏡を片手にして読唇術のレッスンにはげめるわけだ——きみが、ちっこい窓のなかにいる依頼人から話をききだしているそばからね。いや、逆に依頼人が話をききだす側なのかも」わたしは笑いだした。

ハリーはうんざりした顔を、わたしにむけた。

「どちらにしたところで」わたしはいった。「隠居族は、関係者や当事者の口からじかに内部事情をきけるわけだよ。司法制度がどんなふうに動いているのかを、駐車場に来るだけですっかり知ることができる、と。アスファルト上の市政研究だ」

「ああ、たしかに問題点がいくつかあるにはあるさ。だけど、ふさげない穴はない」ハリーは反論してきた。

「そうとも、六十五歳以上の住民の視力をなくしてしまえばいい」わたしはいった。

「いいことを思いついた」ハリーはつかのま考えをめぐらせた。「文章にまとめてもいいかもしれないな。アイデアをね」

「それはいい。ただ、ひとつだけ頼みがある」

「なんだ?」

「事務所の用箋をつかうのはやめてくれ」

「ほら、まただ」ハリーはぼやいた。「せっかくの名案をくささずにはいられないのか」

そういってから数秒後には、ハリーはまたテーブルを指で叩いてリズムをとりはじめていた。

ハリーとわたしは、かれこれ十五年近くいっしょに仕事をしている。わたしの妻のニッキが癌で死んだことで幕をおろした結婚生活も、その期間のことだ。わが娘セーラにとって、ハリーはおじであり名づけ親でもある。セーラは、次の誕生日で十七歳になるところだった。成績はオールAの優等生ながら、自分がどこの大学に進みたいと思っているのかについては、まずスノーボードにワックスをかけ、それぞれの地区の斜面の具合を確かめないうちは、小さなヒントひとつ与えようとしなかった。時間がかかるかもしれない。セーラに急ぐようすがないからだ。わたしの方も、セーラを早く家から送りだしたいわけではなかった。セーラだけが、いまより幸せだったと思える日々の暮らしと現在のわたしをつなぐ最後の絆に思えることがままあるから。

ハリーはベンチに載せていた片足を降ろすと、窓にかかっていたブラインドのルーバーの隙間から外をちらりと見やった。「さて、連中のお出ましだぞ」

外から、じゃらじゃらと鳴る鎖の金属音とすり足の足音が近づいてくるのがきこえた。付き添っている二名の看守のひとりに見覚えがあった。以前に一度、フットボールのフォーティナイナーズのサマーキャンプ入団テストを受けたことがある偉丈夫だ。ふたりにはさまれているのは小柄な男で、両側を巨人にはさまれているため、さらに小さく見えていた。

「これはまた、どうしたことだ？」ハリーは、ものものしい警備のことを口にした。

「わからない」いいながら、わたしはルイスが拘置所でトラブルを起こしたのではないかと思いはじめていた。金属音を鳴り響かせながらの行進が、ドアの前でとまった。

殺人の疑いで起訴されたのち、ひとりの弁護士から別の弁護士へと引きわたされた依頼人となったら、その大半が不安でいてもたってもいられず、神経をぴりぴりとさせ、やたらに答えをききたがるものだ。しかし、警備員のひとりが腰まわりの鎖に手をかけて、背中にまわされた両手を固定する手錠を鎖からはずすのを待っているあいだ、ドアの前で静かに立っているルイスには、そうした不安がかけらもないように見うけられた。

泰然自若とした落ち着いた態度だった。肌はくすみ、顔は細く鋭角的、それを短く刈りこんだ黒髪が縁どっている。人ごみでは目だたないだろう――大勢に埋もれる無名人タイプだ。身長は平均――見当をつけるなら百七十五センチというあたり――バランスのいい体格で、針金を思わせるその肉体は筋肉よりも腱が多そうに見えた。顔だちは整っているが、面通しで目立つほどではない。体は引き締まっており、腕には血管がほどよく浮きあがって色のいい二頭筋が見えたし、肩幅も広かった。身につけているのは拘置所支給のタンクトップと、ゆったりしたコットンのスエットパンツ。足にはゴム底でローヒールのキャンバス地のスリッポン。

欠点があるとすれば、ひたいとあごにある小さなふたつの痘痕《あばた》と鼻梁の小さな傷痕だけだった。鼻はその傷痕を境にして、ほんのわずかに左に曲がっている。そのことから、過去に鼻の骨を折ったことがあるのではないかと思った。左腕の二頭筋にはタトゥーがあった。見たところは鷹の横顔のようだった。鋭い嘴《くちばし》をひらいて、いまにもなにかに嚙みつきそうだった。

これまで四カ月も拘留され、いまは鎖で行動を制限されてはいたが、ルイスはいまなおある種の自信をただよわせていた。決して上辺だけの虚勢ではなく、囚人たちのなかでお山の大将を気どって肩で風を切って歩くようなものでもなく、種類の異なるものだった。わたしが横をむいてハリーに話しかけようとしたそのとき、ルイスが目にもとまらぬ早業をやってのけた。その瞬間にまばたきをしていたら見のがしたにちがいないほど一瞬の出来ごとだった。左の肘を警官につかまれたまま、ルイスは両足をともに床からもちあげると同時に膝をぐっと胸に引き寄せて――しかも上体は空中に吊られているかのようにまったく動かさずに――手錠を縄とびの要領で一気に飛び越えたのだ。ついさっきまで背中側にあった両手が、いまでは前に来ており、両足はもうしっかりと床をとらえていた。

「見たか?」ハリーは首を伸ばして、ドアの窓から外をのぞいていた。「そもそも、だれかがあんな真似をするところを見たことは?」

「ないね」

「あんなことのできるやつは初めて見たよ」

ふたりの看守の顔つきから察するに、ふたりにとっても初めてだったらしい。

「異常によく動く関節をもってるにちがいないね」ハリーはいった。「おれなら、あんなことをしようとしたら、両肩の関節がはずれたうえに手錠が股間に食いこんで、ヘルニアになっちまうのがおちだ」

ルイスはありきたりの収監者ではなかった。

「ま、いまの軽業で、この警備にも説明がつくかも」ハリーがいった。

「まちがいないね」

「あとはただ、あの男が法廷に出るときには台車に縛りつけ、人に牙を突き立てないようホッケーマスクも必要な男でないことを祈るだけだよ」

「きみは映画の見すぎだ」わたしはいった。

「なんとでもいえ。その代わり台車を押して、あいつを出廷させる役はまかせたぞ」

ハリーはいった。「連中がいま外であんなクソみたいなことをしてるのは、決して——」そういって漠然と窓のほうをさし示したが、万が一ルイスに読唇術の心得があった場合のことを考えたのだろう、さっとむきなおってから、さらに考えも変えた。

「——自分たちの安全を考えてのことじゃない。とは思ったが、いまの言葉は撤回だ。あいつらがあんなことをしているのは、あくまでも自分たちの身の安全を考えてのことだね。さてと、おれたちはあの男についてなにを知ってる？」

「なにが欲しい？　身上調書のたぐいか？　あれは殺人罪で起訴された男だよ」

「おれはただ、警備員がもどってくる前に、あの男がおれたちを生きたまま食らうようなことはしないと確かめたいだけでね」

「わたしには正常な男に見えるな」

「見た目に騙されるなよ」ハリーは優秀な弁護士だった。ときには少々、心配性が過ぎることもないではないが、それはこの商売につきものだ。ハリーはまた、筋金いりの現実主義者でもある。なにせ、これまでに法廷で二回、拘置所の接見室で一回、依頼人から飛びかかられた経験があるのだ——ちなみに後者は、頭のいかれた依頼人がでっちあげのアリバイ証人を証人席につかせると主張、ハリーがその申し出を拒否したあとのことだった。

これこそが職業上の危険というものである。刑事裁判の結果が思わしくないとか、弁護士報酬を踏み倒されたというのは、いちばんちっぽけな問題にすぎない。かつてロースクール時代に、ハリーはある教授からこういわれたという。「犯罪者の側に立って弁護をするとなったら、とにもかくにも全力で依頼人の代理をつとめるべきではあるが、自宅に招待してママに紹介する必要はない」と。ハリーはこれを、〝社交上の適切な距離をたもつ行為〟と呼んでいる。いみじくもハリー本人がいうように、「この手の連中の大部分は、それなりの理由があって逮捕されたんだ」である。

「意外なことに、経歴はきれいだよ。前科はひとつもない――すくなくとも民間人になってからは。軍隊時代の記録となると、多少は暗く翳ったところがあるんだが」

「まさか、ソンミ村の虐殺事件に関与していたとか?」ハリーがわたしを見つめた。

「そんなことじゃない。ただ、いくつか空白のままになっている時期があって、そこをわたしたちが埋めなくちゃならないだけだ。所属部隊の任務のいくつかについても情報が不足していて、ケンダルの話によれば、そのあたりの記録のコピーを入手する必要があるそうだ」

ルイスの裁判の件で最初に呼ばれたとき、わたしは多少の資料がおさめられたファイルを受けとっていた。ファイル内には書類とともに、エイトバイテンのモノクロ光沢写真があった。軍服を身につけて片手に軍帽をもち、どこかの石畳の道に立つルイスの写真。背景には古い建物が写っていた。道路に立っているルイスは視線の力でレンズを射抜こうとしているかのように、カメラをまっすぐ見つめていた。被写体の人物が写真のなかからわたしをにらみつけ、魂の奥までも見すかしているようだった。

警備員のひとりが手錠をはずそうとしているあいだ、ドアの外に立っているルイスの姿を見ていて――その落ち着きぶり以外に（極刑を科される可能性に直面していながらも明らかに冷静で、恐怖の色はみじんもなかった）――いちばん強く印象づけられたのは、考えこんでいるかのような生気のない目つきだった。勘ちがいかもしれない。ガラスごしに見かえしてきたうつろな視線は、冷酷な殺人者の目つきでしかなかったのかもしれない。しかし、わたしにはちがうものが見えた。わたしが見ていたのは一キロ先に焦点をあわせているかのような目つき、わたしがいつも〝イーヴォの目〟として思い出すあの目つきだった。

3

わたしは自己紹介をした。

ルイスは内気がちな笑みで、握手に応じた。しかし、おそらく大半の弁護士がこの男に好感をもつだろうと思わせたのは、開口一番で口にした懸念の内容だった。

「質問がひとつある」ルイスはいった。「どうやって弁護料を払えばいい？　ふたりとも、おれが失業中だということは知ってるんだろうな？」

そもそもがたいした金額ではない軍人恩給以外、ルイスには目下なんの収入もなかった。

「いまのところは、だれかが請求書を受けとることになっているよ」わたしはいった。

「だれが？」

「退役軍人がつくっている団体がね。きみのような人々の団体だ。なかには退役後に事業をはじめ、かなりの成功をおさめた者もいる。そんな人たちがあつまって、何年か前に信託基金を設立した。うちの事務所は以前にも、彼らのために刑事事件をあつかったことがあってね。きみの裁判についての電話をもらったんだ」

「ケンダルから、いずれあんたが来るはずだという話をきいた。大変優秀な弁護士だという推薦の言葉もね」

「ありがたいことだ」

「以前にも、似たような裁判を手がけたことがあるんだね？」

「つまり、基金から弁護料を支払ってもらった裁判ということかな？」

「いや、殺人事件の裁判だ」

はっきり口にしなかったが、ルイスがいいたかったのは死刑裁判――最終的な結果として極刑が科されてもおかしくはない裁判――のことだった。

「経験はあるとも」

「そのすべてで勝ったのだといいが」

わたしは微笑んだ。「依頼人が死刑に処せられたことはない――たった一度の例外をのぞいてはね」

ルイスは、どこかいかめしい表情でわたしを見つめた。

「その結果を喜ばしく思ったことは一度もないよ」そういって、わたしは話題を変えた。「これはパートナーのハリー・ハインズだ」

ルイスはハリーと握手をかわした。「すわってもいいか？　長いこと立っていると、鎖で足首が痛んでくるんだ」

「すわってくれ」

ルイスはすり足でコンクリートの床に鎖を引きずりながら、半歩ずつステンレスチールのテーブルに近づいた。テーブルの両側にはベンチが溶接されていた——まるで金属製のピクニックテーブルだ。テーブルは拘置所三階にある狭苦しいこの接見室の壁に押しつけられ、床にボルトで固定されていた。

ルイスが体を斜めにして片方のベンチに腰かけると同時に、ハリーはドアのぶ厚いアクリル窓をノックした。看守がドアをあけ、細い隙間からハリーに目をむけた。

「依頼人の足枷《あしかせ》をはずしてもらえるかい？」ハリーはいった。

看守はかぶりをふった。「申しわけありませんが、できかねます」

「なぜ？」

「命令です」

「われわれはいつもここで依頼人と会っているんだ。こんなことは初めてで——」

「なにごとにも初めてがあるものでね」看守はいい、ハリーの鼻先でドアを閉めた。

ルイスが笑い声をあげた。「こいつはよかった。あんたはあの連中にかけあってくれた。ケンダルは、いまのあんたほどにも幸運に恵まれなかったよ。連中が足枷をはずすのは出廷するときだけだ。しかもその場合、六人の制服男たちがおれのまわりを黒雲みたいにとりかこむんだぞ」

「郡警察の署長にかけあってみよう。必要なら、裁判所から令状をとりつけてもいい」ハリーはその旨の心覚えをノートに書きつけた。

「そのために雇われているんだからね」ルイスはわたしを見つめて微笑んだ。「まさか、タバコをもっているなんてことはないよな？」

わたしはもっていなかったが、ハリーがもっていた。わがパートナーは、またしても禁煙にくじけたのである。ハリーは一本をルイスに差しだして、火をつけてやった。

ルイスは、毒素を含んだタバコの煙を肺の奥深くまでゆっくり吸いこむと、ふたたびベンチに体を落ち着け、天井にむかって煙のリングを吹きあげはじめた。

「早くも、あんたたちのことが好きになってきたよ。あとは、いい女のひとりも調達してくれたら……」そういってまた煙を吸いこみ、そのまま数秒ほど肺に溜めたのちに鼻孔から噴きだす。「いや、いい女じゃなくたっていい。いまだったら、どんなご面相の女も、ふるいつきたくなる美人に見えるはずだからね。このあなぐらに、もう四カ月も閉じこめられてるんだ。いや、だからといって、ここよりひどい場所にいた経験がないって話じゃない。ただその手の場所では、おりおりにお楽しみの機会をいろいろ与えてもらっていたんだよ——単調な毎日の目先を変えるためにね」

「というのは、どこの話なんだ？」

「あちこち、いろんなところ。外国だ。あんたたちも〈陸軍にはいって世界を見よう〉というキャッチフレーズは知ってるだろ？　いや、あれは海軍だったかな」

「そのお楽しみの機会には、なにをしてもらっていたんだ？　あちこち、いろんなところでは？」ハリーがたずねた。

「ああ。舌を灰皿代わりにつかわれた。火のついたタバコをべろに押しつけられてね。ナイフで爪の掃除をしてもらったこともある」ルイスは右手をかかげ、指輪を他人に見せる人のように指をひらひらと動かした。「ここにナイフを突き立てるのさ」見ると中指と薬指の爪がなくなっており、残っているのは、わずかな甘皮と皺だらけになった皮膚だけだった。「目先を変えるために、朝おれたちをぶん殴って起こすこともあったな。そのときは警棒か杖をつかうんだ——どっちをつかうかは、足の裏を叩きたいか、背中や足を叩きたいかによって変わる。でも、ここのクソ野郎どもときたら——」ルイスはわずかに頭を動かし、ドアの外の看守を示した。「——あいつらは、人を一日二十三時間、ずっと独房に閉じこめておくだけだ」

「ここにいるあいだずっと看守に殴られていたと主張している依頼人もいるぞ」ハリーがいった。「なんなら、おれからあの看守たちにかけあってみようか？」

ルイスは笑った。「遠慮するよ。だけど、ここからおれを出す方向でかけあってくれるのなら歓迎だ。保釈の可能性はどのくらいある？」

保釈が認められる見こみはなかった。極刑を科される可能性のある犯罪、被害者が有名人、地元とほとんど接触点のない被告人、しかも旅行癖がある……。かりにルイスが姿をくらました場合、保釈を認めた判事は質問の集中砲火を浴びる。わたしたちは、さしあたり保釈の問題を棚あげしておくことにした。

ルイスはまた煙を吸いこむとタバコを口から抜きとり、肺の深くに煙を溜めたまま手にしたタバコをじっと見つめた。「ケンダルのところの連中は、だれもタバコを吸わないんだ。とんだ健康マニアどもめ。永遠に生きるつもりなんだな。おまけにユーモアのセンスがからっきしだった。なのに、どうしてあいつらがこんなにも恋しいのか自分でもわからない。まあ、ちょっとした謎だな」

「どういうことなんだ?」と、ハリー。

「どうしてケンダルはこの裁判から手を引いた?」ルイスがたずねた。「予備審問の直後に、あっさりと投げたんだぞ。それまでは、いい仕事をしていると思っていたのに。まあ、ケンダルだって予備審問で勝つと思っていたわけじゃないだろうが——こっちに不利な証拠を、向こうがあれだけたっぷり積みあげていたとあってはね」

「じゃ、きみを負けさせるために連中が手を引いたと思っているのかな?」

わたしの質問のあいだ、ルイスはドアの外に立っている看守に目をむけていた。

「なに?　あいつのことか?　いや、あいつはただ自分の仕事をしてるだけだ。おれみたいに、律義に仕事に打ちこんでいるだけ。命令ならなんでもする。でも、ケンダルについては腹が立った。いきなり逃げていきながら、謝罪の言葉ひとつない。おれのほうは、なかなか幸先のいいスタートだと思ってた。それなのにケンダルは、いきなり弁護人を辞任した。予備審問で負けたことなんか怒っちゃいない。だれだって負けたに決まってるんだ」

「公判に負けても、いまのように寛大な心でわれわれに接してくれることを期待しているぞ」ハリーがいった。

「あんたのパートナーは、なかなかいいユーモアセンスのもちぬしだな」ルイスがわたしにいった。「あんた本人については、まだ見きわめがついてないが」

「わたしがきいた話だと、ミスター・ケンダルには日程上の問題があったようだ。なんでも、ほかに二件の公判が予定されているとかで身動きがとれないらしい」

「ああ、おれにもそんな話をきかせてくれたよ」ルイスは大忙しだった——ベンチに腰かけた姿勢で身をかがめ、唇にタバコをだらしなくくわえたまま、片方の足首に絡む鎖の位置を直し、半分閉じた瞼の下からわたしを見あげていたのだ。「それでも、連中がどうやってケンダルを追いはらったのかは知っておきたい気分だね」

「〝連中〟というのは？」ハリーが知りたがった。

「〝連中〟がだれかを知りたい？」ルイスはいった。「だれがいる？　政府に決まってるさ」

「どうして地区検事がそんなことを――」

「地区検事の話なんかしてない。おれは政府といったんだ。この国で政府といえる政府はひとつだけ。そう、連邦政府だよ。アメリカ合衆国政府だ」

ハリーがわたしにむけて目をぎょろりとまわしてみせた。通常であればハリーがこんな目つきをするのは、壁がクッションになった保護房に追いやられるたぐいの依頼人を前にしたときだけである。

「ああ、わかってる。でもおれをちゃんと分析したいのなら、せめて診察台にきちんと寝かせてからにしてくれよ」ルイスは顔をあげることなく、室内のエーテルの風向きからハリーの診断内容を察していた。「連中が、あんたたちのところに手を伸ばすまでどのくらいかかるかを見ていようじゃないか」

「ところで、どうして連邦政府がきみの裁判に関心を示していると考えたんだ?」わたしはたずねた。

「そうじゃない。連中はおれを陥れようとはしてないんだ。あんたたちの考えてるのとはちがう。たまたま、おれが好都合な存在だったというのが真相だな。たとえていえば、まずいタイミングで、ここぞという場所に居あわせたわけだ。連中の狙いは、このマデリン・チャプマンの一件になるべく早く、なるべく騒ぎを起こさずに幕を引くことにある。手早い有罪判決で一件落着させたいわけだ。で、いまのところは、おれがお手軽な道具なんだ。クリネックスみたいにね。おれ個人に恨みがあるとか、そういうことじゃない。お偉方たちが利用できる駒、いくらでも替えがきく人材というだけさ」

そういってルイスは足首に巻かれた鎖を、キャンバス地のスリッポンの上に落としてから、話がわかっているかどうかを確かめる目でわたしを見あげてきた。

「頭に入れておいてほしいんだが、おれはずいぶん長いこと経験してるんだよ。人が殺されるところや、人が人を殺すところを見ているんだ」

「なんだって？」ハリーがいった。

「軍隊で」ルイスはいった。「戦闘と呼ばれる場面でね」

「なるほど」

「妙な考えをもたれるといけないからいっておけば、おれはマデリンを殺してはいないよ。おれがあんなことをするわけがない。いや、世の中にはなかなか信じない向きがあるのも知ってる。ひとたび人殺しの訓練を受けると、切るに切れないスイッチが体に埋めこまれると考えてる連中がね。軍隊をやめても、人を殺したい欲求を満足させずにはいられない、とかね。まるっきり見当はずれさ。知りあいの兵隊のほとんどは、死ぬまで他人の血を一滴も目にしなくても、満ちたりた幸せな暮らしを送れるはずだ。だけど、おかしな話もあったものだ。戦闘で引金を引けば勲章がもらえる。だけど民間人になってからおなじことをすれば、牢屋行きになるか、もっとひどい目にあわされる。とはいえ今回のケースにかぎっていえば、連中のレーダースクリーンにひっかかったのは、おれじゃない。女のほうだ」

「女？」

「被害者だよ。殺された女だ。ほかにだれがいる？　マデリンさ。失礼——ミズ・チャプマンだ。被害者にあまり狎《な》れなれしくしても、おれにはあんまり得がない——相手はもう死んでしまっているわけだし、おれはその当人を殺したと疑われているんだからね」ルイスはいきなり口をつぐんで、わたしを見つめた。「いまもまだ死んだままなんだろう？」

「ああ、死んだままだね」わたしは教えた。

「そういってもらえると、少しはそれを信じる気になれるな。といっても、中央幽霊《スパイ》局あたりでは、死者を甦らせる新しいプログラムを開発しているのかも。まあ、少なくとも連中は台本のその部分を変えてはいないわけだ」ルイスはタバコを吸って煙を吐きだした。「もちろん連中が死体をすり替えて、おれたちに押しつけてきたら、その先はどうなるかだれにもわからない。それこそ、やつらは尻尾をつかまれる前に、おれを〝草深い丘〟からＪＦＫを狙撃した犯人だとして逮捕するかもな。おれが生まれたのがあの事件の何年もあとだなんて事実も、あの連中にとっちゃちっぽけな障害にすぎない。あいつらはまばたき一回する間《ま》に、手早く現実を書き換えてしまうんだから」

「つまり、この一件には政府がからんでいるといいたいのか？」わたしはたずねた。

「だれにわかる？　なにがあってもおかしくないな」

「被害者のことは、どの程度まで知っていた？」ハリーがたずねた。

「それほどくわしくは知らない。深く知っていれば、だれが殺したのかもうちょっと見当がついていただろうに。あの女が遊び道具にしていた男の名前のリストも、ご希望なら教えてやれる。だけど、名前を書きとめるときに腱鞘炎《けんしょう》になりたくなければ、専門の速記者を呼んだほうがいいぞ」

「その口ぶりからすると、被害者をよく知っていたようだね」わたしはいった。

「ふたりで過ごしたこともあったからね。おれは身辺警護を提供し、あの女はびっくりプレゼントを提供していたんだ。短期間ながら、あの女が朝のマッサージと十一時からのスタッフ会議のあいだに、おれとの時間を押しこんでいたこともある。あの女は上になるのが好きだった。自分が主導権をとるのがね。それがマデリンさ——いつも上にいたがり、いつも主導権をとりたがる。いつだって上になって、荒馬を馴らそうとしているみたいに体を激しく上下に揺らしてたよ。片手でおれの胸毛をぎゅっと握り、反対の手では小型のICレコーダーをふりまわしながらね。絶頂と快感のよがり声のあいまに、レコーダーの一時停止を解除して、新しいプロジェクトだの政府から受注した仕事だのについての覚え書を早口で吹きこんでいた。あとで秘書が、仕事のあいまにタイプできるように」

「つまり、きみは被害者と恋愛関係にあったんだね？」予備審問では、この方面でのごく短い証言がなされてはいたが、被告側がその点を争点としなかったため、公判でどの部分がとりあげられるのか、記録からは明らかにならなかったのだ。

「あれが恋愛関係といえる段階にまで進んだのかどうか、おれにはなんともいえない」ルイスはいった。「ありていにいって、あのビデオテープさえなかったら、その話は出さなかっただろうし」

「話を整理させてもらってもいいかな？」ハリーはいった。「きみは被害者と性的関係にあり、検察側はその行為を記録したビデオテープをもっている。そうだな？」

ルイスは顔をしかめ——質問につかわれた用語の重さを確かめたり、値踏みしたりしていたのだろう——結局は肩をすくめた。「そうだ。話をまとめれば、そんな感じになるかな。あの手の小型カメラがあったんだよ。ほら、鉛筆の尻についてる消しゴムほどにも小さなカメラがね。うちの会社の人間が承認も得ないまま、勝手にマデリンのオフィスに設置していたようでね。すべてがビデオに記録されていた。で、おれにとってはあいにくなことに、警察がそのビデオを入手してる」

ハリーがなにを考えているかは、もうわかっていた。公判で判事が検察側に許可を出して、問題のテープが陪審の前で再生されれば、殺人罪で起訴されている被告人が、すでに死亡している被害者と性行為におよんでいる場面がフルカラーの動画でさらされ、検察が有罪判決を獲得できる確率が一千パーセントばかり増える。その場合、男女のどちらが上になっていたのかはまったく無関係だ。

「カメラの件は、警備保安契約に含まれていなかったと解釈していいんだね？」ハリーがいった。

ルイスは笑った。「ああ。偶然のなりゆきでそうなっただけさ。営業時間外のこととでもいうか。あるいは、帳簿外といってもいい。いちおう覚えているとおりの事実をありのままに話せば、おれは仰向けになって天井のタイルを数えていたので、あの女がなにをしているか気がついたときには手おくれだったんだ」

「被害者がきみをレイプしたのか」ハリーがいった。「よし、その線でいこう。弁護方針が決まった。殺人は復讐の犯罪だったんだ」そういってわたしに目をむけ、にやりと笑う。

「パートナーのことは大目に見てやってくれ」わたしはルイスにいった。「まっとうな殺人事件の裁判の弁護の途中で、ちょっとふざけられないくらいなら、最初から弁護を引きうけるべきではないという信念のもちぬしでね」

「パートナー氏のいいたいことはわかる。ありていに事実だけを述べるなら――どうしてそんなことになったのかは、はっきり覚えていないにしろ――仰向けになっていたあいだにノーという言葉を口にした記憶はない。いっておけばこれは、記憶を抑圧しているという問題じゃないぞ」ハリーが口を出す前に、ルイスはそういった。

「ほう、なるほど」と、ハリー。

「まあ、それほどいやではなかったという事情もあるな。成人同士の合意のうえでの行為ってやつさ」

「それでもきみは、会社の上司からよく思われないのではないかという気がしてならなかったのでは？」

「あんたには、この商売の才覚ってやつがあるみたいだね」ルイスは、二本の指ではさんだ煙をあげているタバコでわたしをさし示した。「というのも、それこそまさにマデリンがいった言葉だからだよ――数日後にまた顔を見せて二回めを求め、おれがその誘いを断わったときにね」

「つまり、ミズ・チャプマンがきみを脅迫したのか？」

「これほど多くの言葉をつかいはしなかったけどね。あの女はただ、おれが契約どおりの仕事を満足にしなければ、カー＆ルーファス社の連中がどう思うだろうか、と疑問を口にしただけさ」

「被害者がきみにそういったのか？」

「こんなに多くの言葉ではなかったが、ああ、いった」

「で、きみはどうしたんだ？」

「ふたりで声をあげて笑い、マデリンが上になったよ」

「おれには夜警の仕事をしていた叔父がいたんだがね」ハリーがいった。「いつもいつも、仕事が退屈でたまらないと文句ばっかりいってたぞ」

「あんたの叔父さんは、アイソテニックス社の重役警備の仕事をしていなかったからね」と、ルイス。

「となると検察側は、きみが被害者と関係を結んでおり、そこを足がかりにして、さらに多くを望んだのだろう……という線を打ちだしてきそうだな」

「どうしてそうなる？」ルイスがたずねた。

「よくあるシナリオだよ」わたしはいった。「ミズ・チャプマンが関係をおわらせようとした。きみが拒んだ。捨てられた恋人。莫大な財産をもっている女。あいだの空白は自分で埋めたまえ」

「そんなことじゃなかった」

「まあ、こちらはこちらの主張を陪審にきかせる機会がある。しかし、おそらく検察側はその線で押してくるだろうな。といっても、向こうがもっと強力な動機をもちだしてくれれば話は変わる。きみがミズ・チャプマンを殺したいと思っても不思議がなかったような理由が、なにかほかにあったかな？」

「おれはあの女を殺してない」

「そういう話じゃない。いまききたいのは、きみに動機があったのかどうかだ」

「ないさ」ルイスはかぶりをふった。「おれはあの女が好きだった。そんなおれが、どうしてマデリンを殺したいと思ったりする？」

「こちらから話を明かす作戦もあるぞ」ハリーがいった。「ふたりのあいだに性的関係があったことを認める。ふたりが関係を結んだ回数を特定する。衛生的に見せる作戦だ。会計士がつくる監査証明みたいに無味乾燥な報告に仕立てて、それで陪審の目を曇らせることができるかどうかを確かめよう。同時にテープを証拠から排除させるべく努力するんだ」

「おれ自身はテープを見てはいないが、中身がそんなにひどいとは思えないな」ルイスはいった。

「おや、ポルノ男優のスター気どりかい？」ハリーがからかった。

「いや、ちがう。そうじゃない。あんたたちに断言したっていいが、変態じみた要素はいっさいないはずだ。もちろん、何者かが映像を加工していれば話は別だが」

「おや、また連邦政府のことを考えているのか?」ハリーがたずねた。「連邦政府にはその手の作業のできる部署があるのかい?」

「もう勘弁してくれ」ルイスはいった。「いいか、おれたちはたしかに関係をもった。干し草の山で楽しんだ。ただし、マデリンを愛してはいなかった。マデリンだって、おれを愛してなんかいなかった。ふたりの大人が、ひととき楽しんだだけさ。そしてマデリンは自分の道に進み、おれも自分の道に進んだ。いうべきことはそれだけだ」

「問題は、相手の女性が死んでいることだね」わたしはいった。「しかも、何者かに殺されて」

「でも、やったのはおれじゃない」

「まあ、とりあえずそのことは横に置いておくとしようじゃないか」ハリーがいった。「もっとさし迫った問題、それはビデオテープに疑いなく、きみたちふたりが――きみの言葉を拝借するなら――ひととき楽しんでいたあいだの短時間のことが映像で記録されていることだ。情熱が最高潮に達している瞬間、とでもいっておくか。陪審はそれを見ることになるし、また陪審の記憶に残るのも、それだけだ――悦楽の瞬間がすべて過去になって、理性をとりもどした成人男女の理性的な態度なんてものは、陪審の記憶にまず残らない」ハリーは間を置いた。「となると、想像力のはいりこむ余地が大きく残される。さらにその余地あればこそ、小賢しい検察官がわるさをやらかす余地もできてしまうわけだな。通常の場合なら、いくら検察でもこれだけ先入観を植えつけかねない証拠を法廷に出すとは思えないといいたいところだ。しかし、今回のケースは——」ハリーは理屈だてた。「——例外としたほうがいいかもしれないな。というのも、これが最上の証拠かもしれないからだよ。いや、もしかするときみと被害者のあいだに関係があったという仮説を裏づける証拠といえば、これしかないということも考えられるからね」

「通常の場合なら、その意見も正しいといいたいよ」ルイスはいった。「しかし、今回のケースにかぎっては……」

「なんだって?」ハリーがまっすぐにすわりなおした。「もしやきみは、その場に観客がいたとでも話すつもりか?」

「それほど多くの言葉はつかわないがね。おれたちを見ていた人物はいる」

「だれなんだ?」

「チャプマンづきの重役秘書。カレンという若い女だ。警察がテープを手にいれたのは、そっち方面だろうな。確かなことは知らない。しかし、殺人事件のあとで、カレンがテープを警察にわたしたんじゃないか。おれが事件に関係していると思ってね」

「それは想像できないな」ハリーがいった。「きみの拳銃がつかわれていた。そしてきみは、被害者の身辺警護のため、いっしょに家のなかにいたわけだし」

「いい情勢には見えないといいたいんだな」ルイスはいった。

「言い方を変えようか——この裁判から手を引けといって、だれかがおれを脅迫してくる事態があるとは思えない、と」

「じゃ、ケンダルが弁護人を辞めたのは、この裁判に勝てると思えなかったからだとでも思うか？」

ハリーは、〝一本とられた〟といいたげな目でルイスを見つめた。

ルイスは深々と息を吸い、ため息を洩らした。

「では、ちょっと話題を変えよう。結婚についての現況は？」わたしはたずねた。

「どうして？」

「結婚しているのかね？」大多数の陪審員にとって、妻への裏切りという要素は問題を増やす方向に働くのだ。

「離婚したよ」ルイスはいった。

「何年前に？」

「かれこれ六年になる」

「子どもは？」

「ふたり。男の子と女の子だ。息子はいま十二歳で、娘は七歳。いっておくが、子どもたちはこの件にかかわらせたくない」

「法廷に子どもたちをすわらせるのはプラス要因なんだがな」ハリーがいった。「いや、なにも毎日来てもらう必要はないよ」

「はっきり答えたはずだぞ。答えはノーだ。だいたい、あんたたちだろうとだれだろうと、だれに頼まれても、母親が子どもたちを法廷に行かせっこないね」

「きみの奥さんについては？」

「前の妻といってくれ。トレイシーは再婚してる。所帯をもったとき、あの女はまだ若くてね。軍隊生活のおかげで結婚したんだよ。おれはいつもいなかった。いや、トレイシーが貞節じゃなかったということじゃない。でも、まあ、わかるだろう？寂しくなったんだよ。おれのほうは、ひとたび家をあければ何カ月も帰らなかった。そのうち、おれたちは知りあいでもなんでもないような感じになった。はっきりいえるが、トレイシーが法廷に顔を出すわけはないし、子どもたちを法廷に出すのを許すはずがない。テレビで事件のことを見るだけでも、つらい気持ちになるだろうな。おれの知っているトレイシーなら、子どもたちにニュースを知らせないためだけにテレビの電源プラグをひっこ抜き、新聞の定期購読をキャンセルするはずだ」

「ということは、事件当時、きみをチャプマンから引き離すような絆はひとつもなかったと、そういうことになるね」ハリーはいった。「これは材料といえなくもないな」ハリーはわずかな利点を最大限誇張して話していた。

「これは認めるが、マデリンは人から用心深く控えめだといわれる性格じゃなかった」ルイスはいった。「もちろん、人にいいふらしていたとか、写真をパネルにしてサンドイッチマンの格好をしていたとかじゃない。でも、自分のオフィスのドアにきっちり鍵をかけることもなかった。思うに、〝ここは自分の領分だ、それが気にいらないのなら、会社を辞めればいい〟という姿勢だったのではないかな。

　おれたちがふたりでいるところに、いきなり秘書がはいってきたんだ」ルイスは、チャプマンづきの重役秘書のことを話していた。「おれになにがいえる？　おれもマデリンもとっさに動いて、その場をとりつくろった。でも、秘書はあの場でおれたちがしていたことを、きっちりと目にしたにちがいない。部屋にはいってきて、じっと見ていたかと思うと、くるっと体の向きを変えて出ていったよ。家具を見るような目つきで、おれを見すかすように見ていたっけ。あまりのことに衝撃を受けていただけかもしれないが。確かなところはわからない」

「つまり、警察にテープの件を話したのは、その秘書かもしれないわけだ？」

「おれにはなんともいえないね」ルイスはいった。「ただし、噂が立っていたのなら、またたく間《ま》に広まったはずだとはいえるね。部屋にカメラがあるなんて知らなかった。リアルタイムでモニターしている人間がいたら、おれたちは生中継をばっちり見られたわけだ。そうでなかったにしても、遅かれ早かれ、だれかに見られただろうね。前もいったように、ああなったのは二回だけだ。最初のときはマデリンが強引に言い寄ってきて、おれが尻ごみした。なに、じっさいなにもなかったんだ。ま、そういったところで、だれにも信じてもらえないがね。そのつぎがビデオに記録されたとき。そのあとマデリンの身辺警護措置がキャンセルされ、おれは配置がえになり、問題がなくなったわけだ。いや、そのときおれがそう思ったというだけの話だな」

「ミズ・チャプマンが身辺警護をキャンセルした理由は？」

「知るか。おおかた欲求不満にでもなったんだろうよ」

「きみの知っている範囲でいいんだが、ミズ・チャプマンはほかの男性と関係をもっていたのか？」

「あちこちに男がいたよ——まあ、そういう意味の話をききたいならね。マデリンはその事実を隠そうともしていなかった。相手が友人だろうと、仕事上の知りあいだろうとね。男たちの名前は知らない。ただ、その手の男たちと狂ったようにやりまくって夜を過ごしていたこともあった。声がきこえたんだよ。おれといっしょに警備をしていた男も、その手の声をきいてるし」

「問題は、それが諸刃《もろは》の剣だということだね」ハリーがいった。「被害者がほかの男とも関係をもっていたことを知っていたのなら、嫉妬の炎に油を注がれたという見方もできる。となると、検察側の仮説の追い風になるわけだ」

ハリーの言葉には一理ある。しかし、その線で同時にほかの容疑者を浮かびあがらせることもできなくはない。心底欲しくてたまらないものが、するりと逃げて遠ざかっていくのを目にしたとすれば、マデリン・チャプマンを殺したいと思っても不思議のなかった男たちが。

「あの女にいわれて、二度ばかりおれたちがパーティーにエスコートしていったことがあったよ。ほら、ビジネスがらみのパーティーだ。そのあと家に帰る途中で、マデリンはダウンタウンにあるクラブに寄っていくといいだした。おれたちはひとつのテーブルにつき、マデリンはべつのテーブルにひとりですわった。そっちのテーブルに男たちがつぎつぎ近づいていっては、マデリンに話しかけていく。相手の男に興味がないと、マデリンはおれたちのほうをあごで示し、〝あのふたりのわきの下が膨らんでいるのは、リンパ節が腫れてるわけじゃない〟と男に話す。すると男は、そそくさ尻尾を巻いて逃げていくわけだ。ただし気にいった男が見つかると、マデリンはみんなで家に帰ろうという。おれか、あるいはパートナーが車を運転し、マデリンは新しいお友だちと後部座席でウォーミングアップにいそしむわけだ」

「身辺警護措置も、ミズ・チャプマンのプライバシー感覚にはなんの影響もなかったようだね」わたしはいった。

ルイスは笑った。「それどころかマデリンからすれば、観客がいることで新しい世界がひとつひらけたんじゃないか」

「もちろん、きみが不快に思うことはなかったんだね？」わたしはたずねた。「いかなる意味でも裏切られたとは感じていなかった？」

「どうして？　もうロデオマシン扱いしてもらえなくなったからか？　いいや。マデリンがとびきりの美人だったことは確かだよ。でも、マデリンがらみでの感情面についていうなら、どこをとっても子ども用プールなみの深さしかなかった。おれじゃなくマネキンが相手だって、マデリンがむける感情に差はなかったはずだな」

わたしたちは話題を変えた。「安全保障情報提供プログラムについて、なにか知っていることは？」

「アイソテニックス社で仕事をすると決まったとき、おれがどんな書類にサインをしたかは知ってるだろう？　カー&ルーファス社の上司から、書類をわたされたよ。書類には、勤務中にたまたま耳にしたかもしれない〝企業秘密〟なるものは、いっさい口外すべからず、とあった。だから、小耳にはさんだ話もここで打ち明けていいものかどうか迷うね」

「会社はきみを馘《くび》にしたんだし、きみは殺人罪で起訴されている身だぞ」ハリーが指摘した。「おれなら、そんな心配はしないな」

「ああ。あんたのいうとおりだ」

「で、どんな話を小耳にはさんだ？」ハリーがたずねた。

「ＩＦＳについて？　あいつらの話はそればっかりだったよ。きいた話をまとめれば、どでかい計画だな。あの会社はじまって以来の大規模なプロジェクトだ。マスコミになにか話が出て、議会のどこぞの委員会でプライバシーの権利にまつわる叫び声があがるたび、アイソテニックス社の連中は土嚢でドアにバリケードを張る。会社の連中は、議会のふたつの調査委員会をなんとかして潰そうと躍起になってたよ。いや、電話でそんな話をしているのが耳にはいってきただけだ」

「では、あの会社がＩＦＳのソフトウエアを作成していたことも知っていた？」

ルイスはうなずいた。「もちろん。その手の話も耳にはいる。あっちこっちで、少しずつね。車を運転していて、後部座席の連中が携帯で話していれば、いやでも話し声が耳に飛びこんでくるし」

「それがどんなソフトウエアであり、どんな仕組みで動くのかは知っていた？」

ルイスはかぶりをふった。「新聞で読んだことしか知らない。なにか関係があるのは知ってたから、記事が出ていれば読んだ。しかし、それ以上のことになると、コンピュータがらみの話はちんぷんかんぷんだ」

「では、ＩＦＳプログラムの政府側の関係者と顔をあわせたことはあるかな？」わたしはたずねた。

「会っていたとしてもおかしくないな。おれたちはちょくちょく、会社にいわれて空港まで客の迎えにいったからね。ミラマーの軍事基地まで車を走らせて、軍用機でこっちに来た軍服姿の男たちを迎えにいったことも何回かある。そういった連中を、会議のために〈ソフトウエア・シティ〉まで車で送ったよ。でも、知らされたのは相手の名前だけだ。どこでどんな仕事をしている人物なのかは、いっさい教えてもらえない。ただし、ひとりだけ、記憶に残っている男がいるし、その男の名前があんたたちの話している例のプログラムがらみで出ていたな」

「だれ？」

「元陸軍大将。名前はジェラルド・サッツ。新聞で名前を見たんだ。記事によれば、IFSがらみの責任者らしい。おれが読んだ記事では、民間コンサルタントとして雇われたとあった。なかなか妙な人選だなと思ったんだよ。サッツがどんな人物かは知ってるか？」

わたしはうなずいた。ジェラルド・サッツ、議会のリベラル派による別名は〈偽証のポスターボーイ〉だ。ただしファンにとっては、頑固一徹の戦士であり、第一級の兵士である。

「前から知ってる名前だった」ルイスはいった。「陸軍にいたころに名前を耳にした覚えがあるし、新聞でも記事を読んだ。きかされた話によると、スパイだの諜報情報だの不法な情報収集活動だのに長いこと携わってきた前歴があるらしい。すべての大陸で、各国政府のはらわたに連絡員をもぐりこませているという話もきいた。死体が埋められている場所を知りつくしているというが、それも当然、死体の半分は当人が埋めたんだからな。しかも自分の利益になったり、自分の仲間の利益になったりするとなれば、いつでも死体を掘り起こす方法を心得てもいる。サッツのような人物なら、〝狂信者〟と呼ぶ連中がいてもおかしくないね。

もう何年も昔の話だ――おれはまだ子どもだったから、くわしいことは知らない。連邦議会が、サッツの憲法上の権利を侵害したとして問題になった事件があったな」ルイスはつづけた。「どこかの委員会がサッツに宣誓証言をさせた。させたはいいが、偽証罪で尻尾をつかめなかったものだから、サッツ自身の証言をもとに刑事告発をおこなおうとした。しかし、裁判所がそれは不可能だといった、という事件だったな」「刑事免責の一種で〝使用免責〟と呼ばれているものだ」わたしはいった。「自分で調べて、読んでみたのか?」

ルイスはうなずいた。「うちの会社のひとりが、サッツを空港まで迎えにいく役目をおおせつかったときにね。アイソテニックス社での会議のために、こっちに来たんだよ。だから好奇心に駆られて、ネットで経歴を調べてみた。そこからすると、どうやらサッツは法律の重箱の隅をうまく悪用して、告発を逃れたみたいだった」

「まあ、きみの立場なら重箱の隅の悪用というだろうよ」ハリーはいった。「しかし、おれがいつもとっている立場からすれば、結果オーライといいたいね」

わがパートナー氏には、連邦議会の議員たちに嘘の専売権を与えているいまの政治制度について、いささか含むところがあった。

「それでも、この事件のあおりで軍人としてのキャリアがおわったのは事実だ。陸軍を辞めざるをえなくなったんだから。それでも、いまなおこうして活動しているわけだ。おれならこれをサバイバルといいたいね。簡単には叩き割れない難物のナッツのような男だな。だけど、おれが興味を引かれたのは、サッツとマデリン・チャプマンのつきあいがずいぶん昔にまで遡るという事実だよ」

ハリーが片眉をぴくんと吊りあげ、手もとのノートから顔をあげた。

「マデリンは二十年前、どこからともなく表舞台に姿をあらわした。コンピュータ工学とソフトウエア設計の学位を取得して、中西部の小さな大学を卒業。そのあとワシントンの連邦政府でGSレベル3の職員としての職を得たが、三年後にはホワイトハウス職員の技術顧問の職についている」ルイスはわたしを見て、ウインクした。

「おれが出たあたりでは、それを上昇移動と呼んでいるな」ハリーがいった。

「わたしが出たあたりだと、上昇移動と呼ばれる社会的地位のより高い階級への移動には、コネが必須だということになっているよ」わたしはいった。

「ビンゴ」ルイスはいった。「そのコネがジェラルド・サッツ将軍だ。おれが見聞きしたわずかな情報から察するに、サッツこそがキーパースンだな」

「会ったことはあるのか？　サッツ本人に？」

「話はどっさりと耳にしているよ。〝生ける伝説〟と呼びたくなるタイプだね。忠誠心の点では名声が高かったが……それが欠点だという話じゃない。しかし、あの男の場合には忠誠が狂信と紙一重だった。だれもが違法だとわかっている行為をした人がいれば、そいつは有罪を宣告される。しかしサッツやその一味の場合、必要に思える行為であれば、敢然と抵抗するんだよ。しかも公然と。ほかのお偉方だったら、火の粉がかかってこない場所に逃げこむようなときでもね。だからこそ、志願兵や下士官に人気があった。マデリンの口から最初にサッツの名前が出たときには、すっかり感心させられたしね」

「いま何歳なんだ？」

「サッツか？　知らない。六十代初めというところだと思う。ああ、勘ちがいしないでくれ。ふたりのあいだに肉体関係があったとは思ってない。おれが知っている範囲でいうなら、むしろ師弟関係とでもいったほうがいいと思う。マデリンはサッツのために働いた。命令されればなんでも、いくら時間がかかってもこなし、不満ひとつついわなかった。その見返りに、サッツはマデリンをあちこちに紹介した。そこから先は、あの女が独力でやったことだ。

あんたたちは当然マデリンを知らないから無理ないが、もし知っていればわかったはずだ。あの女に必要なのは入口、それも細くあいたドアだけで、それさえあれば自分ではいっていける女だ、と。自己宣伝にかけては生まれつきの才能があった。人命がかかっている重大なプロジェクトがあるとする。死人が出る前に、四十時間ぶっつづけで仕事に打ちこむ人材がどうしても必要だ——そうなったら、頼るべきはマデリンだった。強迫観念のレベルに近いほど、なにかに一心に打ちこむことのできる女だったからね」

「ずいぶんよく知っているような口ぶりだね」と、ハリー。

「マデリンを知っていた者などいないさ。本当の意味ではね。がんがん燃えている石炭で熱せられ、湯が沸きたって爆発しそうなボイラーみたいなマデリン、野心のエンジンそのもののマデリンのことをいっているのならね。いっておけば、一日二十四時間のうち九十八パーセントまでは、そんな女だったたな」

「では、残りの二パーセントは？」わたしはたずねた。

ルイスはわたしを見つめたが、なにもいわなかった。

「その手の情報はどこで入手したんだ？　ミズ・チャプマンとサッツの過去についての情報は？」

「マデリンからきいた部分もある。あちこちで、ちょっとずつ小耳にはさんだ部分もある」

「話をつづけて」

「ここから先の話については、ある程度信じてもらうしかない。確たる裏づけの情報があるわけじゃないからね。断片をつなぎあわせてもらう必要もある。殺される少し前から、マデリンはなにかに怯えていた。いや、いつもいつもじゃないが、おりおりに怯えを見せるようになっていたんだ。なにかが起こっていた。ただし、くわしいことは知らない。知っているのは、マデリンとサッツの関係がどこか険悪になっていたことだけだ。深刻な意見の衝突があったらしい。具体的な中身までは知らないが、例のIFS、安全保障情報提供プログラムがらみだと推測しても、飛躍しすぎには思えない。マデリンは腹を立て、かんかんに怒っていた。でも、たいていの場合は怯えていた。自分の流儀を押しとおすことを当たり前だと思っていた女だった。でも、どこかで歯車が狂っていたんだよ」

「どういう点で？」

「知らない。しかし、おれが断片的に見聞きした範囲でいうなら、マデリンは二進《にっち》も三進《さっち》も行かなくなって、出口をさがしている感じだった。というのもサッツから、個人的になにか頼みごとをされたんだな。ところがマデリンは、それはできないと返事

思う」
「そんなにたくさんの言葉できかされたわけじゃない。でも、これは断言していいと
「本人の口からきいた話か？」
をしたわけだ」

「その頼みごとの中身は？」ハリーがたずねた。

「はっきりとはしない。ビジネスがらみのことだ。ＩＦＳ関係だとにらんでる。あのころ新聞は、その話でもちきりだった。ワシントンからは、プライバシーの問題が解決されなければ、議会がプログラムそのものの息の根をとめる意向だというニュースが流れてた。偵察任務で兵士が百人単位で死ぬのも気にかけない議会がね。おれが耳にした範囲でいうなら、サッツがマデリンにさせようとしていたことには——それがなんであれ——危険がともなっていたようだ。マデリンが引きうけたくないほどの危険がね。それにふたりの……サッツとマデリンの関係も以前とは変わっていた。マデリンは、もうペンタゴンの若手職員じゃない。大企業を背負っている身だ。何億万ドルもの金がかかってる。推測でいわせてもらえば、サッツになにを依頼されたにしろ、マデリンがあれだけ焦っていたのだから、築きあげたものすべてが危険にさらされるようなことだったにちがいないね」

「しかし、ミズ・チャプマンがなにを頼まれたのかは知らないのか？」わたしは食い

さがった。

ルイスはかぶりをふった。

「最後に言葉を耳にしたとき、マデリンは自分には無理だといいかけていたよ。結局それが、生きているマデリンの見おさめになった」

「いつのことかな?」

「殺される二週間ばかり前だ」いいながらルイスはわたしを見つめて、こちらの顔の表情を読んでいた——驚きの表情を。この情報はファイルにはなかった。ケンダルからわたされた手書きのノート類のどれにも記載がなかった。ルイスがこの件をほかの弁護士のだれかれに話していたとしても、彼らはこれを文章の形で残さないほうがいいと判断したのだ。

いきなり、耳をつんざく轟音が鳴りはじめた。だれかがわたしの鼓膜に大釘を打ちこもうとしているように思えるほどの大音響だった。ルイスの唇が動いていたが、言葉はまったくきこえなかった。見るとハリーは、両手で耳を押さえていた。背後の壁の高い場所にある箱に埋めこまれた大型ブザーががんがんと鳴り響いており、室内のほかの音のすべてを飲みこんでしまっていた。

看守が腕をふりまわしながら室内に駆けこんできて、一本の指でのどを掻き切るようなしぐさをしてみせた。接見終了の合図だ。

ハリーが口もとに手をあてがい、その手をわたしの耳に押しつけ、かろうじてきこえる程度の声でわたしにこう伝えてきた。「房外活動の全面禁止《ロックダウン》だ」

なんらかの不測の事態が発生したのだ。接見室にさらにひとりの看守が駆けこんできて、わたしたちはたちまちドアの外に連れだされた。ふりかえったときに最後に見えたのは、両手で耳を押さえているルイスの姿だった。見る間にふたりの看守がその両手を引きおろし、背後で手錠をかけようとしはじめた。ルイスはわたしに目をむけていた――断言してもいいが、わたしたちにまた会えるのか、会えるとしたらいつになるのか、と考えていたにちがいない。ハリーとわたしは追いたてられるようにして――わたしのブリーフケースは口がひらいたまま、書類がはみだしていた――廊下をエレベーターにむかった。

4

「問題は、どうして犯人が銃のありかを知っていたのか、というあたりだな」

わたしはオフィスの会議用テーブルの反対側にいるハリーに目をむけた。わたしたちの前には段ボールの書類整理箱ふたつぶんの中身——書類や写真、証拠品の鑑定報告書、警官に送達された開示請求によって入手した捜査メモなど——が広げてあった。

わたしたちはオフィスを拡張し、いまではこの低い建物の翼棟のすべてをつかえるようになっていた。翼棟は、中庭に茂ったバナナの木やパームツリーがつくるジャングルの下にある。中庭は、オレンジ・グローブをちょっとはずれた場所にある〈ミゲルズ・カンティナ〉の裏手にあたり、このバー・レストランと道をはさんで反対側にはホテル・エル・コロナドが建っていた。

「犯人がたまたま、ひょっこりと銃に行きあたったとも考えられないじゃない」と、ハリー。「そういうこともないではないからね」

「そうは思えないぞ。屋敷の写真と、警察が作成した見取り図を見るといい」わたしたちの手もとには、数枚のエイトバイテンの大判写真があった。被害者の自宅屋敷の室内のようすをとらえた写真のほかに、警察のヘリコプターから撮影されたとおぼしき空中写真もあった。「屋敷の延床面積は約六百五十平方メートルだ。人目につかない隠し場所はいたるところにあるし、抽出は無数にある。チャプマンのガラス工芸品のコレクションをおさめていた陳列ケースはいわずもがなだ」

「で、なにがいいたい?」ハリーがいった。

「なにがいいたいかというと、ほかに犯人が手を触れた場所がどこにもない、ということさ。警察の捜査報告書によれば、投げられていた品は皆無、銃をしまってあったところ以外には、引きあけてあった抽出はひとつもない。床に落ちていた品もないし、指紋も見つからない。なにもないんだ。屋敷は、平均的な滅菌器の内部以上にきれいだった。ただし、拳銃と、これ……この芸術作品——ええと、なんと呼ばれていたんだっけ?」

ハリーが自分のノートのページを繰った。

わたしたちのどちらもが、書類や写真などにひととおり目を通していた。ハリーは、時間をとってメモを書きつけていた。わたしは最重要点だけをざっと見ておき、詳細な部分はハリーに教えてもらうことにしていた。

「ああ、あった。ガラス工芸品、色はブルー、題名は〈危機に瀕した球体〉だ。カタログからとった写真が、このどこかにあったはずだな」

「いや、探さなくていい。わたしも写真をざっと見たときに目にした覚えがあるからね。被害者の自宅から紛失しているることが判明しているのは、その品だけ。そうだったね？」

「少なくとも警官によればね」ハリーはいった。「とにかく犯人はパニックを起こしていたにちがいないな。こう考えたらいい——やっとのことでお屋敷にはいりこみ、これから泥棒に精を出そうという矢先、屋敷の主人が帰ってきた。さあ、犯人は泡を食った。勢いで発砲、女主人を殺してしまった。前にも例のあることさ」

「パニックに襲われた泥棒にしては、恐ろしいまでの射撃の腕前だな」わたしは、頭部に残っていたふたつの銃創のことを話題に出した。「二センチと離れていないぞ」

「まぐれ当たりに決まってる」と、ハリー。

検察側の弾道学専門家によれば、この射撃の妙技は最低でも約十メートルほど離れたところからおこなわれたという。狙撃手は、被害者自宅の玄関ホールを見おろす、屋内バルコニーに立っていた、とのことだった。

「となると、これで十代のこそ泥仮説は息の根をとめられたな」ハリーはいった。

「犯人が十五歳の少女で、高名なる銃の名手とおなじアニー・オークリーという名前でもないかぎりはね。しかし、これでも犯人がどうやって銃を見つけたのかが解明できない」

チャプマンの屋敷は広大で、一階と二階にあわせて寝室が六部屋あり、それぞれにバスルームが付随していた。

「屋敷のなかをくわしく知っていればともかく、そうでなかったら地図が欲しくなるくらいだぞ」わたしはハリーにいった。

「たしかに」ハリーは降参した。

「犯人がどんなふうに侵入したのかについては？」

「警察によれば、一階の網戸をはずして窓から侵入したらしい。海に面した側にある、一階の寝室のひとつだ」

「筋は通る。海側なら、姿をだれにも見とがめられない。セキュリティシステムは？」

「あったに決まってる」ハリーは答えた。「最高レベルのシステムがね。なにもかもそろっていたよ。窓の開閉センサー、動体センサー、ガラス破損センサー、屋内には合計七カ所で二十四時間稼働の防犯カメラ、家の正面玄関と裏口にも防犯カメラ。屋敷ごとそっくり、監視の網の目が張りめぐらされてた。チャプマンはこのシステムに六万ドルの大金を支払った。ただし、問題がひとつ——チャプマンがシステムをまともに起動させなかったことだ。チャプマンの秘書によれば、この機械仕掛けの用心棒はしじゅう警報を発していたそうだよ——庭師、メイド、フェデックスの配達員、はては正面の玄関ポーチの餌箱から餌を食べるハチドリにいたるまでね。システムが設置されてから最初の二週間で、チャプマンは四回も会社から呼びもどされてる――そのうち三回までは、手錠をかけられてパトカーの後部座席に閉じこめられていた庭師の身請けをした。また一回はハチドリの身元保証をしたんだが、まあ、警察は犯人のハチドリの捕獲に失敗してる。で、チャプマンはついに堪忍袋の緒を切らし、システムを切ってしまったんだ」

「防犯カメラがあると話していなかったか？」

「正面側の玄関をモニターしていたカメラには、なにも映っていなかった。裏口のカメラはといえば、何者かがテープをもち去っていたんだ。犯人かもしれない。チャプマン本人か、まったく別人であってもおかしくない。だれも答えを知らないようだ。わかっているのは、殺人事件当日には、レコーダーにテープがはいっていなかったことだけでね」

「すばらしい。六万ドルのセキュリティシステムがありながら、その唯一の効率的な利用法といえば、家の所有者がスイッチを切ることだけだったとは」

「まあ、まとめるとそんなところだ」ハリーがいった。

「屋敷の窓には、警備会社のステッカーが貼ってあったのか？」わたしはたずねた。

ハリーはぽかんとうつろな表情で、わたしを見かえしているばかり。

「ほら、よくあるじゃないか。《この家はワイリー・E・コヨーテによって警備されています》とかなんとか書いてあるシールが」

「わからん」

「調べておいたほうがいいぞ。警備会社はシステムを起動させるにあたって、まずその手のステッカーで戦略宣言をおこなうものだからな」

このときわたしは、検察側がこんな主張をするのではないかと考えていた――犯人が被害者の自宅のことを知らなければ、網戸をはずして一階の部屋の窓をあければ警報装置が起動し、どこかにある監視ステーションに通報信号が送られるかもしれないと考え、そんな危険な真似はやめようと思ったはずだ、と。

ハリーはノートにメモを書きつけていた。チャプマンのボディガード以外に、屋敷のセキュリティシステムがめったに起動されないという事実を知りえた者がいたか？

「ついでにいっておけば、いま話題にしているような射撃の腕前をそなえた犯人となると、われらが依頼人がいちばんの候補者になるな」ハリーがいった。

「ルイスに軍隊経験があることをいってるのか？」

「それだけならまだいい。うしろ向きにジャンプして背中側の手錠を前にまわす特技があるが、それ以外にも特技があるぞ――三年のあいだ、合衆国陸軍拳銃チームのメンバーに選抜されていたんだ」

「そうとも、さすがの警察も、そう簡単にはおれたちに詳細な情報を伝えられまいな。どうやらルイスとチームメイトの面々は、フォート・ベニングで開催される全国射撃大会で二回優勝しているようだぞ。いや、もちろんもう何年か前の話だから、ルイスの腕もちょっとは錆びついているかもしれないがね」

「いい話だね」

「最高だな。わたしたちはルイスを証人席につかせ、殺人につかわれた凶器の拳銃で射撃の模範実技を陪審向けにやらせることもできるわけか。撃ち損じてくれることを祈るばかりだな。そうなれば、こっちの説得力も大幅に増すからね。で、つぎはルイスが競技会で選んだ拳銃が、たまたまチャプマン殺しにつかわれた銃とおなじモデルだったという話になるんだろう？」

「不幸中のさいわい、答えはノーだ。たしかに競技でも、四五口径のオートマティックだった」ハリーはいった。「でもヘッケラー&コッホ製ではなく、コルトの古い一九一一年型だったよ」

「つまり、首尾よく陪審を銃器マニアや武器おたくで固められれば、こちらの主張を認めてもらえるわけか。まちがっていたら訂正してくれ――軍は何年か前に、着装武器を口径九ミリの銃に統一していなかったか？」

ハリーはうなずいた。「ああ、いまではベレッタ92Fをつかっている。しかしルイスとそのチームは、なんらかの理由で昔のコルトを選んだんだ」

「それでいて、チャプマン殺害にもちいられた四五口径のオートマティックはルイスに支給されており、軍の備品だった。そのあたりの理由がわかるかどうかを調べてほしい」

ハリーはノートにメモを書きとめた。

「恋愛感情がらみだという検察側の仮説はどうかな？　嫉妬がこうじての殺人だという理屈だよ。連中のノートには、なにか記載があったか？」

ハリーはかぶりをふった。「連中がそんなことを書類にして残さないことくらい、おまえにもわかるはずだぞ。起訴事実の軸になる仮説なんだから。その面での証人がいるとしても、検察側のリストに巧《うま》く隠されているんだろうな」

ハリーは、肝心な名前は人名がつくる森のなかに隠されて見えなくなっているだろう、といいたいのだ。

ファイルのなかには、アイソテニックス社内のチャプマンのオフィスのソファで、あられもない行為に励んでいるルイスとチャプマンの姿をおさめた赤裸々なビデオテープもあった。画質や色彩や照明の点ではまだまだ改善の余地のある映像だったが、行為そのものは——激しい息づかいや、はっきりと耳につくうめき声の効果もあいまって——想像の余地を残さなかった。

「これをどんなふうに見る?」ハリーは、そのテープのことを話題に出した。「チャプマンが一方的に無理じいしたと思うかい?」

「その点で意見を求められたら、五分五分といいたいところだね」

ハリーはうなずいた。「チャプマンがルイスを誘惑したと陪審にむかって主張するなら、かなりの追い風が必要になるだろうな」

「ほかにはなにか?」

「いまはこんなところだ。あとは、あちこちに小さな穴が残ってる。遺体検案書の現物は到着しているが、監察医がまだ詳細に調べたい部分があるといって、そこを公表してないんだ」

「なにを詳細に調べるんだ?」

「それも公表されていない。もうすぐ検査がおわる、としかいってない。おわりしだい発送してくれることになってる。配達されたら、すぐ内容を伝えるよ」

ハリーはそういって、広げた書類を箱にもどしはじめた。

「ひとつだけ明らかなことがある」ハリーはいった。「警察と検事局は、ルイスひとりにすべてを賭けている。これまでに見たり読んだりしたものの範囲でいえば、警察も検察も捜査の開始直後から、目標をルイスひとりに絞りこんでいるんだ。強盗事件の可能性なんぞ、最初からさぐりもしていない。だから、ルイスの発言にも正しい部分があったんだな」

「どの部分が？」

「自分は都合のいい存在だった、という部分だよ」ハリーはいった。「あの男は条件を完璧に満たしてる。ルイス以外のだれが、拳銃の所在を正確に知っていた？　ルイス以外のだれが、セキュリティシステムが起動されていないことを知っていた？　くわえてあの男は、現場住宅の外側も内側も知りつくしてる。検察側の主張に弱点があるとしたら、動機の面だけだな」

「なに、あと何日かの時間をくれてやれば、立派な動機をでっちあげてくるさ」

「拘置所でルイスの話しぶりをきいただろう？　たしかにあの男は自分の感情を隠すのが上手だったが、それでもおれには被害者に怒っているようには感じられなかった。地区首席検事はおそらく例のビデオテープをもとに、痴情のもつれという線を動機に押し立ててくると思う」

「あのビデオを二回以上上映したら、判事はいったん休廷にするほかはなくなるな。陪審が冷たいシャワーで、火照った体を冷やすためにね」わたしはいった。

「だからといって、あれが殺人に直結するわけじゃない」ハリーはいった。

「そうであることを祈りたいね」いまこのとき、わたしは頭を締めつけてくるような問題に不安を感じていた。被告人にもっとも打撃となるような証拠の件だ。なぜ打撃かといえば、ルイスの拳銃から発射されたものであり、さらにはルイスには狙撃手としての経験があるからだ。「銃については？」

「銃については……というと？」

「警察の捜査報告書によれば、凶器になった銃器は二階のドレッサーの抽出からとりだされたということだったね。部屋は主廊下からはずれたところにある客間で、以前ルイスが身辺警護をつとめていたときに利用した部屋でもある。犯人の目あてが窃盗だとしたら……ガラスばりの陳列ケースにあれだけガラス工芸品があり、居間には高価な電子機器が目につくところに多々あったにもかかわらず、わざわざ二階にあがっていってドレッサーの抽出を漁った理由はどこにある？　いや、もちろん、目的の品がどこの抽出にあるかを正確に把握していれば話はべつだが」

「つまり、殺人犯が銃のありかを知っていたといいたいんだな？」

「わたしがいいたいのは、窃盗なり強盗なり、その手の金品目あての犯行ではなかったということだよ。目的は最初から殺人だった。証拠を見るかぎり、検察もそのような主張をしてくるだろうね——殺人犯は、まずまっさきに拳銃をさがしにいった、と」

「もちろん、銃がしまってある場所を知っていた人物といえば——」

ハリーとわたしは異口同音に答えを口にした。「ルイス」

「となると、ルイス以外にだれが拳銃のことを知っていたかをつかむ必要がある。そこが鍵だ。銃器の所在についての知識があった人間がたくさんいれば、こっちはそれだけ有利になる。ルイスが拳銃を他人に見せたことがあるかどうか。ありかについて、人に話したことがあるかどうか。屋敷に出入りする者のなかに、銃のことを知っていた人間がいるかどうか。その手の質問を、きみのリストのいちばん上に書きとめておいてくれ——要確認事項として」わたしはハリーにいった。

ハリーは、拘置所でルイスに会えたときにまっさきに質問するべきことのリストを作成していた。房外活動の全面停止《ロックダウン》は、きょうで二日めになっていた。新聞の記事を読んだり、裁判所で人の話を耳にしたりしたかぎり、なにやら刺傷事件が起こったがゆえの措置ということだった。もっか拘置所では、ナイフをさがすための監房捜索がおこなわれていた。ベッドのマットレスをひっくりかえしたり、壁を叩いて、コンクリートをくりぬいてつくった穴の有無を調べたりしているのだ。ちなみに壁をくりぬいたあとは水で溶いたオートミールでふさぎ、さらに所内の美術教室でもちいられるアクリル絵具で色をつけるのが通例だ。なにかを隠す場所としては人気があった。というのも、特定の収監者の寝棚や所持品に結びつかない、いわば中間地帯にある隠し場所だからだ。監獄内では死活問題だ。

「そういえばルイスは、勤務でチャプマン邸に泊まるときは、かならず社員をもうひとり派遣してもらうように確実を期していた、と話していたな」ハリーがいった。

その話が事実であれば、ルイスが被害者を追いかけまわすための時間をひねりだそうとしていたという仮説に反対する根拠になる。その逆に、被害者との距離をたもとうとしていたとして、弁護に有利な議論を展開する根拠になるのだ。

「それをきっちり証明できればね」わたしはいった。

「さらに」ハリーはいった。「そのもうひとりの社員が銃のことや、しまってある場所について知っていた可能性もあるぞ」

「その点も確認しておこう。リストに書きとめてくれ」

「そんなになにもかも書きとめておくんじゃ、手伝いが必要になりそうだ」ハリーは自身の担当案件をいくつもかかえていた。オフィスではやるべき仕事が待っている状態だった。これからの戦闘にそなえて、デスクを片づける必要があった。

「では、スタッフを増やそう」

「だれを連れてくる?」

「それはわたしに一任してくれ」わたしはいった。

「それと、あとひとつ」ハリーがいった。「身辺警護任務がおわったにもかかわらず、ルイスがなぜ問題の拳銃をあの家に置いたままにしておいたのか、その理由を明らかにしておく必要があるな。あれだけ高価な武器となれば、仕事が変わったとき、そのまま残していくとは考えにくいんだ」

「それについては、もう警官が質問しているよ」

「ああ、そこは読み落とした」ハリーはいった。

「拳銃があるのを忘れていただけだそうだ。ルイスは、あの銃を人目から隠して携行したことは一度もないと話してる。大きすぎるという理由でね。武装の必要に迫られた場合にそなえて、小さくてコンパクトな口径九ミリのグロックを携行していたらしい」

「では、なぜあの銃が現場の家にあった？」ハリーが疑問を口にした。

わたしはかぶりをふった。「それも明らかにしよう」

ハリーは、拘置所でルイスと会えるようになったらすぐに質問するべき事柄のリストに書きたした。

「ほかにはなにかないかな？」わたしはいった。

ハリーはリストを見おろした。「この〈危機に瀕した球体〉がらみのことだけだ。おまえはどうか知らないが、おれにはかなり高価な品に思えるな」

「警察の報告書によれば、被害者は大量のガラス工芸品を収集していたらしい。社会的な地位や収入の規模からいって、チャプマンががらくたを買うとは思えないね」

「それだけじゃないんだ。警察は〝レシート隠し〟の遊びをやってる。被害者の購入額を明かそうとしていない。もう当然つかんでるはずじゃないか。チャプマンがあの品を買った店のオーナーからも話をきいてるんだから。売上伝票だって押収するだろうしね。あるいは死体を発見したあとで、被害者のハンドバッグなり車なりから対応する領収証を発見していてもおかしくないぞ」

そのとおりだった。なんといっても、問題の品を被害者が買ったのは殺された日の午後なのである。

「となると、なぜ隠すのかという話になるな」ハリーがいった。

「動機か?」

ハリーはうなずいた。「おれもそうにらんでいるよ。被害者がその品を買うところを何者かが見かけ、そればかりか支払った金額を知ったとしたら――」

「よし、調べてみよう。文書提出令状をとって、被害者の銀行の取引明細とクレジットカードの利用明細を入手する。必要とあれば開示命令にも訴えよう。力ずくでも売上伝票を提出させるんだ。ありったけをね。そのあたりを調べるついでに、当の工芸品についても背景を調べてほしい。ええと……なんという題名だったかな?」

「〈危機に瀕した球体〉」ハリーがいった。

「〈球体〉ね。チャプマンがコレクションに加えたいと思ったのなら、いわくやいわれのある品かもしれないな。以前の所有者がだれで、もともとはどこから出てきた品なのか、ほかにも所有したいと思っていた者がいるのかどうか、いつつくられた品なのか……作品に関係することならなんでも、調べられる範囲で調べるんだ」

最盛期をとうの昔に過ぎてしまっている建物だった。見当をつけるとすれば、一九四〇年代の後期、戦後の建設ブームで建築資材の価格が高騰していたころに建てられたものだろうか。大恐慌時代に、公共事業促進局に雇われた職人が一日一ドルでつくった豪華な政府宮殿とは雲泥の差だ——そのころつくられたのは、花崗岩のコリント式の石柱がそびえ、壁や床にはテネシー産大理石が用いられた郵便局のような建物だ。現在ではその手の建物のうち最上の部分は、残らず連邦裁判所に占拠されたうえに、往時の豪華な姿にきわめて近いところまで修復されてもいる。

いま道の反対側から見ている建物は、その遠い親戚のレベルにさえおよばなかった。五階建てのその建物は、昔の街なみを再現した流行の先端をいく地区であるガスランプ・クォーターから十ブロック南にあり、あと十年もすれば都市再開発の手にがっちりとつかまえられて、解体作業用の鉄球を食らうことになりそうだった。

わたしはブロックの中ほどのところで車道を小走りに横断し、走っている車をかわして反対側の歩道にたどりつくと、コンクリートの二段の階段をあがって、正面入口から建物に足を踏みいれた。はいったところに館内の案内表示があった。汚れでかすんだガラスの奥に、書体も大きさも、そして色もさまざまな文字で名前と部屋番号がならんでいた。金属のプレートもあればプラスティックのプレートもあった。目ざす名前を見つけると、エレベーターで三階にあがった。

目的のオフィスは、フロアのいちばん奥にあった。

室内の明かりがついていたので、部屋の主が歩くのにあわせて、数秒おきに巨体の輪郭が影になってチェッカーガラスを横切っていくのが見えていた。声はきこえないので、部屋の主は電話中ではないのだろうと察せられた。

ノックを省略してノブをまわし、ドアを一気にあけると、ハーマン・ディッグズがその大きな肩をすぼめ、首を聖なる牛のように曲げて、両目を一枚の書類に据えている姿が目に飛びこんできた。デスクには几帳面に積まれた書類の山がいくつもある。ハーマンが書類の文字から顔をあげ、見知ったわたしの顔を目にとめるまでには一拍の間があった。ついで、その顔に笑みがこぼれた。前歯の欠けた箇所がフェンスの隙間そっくりに見えた。

「これはこれは。いかなる風の吹きまわしなるかな。そちらにおわすはポール・マドリアニか？」

「いかにも、本人だよ」

「あんたに会えるとは思ってもいなかった」ハーマンはデスクを押して、腰かけていた椅子をうしろに引いた。そのあと立ちあがるまで、一秒の時間が必要だった。「調子はどうかな？」

「元気でやっているよ。ただ、これから危険な仕事をすることになるのなら、入口のドアの鍵は閉めたほうがいいな」

「その〝危険な仕事〟っていうのは、はてさて、なんの話だい？」ハーマンは笑顔のままデスクの裏から出てきて、わたしを出迎えた。

「きいた話だと、離婚事件を手がけているというじゃないか。それ以上に危険な仕事にはならないよ」

「ふざけるな――おれが手がけた危険な仕事というのは、あんたのためにやった仕事だけさ」ハーマンはそういって笑いながら、こわばったままの片足でわずかに体を揺らし、片手を家具について体をささえた。この動作自体が、いまの言葉の正しさの証明になっていた。ついでハーマンは肉づきのいい大きな手――野球のグローブほどにも大きな手を――差しだしてきた。

「都合のわるい時間に訪ねたのでなければいいんだが」わたしはいった。

「友人たちにも時間を割《さ》けなかったら、悲しい一日になるよ」ハーマンはいった。

「前もって電話をかければよかったんだが、たまたま近くまで来ていてね」

「おいおい、馬鹿をいっちゃ困る。たしかに目の回るような忙しさだ。わかるだろ？

仕事の腕がいいとなると、いつだって引く手あまただ。でも、友人のためとあれば、いつだって時間をつくるとも。ええと、つぎの約束の時間は——」ハーマンは腕時計に目をむけた。「——ああ、来週の水曜日だった」そういって、この男なりのおべっかと虚勢に満ちた笑い声をあげる。「さてと、コーヒーでも飲むか？　そうすれば、あとしばらくは腰を落ち着けて馬鹿をいいあえるぞ。頼む、おれをデスクのこの書類の山から遠ざけてくれ」

「いや、コーヒーはいい。いまダウンタウンでランチをすませてきたところでね。依頼人と打ちあわせがあったんだ」わたしは、ハーマンの依頼人用の椅子に腰かけた。この椅子もハーマンのデスクと同様に、何人もの人たちの頭文字が刻みこまれ、彫りこまれ、さまざまな色で刺青をほどこされていた。「仕事の調子は？」

「仕事は増えてるし、昇り調子さ」ハーマンは答えた。「あっちで案件をいくつか拾い、こっちでいくつか仕事を見つけるという感じだ。時間がかかるんだよ。わかるだろう、いってる意味？」

「わかる。じつをいえば、ここに寄るのを遠慮しようかと思ったんだ。きみが外に出て、靴をすり減らしているんじゃないかと思ってね」

「ありていにいえば、あんたはおれを死よりもわるい運命から救ってくれたよ」そういって、デスクの上の書類の山をさし示す。「まだ秘書も雇ってない。だから書類の整理も自分でやらなくちゃならなくてね。面倒くさくて大きらいだ」ハーマンは壁ぎわのファイルキャビネット近くにある小さなテーブルに近づいた。テーブルにはコーヒーメーカーがあり、その上にカップがいくつか積んである。ハーマンは自分用のコーヒーをそそいだ。

「足の具合は？」と、わたし。

「ああ、そっちか。問題ないよ」ハーマンは左足に体重をかけたまま、右足を軽く動かして踵と爪先で床を叩いてみせた——片足だけのタップを披露するフレッド・アステアのおもむき。「どうってことない。ちょっと長くすわっていると、こわばりがちになるだけだ」

　そう話すハーマンは、負傷した兵士を思わせた——両の肺を銃弾で撃ち抜かれながらも、息をすると痛むだけだから大丈夫だ、と衛生兵に語りかけている兵士。

「それでもいいんだ」ハーマンはいった。「いまのおれに必要なのは、依頼人をあと何人か獲得して、外を歩きまわることだからね。こんなふうにデスクに縛りつけられているのはまずい。贅肉だってつくしね」

「ああ、ひと目見るなり太ったのに気づいたよ」わたしはいった。ハーマンはがっしりとした筋肉でできた煉瓦のような体格で、身長は百八十センチを軽く越える。体重計に乗れば針は百十五キロ近くを指すだろうし、拍手をはさみながらの腕立て伏せを毎朝かかさず百回はこなせそうだった。

ハーマンは尻をデスクのへりに落ち着けると、片手にもったカップからコーヒーを飲みながら、笑顔でわたしを見おろしてきた。ハーマンと会ったのは二年前、メキシコはユカタン半島で、ある事件の未解決部分に結着をつけようとしていたときのことだった。ハーマンは、警備会社の一員として事件にかかわってきた。当時は、シカゴに本社を置く大企業に勤めていたのだ。結局ハーマンは、体に二発の弾丸を受けた。ハーマンに命中しなければ、その二発がわたしの生命をおわらせていたはずだ。それを忘れたことはない。

「ハリーから、きみがこの街に来ているときいたんだ。無料で配付されている地域PR紙だかで広告を見たといってね。ほら、タブロイド紙みたいな小さな新聞だよ」

ハーマンはちょっと考えてから、丈夫なほうの足をぴしゃりと叩いた。「トリプルニッケル紙か。ちょっとした金鉱だよ。考えてみれば、あの無料新聞で依頼人を三人獲得したっけ。東のほうの郡の離婚事件ばかりだ。ほら、カウボーイ・カントリーのね。いい広告だったぞ。なんといっても、おれが自分で文章をつくったんだから。どんな文章だったと思う?」ハーマンは目を閉じ、広告の文面を暗誦すると同時に、指先を宙に踊らせて文字を書いていった。「『ご主人に尾行《テイル》を。不安を一掃しませんか。ご主人に秘密の愛人《テイル》がいないことを確かめましょう。隠密調査。ハーマン・ディッグズ&アソシエイツ』だ」そういって目をひらき、笑みをのぞかせる。「大学を中退した男にしては、わるくないだろう？　あの男がいったとおりだよ――『みんなを楽しませつづけていれば――みんなのポケットに手を入れられる』だ」

「で、いつからここにいるんだ？」

「なに？　この部屋のことか？」

「いや、この街に、という意味だよ」

「ああ、どうだったかな。三カ月、いや、四カ月前からか」

「それなのに、わたしのところに顔も出さなかったのか？」

「あれこれ忙しくてね」ハーマンはいった。「いざ商売をはじめるときには、いろいろやることがどっさりあるもんだ。あんただって知ってるだろ？　家具をそろえて、電話を引かなくちゃならない。職業別電話帳に名前と電話番号を出さなくちゃならない。営業許可証はあそこにある……」ハーマンはいい、椅子のうしろの壁の高いところに掲げてある、一枚きりの許可証にむかって頭を無造作にふり動かし、同時に肩をそびやかした。許可証はガラスを張った黒いフレームにおさめてあった。これが精いっぱいのさりげなさだった――体重十八ストーン、つまり百十五キロにも達し、かつてNFLから優秀なラインバッカーに育つことを期待されていた男にとっては。しかし期待むなしく、まだ若くして膝に怪我をした結果、大学の学費にあてていた奨学金が打ち切りになったせいで、ハーマンはメキシコに働きにいったのだった。

「ここをオフィスにしてからは……そう、ひと月になるな。もちろん、ひと息つくための休憩の場だよ。まあ、世にいう途中駅みたいな場所だね。なに、じきにもっといい場所に移るために仕事をこなしてるわけだ」言葉を変えるなら、いまは広告と名刺のうえでしか雇っていないアソシエイトたちを本当に雇える身分になったあかつきには――となる。ハーマンはその名刺の一枚をデスクのホルダーから抜きとって、わたしに手わたしてきた。

ハーマンは骨を惜しまず仕事に打ちこむエネルギッシュな男だ。いわれなくても率先して行動を起こすタイプ。その熱の入れようときたら度が過ぎており、なにか計画を思いとどまらせようとしても、その試みは決まって失敗におわる――ハーマンというまっ赤に焼けたストーブに冷たい水をかけるようなものだからだ。ハーマンが相手だと、注意をうながす言葉もしょせん蒸気を噴きあげるだけの役にしか立たない。どのような努力であれ、ハーマンはひと財産つくれそうな男だ――ただし、その達成前に逮捕されなければの話。

「私立探偵としての営業許可証を申請するだけでも、最低三年の実地経験が必要とされていたんだよ」ハーマンはいった。「しかし、その点でも幸運に恵まれてね。たまたま、おれの昔の勤務先が――ああ、あの会社のことは覚えてるな?」

「忘れるものか。わたしたちがユカタン半島でおしゃかにした大型SUVは、どれもあの会社の車だったんだから」

ハーマンは笑った。「そう、その会社だよ。おれが撃たれたあと、あの会社がじつによくしてくれた。まるでおれが、『一生残る障害を背負いこんでしまった』とでもいったみたいだった。なにがいいたいかわかるかい？　ああ、医者がどんなことを口にするかは予想ができない、ってことさ」いいながらハーマンは、わたしにウインクをしてみせた。

ハーマンは弁護士になるべきだった。

「というか、会社にはほとんどそのままの言葉を伝えたよ。ただし、医者の話の中身は予想できなかった」ハーマンはいった。

そのとおり――とりわけ指が商売道具の外科手術の専門医で、ハーマンが〝こととしだいによっては握手をしてやるぞ〟と医者を脅かしていれば。

「とにかく会社の連中はおれの話をきいて、これを最優先課題にしてくれた。そういう態度だからこそ、あの会社はいまみたいな大企業になれたんだな」ハーマンは入社したいと強く思っているかのような口調だった。「そして会社は、くわしい調査に乗りだした。わかるだろう、どんな意味かは？　とにかく、長い話を手短にまとめれば、人事関係のスタッフが雇用記録をさがしだしてくれた。それこそ、おれに必要なものだった。まことに好都合だったね」

「で、その記録というのは？」

「会社が給与から税金の天引きをすっかり忘れていた雇用記録だよ」ハーマンは答えた。「書類によれば、おれは大学入学前の一年と入学後の一年のあいだ、会社で働いていたらしいんだ」指を一本鼻にあてがって、わたしにウインクをよこす。「おれもすっかり忘れていたよ。とにかく会社はこの件をきちんと申告し、未納だった税金と追徴金をしっかりと税務署におさめた。そのあとでおれに、すべてが記載された記録の控えをくれたんだ。そんなこんなで、おれは必要な情報をそえて州に申請、私立探偵の営業許可証をもらえたわけだ。おかげで、ただ申請のためだけに、だれかの下で丸一年働く手間が省けたわけさ」ハーマンは話をしめくくった。「さてと、これがどのくらい幸運なことかな？」

ハーマンにとって幸運なるものは、自助行為の永遠のエクササイズにほかならない。

「幸運はまっとうな暮らしを送っている者に訪れるんだよ」わたしはいった。

「ああ、それが真実じゃないかな」ハーマンはコーヒーをひと口飲むと、カップのふちごしにわたしを見つめた。「で、最近はどんな罪悪をおかしているんだい？」

「嘘ではなく、罪悪に尻がはまりこんでいるような状態だよ。たくさんの案件で身動きがとれず、法廷では泥沼、調査仕事をしようにも、その時間がとれないんだ」

この言葉に好機を嗅ぎつけたらしく、ハーマンの眉毛が吊りあがった。

「それも、きょうこうして立ち寄った理由のひとつなんだ」わたしはいった。

「おやおや？　ちょっと挨拶をしに立ち寄っただけじゃないということか？」

「いや、最初はそのつもりだったんだが……」

「気にするな、おれなら大丈夫だ」ハーマンはいった。「さてと、それではハーマンおじさんにどんな仕事をやらせたいのか、正直に打ち明けてごらん。ただし、頼むから離婚案件とはいわないでくれ。労働災害保障のない身なんでね、これ以上は銃弾を体に食らう余裕がないんだよ」

5

郡当局はようやく拘置所で発生したトラブルを収拾し、房外活動の全面禁止措置《ロックダウン》は解除された。ハリーとわたしはふたたび拘置所を訪ね、コンクリートの小部屋でまたしてもルイスと接見の機会をもった。

予備審問の記録を見たかぎり、検察側はまずルイスがチャプマンから関係を絶たれ、半年ばかり怒りをくすぶらせたのち、ついに自宅でチャプマンと対決して殺した、という構図で起訴事実を組み立てているようだった。マスコミには、ルイスがチャプマンにストーカー行為を働いていたかもしれないとの臆測が流れていたが、警察がそのような行為の証拠を握っているとしても、現段階では提出されていなかった。

「たしかきみは、マデリン・チャプマンが殺される六カ月前に身辺警護任務をはずれたと話していたね？」わたしはたずねた。

「そう。そのとおり。でも、そのあと向こうが電話をかけてきた。ぜひ話したいことがあるといって。だから、こっちは忙しいし、もう任務をはずれていると答えた。それでもマデリンは、自分個人のセキュリティにかかわる問題だといった。なにかに怯えていたよ。電話では話しあえないが、ぜひとも話しあわずにはいられない、といっていたな」

「それで会いにいったんだね？」

ルイスはうなずいた。

「どこで？」

「サンディエゴのガスランプ・クォーターのはずれにある、小さなレストラン。マデリンは気をつけていたよ。おれと話をしている姿をだれにも見られたくないとね。そのレストランなら、ラホヤからそこそこ離れているから、自分の顔に見覚えのある人と出くわすこともないだろう、といっていた。待ちあわせは午前中、それも朝食と昼食のあいだの時間だったから、店内は無人だった。おれたちは二十分ばかり話をした。マデリンは、おれの力を借りられるかどうかを知りたがった」

「被害者になにを頼まれた？」

ルイスはわたしを見つめてから、大きなため息をついた。「マデリンは……ああ、セキュリティ上の不安があると話していた。それで数日間でいいから、自分を尾行して身辺に監視の目を光らせてくれないか、といってきたんだ。距離をたもって、ずっと自分を見ていてくれればいい、とね。どのみち長くはつづかないし、自分の取りこし苦労だという可能性もある、とも話していたな」

「だったら、どうして身辺警護を復活させなかったんだろう?」わたしはたずねた。

「知らない。ただマデリンは、複雑な事情があると話していた。アイソテニックス社で内紛が起こっているとかね。珍しいことじゃない。株式公開企業になってからずっと、会社を支配していくための地歩をうしなうのではないかという不安に駆られつづけていたしね。その恐怖が強迫観念になっていたんだ。マデリンにとって人間は自分の味方か——味方の場合には、相手を所有していると考えていたね——そうでなければ敵、その二種類しかなかった。中間点はいっさい存在しなかった。取締役会のなかに、マデリンから会社の支配権を奪いとろうする少数の派閥があったようだ。そしてマデリンは、最終的には自分が勝つと踏んでいた、と」

「どうも話がわからないな」ハリーがいった。「それがどうして個人的なセキュリティの問題に関係してくる?」

「取締役会のメンバーのなかに、マデリンが受けている種々の特権を問題視する者がいたんだな——会社所有の二機の小型ジェット機、ストレッチリムジンの自動車部隊、それにどこに行くにもつきまとうボディガード群。反対勢力にいわせれば、これは恐るべき浪費になる。マスコミでの批判もあった。全国的な経済誌のひとつが、王侯貴族さながらの暮らしを送る大企業の最高経営責任者たちをテーマに特集を組んだ。記事にはマデリンの写真も掲載された。しかも半ページ分の大きな写真だ。だから、縛りつけられて酢を吐きかけられるような目にあわされてもおかしくなかった。さらにマデリンは、取締役会内の自分の敵が記者に情報を流して、武器につかえるような記事を書かせたのではないかと疑っていたよ」

「ミズ・チャプマンからそうきかされたのか?」

「これほど多くの言葉ではなかったがね。しかし身辺警護の契約をキャンセルしたのも、そういった批判が理由だということは知っていた。さらにリムジン部隊も処分し、どこに行くにも自分で運転できるよう赤いフェラーリを注文してもいた。そんななかでふたたび取締役会に出席し、身辺警護の復活を求めたりすれば、その場で理由を説明せざるをえない。しかし、警護が必要な理由は取締役会には明かせない、と話していた。おれに明かすのも拒んでいたし」

「つまりミズ・チャプマンがなにに怯えていたにせよ、それを自社の取締役会の面々にも知られたくないと思っていたわけだ?」

「おれが話せるのは、マデリンからきかされたことだけだよ。なにが起こっていたにせよ、マデリンはそれを取締役会に知られたくなかったんだ」

「どうだろう、取締役会から与えられた指示にミズ・チャプマンが違反していたということはあるかな?」

「おれは知らない。マデリンは、非公式の身辺警護については、おれに謝礼を支払いたがっていた。だから、それはまずいと話した。おれが非番のときにする身辺警護だと、穴があるに決まってる――深刻な危険が迫っていたら、百メートルも離れたところから双眼鏡で見ているだけじゃなんにもならないからね。しかも、いつも体が空いているわけでもない。ほかにも任務があり、カー&ルーファス社から命じられて付き添っていなくちゃいけない客もいた。するとマデリンは、おれの都合がつかないときのためにほかの人間をさがしてくるし、そのうえでスケジュールについて話しあおう、といった。どのみち一週間から十日だけのことだ、ともね」

「で、きみは引きうけたのか？」ハリーがたずねた。

「まあね」ルイスはあまりおもしろくなさそうな顔で答えた。「引きうけるべきじゃないとわかっていたよ。結果的には、利益よりも害のほうが多かったと思えるしね。あのせいで、マデリンは自分の身が安全だという幻想をいだいてしまったのかも。とにかく、大きな判断ミスだった」

「話をつづけて」

「だれがマデリンを怯えさせていたにしても、その人物が殺人犯にちがいないな」ルイスはいった。「で、その場で殺人を防ぐべきおれは、その場にいなかった……」

「事件当日の午後はどこに？」

「自宅だ。アパートメントで眠っていたよ。その前の夜は、べつの警護任務で夜遅くまで勤務していたんだ。いっておけば、アパートメントには当然ほかにだれもいなかったぞ。だから、おれにはアリバイがないわけだ」

「きみがいないあいだの代理として、ミズ・チャプマンはほかのボディガードを雇ったのか?」

ルイスはかぶりをふった。「おれの知っている範囲ではノーだ。結局、だれかを見つけるまでにいたらなかったんだな。おれは週に三、四日、夜間に自宅を警備していた。オフィスにいるときは安全だろうと思ったからね。どっちみち、アイソテニックス社の敷地に立ち入るのは無理だった。どんな用件なのかを説明しないことには足を踏みいれられないんだ。しかもあの会社は、敷地をがっちりと警備で固めてる」

「ただし、ミズ・チャプマンを脅かしている人間がその会社で働いていれば、警備は無意味になるな」ハリーがいった。

「でも、ほかになにができたというんだ?」

「サッツのことを怖がっていたとは考えられないだろうか?」わたしはいった。「サッツとミズ・チャプマンは仲たがいをしたと、きみは話していたが」

「事実を知ってるわけじゃない。それも考えられるというだけだ。ひとつだけマデリンが話してくれたことがあって、おれが知っているのはそれだけだよ。マデリンがだれかになにかを約束したが、その約束の履行が不可能になった、と。相手は怒っていた。だれかはともかく、その相手はマデリンを脅していた。そうしたいきさつを記載した書類はない。というのも、その点はおれが質問したからだ。ただし、書類という証拠が手もとにあれば、マデリンが警察に相談する足がかりになると思ってね。しかしマデリンは、手もとにはいかなる証拠もないし、たとえあっても警察に行くわけにはいかない、といった。ひとつだけ確実にいえることがある――だれかは知らないが、そいつはマデリンを窮地に追いつめていたんだ」

「取締役会に報告できず、警察に相談もできないとなると」ハリーはいった。「ミズ・チャプマンがなにに関与していたにせよ、違法なものだった可能性もあるな」

ルイスは肩をすくめて、頭を左右にふった。知らないといいたいのだ。「もうひとつ、話しておきたいことがある」

「というと?」わたしはたずねた。

「マデリンの口から、人の名前が出たような気がした……いや、そんなはずはないな」

「どうした?」

「なんでもない」ルイスはいった。「おれがマデリンの言葉を誤解したにちがいないんだ」

わたしはルイスをにらみつけた——いかめしい、クエスチョンマークそのものの表情で。

「マデリンがかなりの早口でまくしたてていたんで、おれはメモもとっていなかった。すっかり昂奮していてね、あまり時間がない、オフィスにもどらなくちゃいけないといってたよ。そのとき、ウォルト・イーガンがどうこうと話していた気がするんだ。でも、そんなはずはないいな」

「そのウォルト・イーガンというのは？」

「マデリンの部下のひとりだ。アイソテニックス社の研究開発部門のトップ。最初からマデリンといっしょに仕事をしている男でね。腹心の人物といえる。会社を設立して、最初に雇った男だよ。きいた話だと、ソフトウエアの天才らしい。堂々とした偉丈夫で、ジーンズ姿で出社、あの会社の社風にすんなりおさまる男じゃなかった。それでも会社に置いていたのは、イーガンを信頼していたからだ。大事な仕事を受注すると、マデリンはその仕事をイーガンにまかせた。そしてイーガンは、マデリンだけに報告の義務を負っていた。でも、いまにして思えば、おれはちょっと頭が混乱して、きいてもいないことをきいたと思いこんでいたらしい」

「どうしてそう思うんだ？」

「マデリンとサンディエゴのレストランで話しあいをした時点で、イーガンがもう死んでいたからさ」

わたしはハリーに目をむけながら、「どうして死んだんだ?」と質問した。

「怪しいことはなにもないよ」ルイスはいった。「おれがあの会社の仕事についてから一年ちょっとしたころ、癌で死んだんだ。そんなふうに覚えているのは、当時マデリンがかなりまいっていたからだよ。それだけじゃなく、イーガンのデスクに積みあがっていた仕事のすべてを自分でこなしつつ、後任の人材さがしも進めていたな。ただ、結局は見つからなかったんじゃなかったかな。しかし、マデリンがなにに怯えていたのであれ、それがイーガンと関係があるとはどうしても思えない。さっきもいったけれど、レストランでの話しあいに呼びだされたときには、イーガンが死んでから少なくとも半年はたっていたからね」

「きみは、ミズ・チャプマンが癇癪《かんしゃく》もちだったと話していたね」ハリーがいった。

「きみに怒ったことはあったかな?」

ルイスはハリーに目をむけた。「なんでそんなことをきく?」

「警察では、まず恋人同士の諍《いさか》いがあって、そのあときみがミズ・チャプマンを殺したという仮説に立って捜査を進めてるからだよ」ハリーが答えた。「いざ公判がはじまる前に、警察側の仮説を検証するのもわるくないと思ってね」

「おれたちは恋人同士じゃなかった――少なくとも、あんたが示唆しているような意味の恋人同士じゃなかったんだ。おれはマデリンを殺してはいない。それに、答えはノーだ――マデリンがおれに怒りをむけたことは一回もない」

「しかし、きみの話によれば、ミズ・チャプマンは癇癪もちであり、実力行使に出ることもないではなかったということだね」

「ああ。ときにはね」

ついでわたしたちは、カー&ルーファス社でのルイスの勤務についての質問を繰りだしていった。ルイスは、自分がこの警備会社で働きはじめてまだ二年弱であると話した。アイソテニックス社での要人警護の仕事は、もっとも初期に割り当てられた仕事のひとつだった。チャプマンと行動をともにするのが約一年四カ月になったおり、チャプマンが身辺警護の打ち切りを決定、取締役会にはもう自分の警護の必要はないと告げたのだった。

「その期間は、二十四時間の勤務ののち、二十四時間の非番という形だった？」

「いつもはね。おれたちが出張中なのか、それとも自宅滞在中なのかに応じて、時間がもっと延びることもあった。出張の場合には往復ともにおれが手配をすませたし、マデリンの予定表を調べて、危険の要素がないかどうかを確認もした。車の乗り降りにはつねに付き添い、出張で社用ジェット機をつかうときには、おれも同乗した。出張がある程度の期間になる場合には、いつもふたり、あるいは三人の社員が任務に割りふられた。もちろん自宅での警護の場合は、いつもかならず、もうひとり別の男をつけるようにした。とはいえ、それが保安上の理由にはあまり関係なかった場合もないではないが」

「しかし、任務の責任者はあくまでもきみだった？」

「ああ、おれは警護任務の責任者だった」

「ミズ・チャプマンが自宅滞在中には、きみはどこにいた？」

「警護任務中であればそこ、マデリンの自宅に」

「専用の部屋があったのか？」

「あった」

「どこの部屋かな？」

「二階の部屋だ」

「ミズ・チャプマンの部屋は？」

「おなじフロア。廊下のすぐ先だ」

「ほかに、ミズ・チャプマンの自宅に定期的に滞在していた者は」

「いないな。ただし、さっき話したおれの補充要員は例外だ。あとは住みこみのメイドがいるにはいたが、長つづきしなかった。辞めていったんだよ。ある日ふいっと姿を消したかと思うと、もうもどってこなかった」

「保安警備契約についての話だ。その契約には、会社の要人警護以外に、どのような仕事が含まれていた？」

「ああ、なにもかもだ。運転手たちの訓練、産業スパイ対策、さらに会社の中枢部への武器を携行した制服ガードマンの配備。あんたたちも、大学の近くにあるあの会社の施設群を見たことがあるだろう？」

「〈ソフトウエア・シティ〉のことか？」

ルイスはうなずいた。「あのあたりの建物の大半は、マデリンの会社が所有しているんだ」

「ということは、かなり規模の大きな契約だな。カー＆ルーファス社は、どうやってその仕事を受注した？」

「それについては、会社のほうにきいてくれ」

「では、カー＆ルーファス社については？　この会社のことを少し話してくれ」

「なにを話せばいい？　あの会社は、おれのような軍隊出身者にとっては再就職の好機のような会社だよ。全世界規模で保安警備の仕事を受けているな。この国の政府関係の仕事もあれば、他国の政府の仕事もあり、もちろん民間企業の仕事もある。まあ、そういったところだ。本社があるのはここ、サンディエゴ。ほかにも五カ所の支社があるが、雇用の大半は本社でおこなっている。ペンドルトンの海兵隊基地や、ノースアイランドのコロナドにある海軍の基地あたりの出身者を雇うんだ。雇いいれる人材の大部分が、軍の退役者でね。たまに警察機関の出身者を雇うこともあるが、これはかなり珍しい」

「しかし、きみは陸軍出身者だ」ハリーがいった。

「ああ。人を募集しているときいたんで、自分から志願したんだよ。で、あの会社はおれに働き口を提供した。給料のいい仕事だよ——というか、あの会社がおれを馘にするまではね」

「当然、ボス……というか、報告の義務を負う上司がいただろうね」

「ジェリー・カマーズ。気だてのいい男だよ。つきあいやすいやつだ。もともとは海軍にいた男でね。あの会社のほかの管理職連中とくらべたら、まっとうな男だった、海兵隊の二等軍曹だった男がふたりばかりいてね。どんなタイプかはわかるだろう？融通のきかない堅物だよ。ユーモアのかけらもない。だから、おれはまずまず運がよかったんだろうな」

「就職のさいにきみの面接を担当したのは、そのカマーズだったのかな？　そののち、マデリン・チャプマンの身辺警護の仕事をきみに割り当てたのも？」

「たしかに、命令自体はカマーズから受けた。しかし、命令はもっと上のレベルからきていたと思う。新人雇用については、ひとりの男がすべてを仕切っていた。業務統轄パートナーのマックス・ルーファスだ。就職にあたっては、選別のための面接や集団面接を受けることになる——軍隊で士官になるための昇進委員会のようなものだな。しかし、だれであってもルーファスの眼鏡にかなう必要がある。しくじれば、そこでバイバイだ。創業以来ずっと会社にいて、新人の採用にあたっては、その全員の採否を決めているんだよ」

「ミズ・チャプマンの会社、アイソテニックス社は、大口の顧客だったんだね？」

「民間企業のなかでは、大口契約だったとしてもおかしくないな。ただし、最大の顧客かどうかはわからない。知りたければ、会社にきくといい」

「カー&ルーファス社に就職する前、きみはなにをしていた？」

「陸軍にいたよ」

「任務はどこで？」

「いろいろなところさ。大半はジョージア州だね。フォート・ベニング。ノースカロライナのフォート・ブラッグ。そこが現役時代の最後の勤務地だ」

「そこではなにをしていた？」

「おいおい、これはなんだ？　〝二十の扉〟か？」

「きみの特技区分《MOS》は？」

「歩兵。そう、歩兵だ。ただし、訓練任務を手がけたときもあった」

「教練係軍曹のようなものかな？」

「まったくおなじじゃない。特殊な武器や特殊な戦術の訓練とか、その手のことだ」

「では、陸軍のなんらかの精鋭部隊に所属していたことはない？」

「レンジャー部隊にいたことはある」

「何年のあいだ？」

「わからない。十二年ぐらいか。いや、もう少し長かったかもしれない」

「空挺部隊は？」

ルイスはうなずいた。まるで歯を抜くような質疑応答だった。ルイスには、まだわたしに打ち明けていないことがある。ひょっとすると刑務所経験があるのかもしれないという疑惑が芽ばえた。海軍艦船の監禁室に入れられていたのかもしれないし、カンザス州レヴェンワースの連邦刑務所かもしれない。しかし、それでは筋が通らない。重罪で実刑を受けた兵士は不名誉除隊に処せられるはずだ。一方ルイスは名誉除隊になり、恩給も全額受給していた。この点を調べておくこと――わたしは頭のなかのメモに書きとめた。

「自社社員のひとりが大口顧客の大企業の最高経営責任者の殺害容疑で逮捕されたとなると、カー&ルーファス社にとってはあまりおもしろくなかったはずだね」ハリーの言葉作戦そのものには改善の余地があるにしろ、この発言は的を射ていた。

「予備審問がおわって、判事がおれを公判まで勾留処分にする決定をくだすなり、会社はおれを馘にしたよ。ということは、それまでは社員扱いだったんだろうな。ケンダルの話によれば、そうやっておれを社員扱いしておかないことには、会社として責任をみずから認めたことになるかららしいが」

この点については、ケンダルの見立てどおりだった。この二週間ばかりマスコミには、チャプマンの会社がカー＆ルーファス社に損害賠償を求める民事訴訟を起こす方向で、顧問弁護士に相談しているという噂が流れていた――訴訟はカー＆ルーファス社がルイスの経歴についてなにを知っていたか、把握したのはいつか、という点に左右される。アイソテニックス社はわたしたちの裁判の進み具合を注視していた。カー＆ルーファス社が水たまりに足を踏みこみ、水しぶきを跳ね散らかす方向に進まないでほしいと願っていることでは、同社の顧問弁護士たちも同様だった。弁護士たちはみな、ルイスが雇用された時点で危険な社員だと見なされていたのかどうか、以前に――おそらく軍隊時代に――法律がらみで悶着を起こしたことがあるのかどうかを知りたがっている。そういった要素すべてが、金になる材料になっていた。

ついでハリーが、肝心な質問に焦点を絞りこみはじめた。アイソテニックス社がマデリン・チャプマンに要人用の身辺警護をつけようと思いたった理由を特定するためだ。「被害者を脅迫していてもおかしくない人物に心あたりがあったら、とりあえず

名前を教えてもらえるかな？　きみが警護に雇われた裏には、それなりの理由がある
はずだからね」

　そういった人物の名前をひとつでも手に入れれば、優秀な弁護士ならそこから有名な〝SODDI弁護作戦〟に訴えられる——これは〝やったのはほかのやつだ《サム・アザー・デュード・ディド・イット》〟の略だ。弁舌あざやかな名人にかかれば、真犯人を名指しせずとも大雑把な方向にむけてうなずきかけつつ、同時に陪審にむかって——咳を吐きかける結核患者のように——疑いの種を撒布できるのだ。そのあと数日かけて肥料を与えて丹精してやれば、陪審員席からどんな有毒植物が生えでてきて蔓《つる》を一気に伸ばし、検察側主張の首を締めあげていくかはだれでも予想できる。

「脅迫ならどっさりと寄せられていたよ」ルイスは答えた。「ほら、マデリンほどの財産と社会的地位をそなえていれば、世間からあまり愛されないからね」

「つまり、脅迫されていたのは事実だった？」ハリーはたずねた。その声に驚きの響きはまったくなかった。

「もちろん。ありとあらゆる種類の脅迫が寄せられたよ」ルイスはいった。「大半が頭のおかしな連中だった。マデリンがソフトウエアを盗んだと主張する連中。解雇を通告されて恨みをいだいた元従業員。あとはクリスマスになると湧いて出てくるタイプ——頭のなかのライトが欠けて消えたままの連中で、新聞の社交欄でマデリンの写

真を見かけると、クリスマスカードを送ってくるよ。〝死ねばいいのに〟と追伸に書き添えて」

「つまり脅迫が手紙の形で寄せられていたんだね？」ハリーはメモをとっていた。

「手紙もあった。電話もあったし、電子メールやファクスの脅迫もあった。二回ばかり、会社の受付カウンターに直接届けにきたやつもいたな。きちんと宛名があり、〝アイソテニックス社会長兼最高経営責任者、マデリン・チャプマンさま〟と宛名があり、〝親展・極秘〟と添え書きまである封筒をね。そう書けばマデリン自身が開封するとでも思っているのかね。そんなふうに自分で届けても、上のフロアで封筒があけられる前に逃げきる時間の余裕があると思っていたんだろう。受付カウンターのようすを記録していたビデオテープの映像から、届けた犯人のひとりの身元をつきとめることができたよ」

「脅迫状には、ミズ・チャプマンを殺すという脅迫が書かれていたものがあったかな？」

ルイスは顔をしかめてから、これが物事のあるべき順序だといいたげにうなずいた。

「あった」

「そういった手紙は会社に保管されている？」

「ああ、たぶんファイルにね。その手の手紙はきちんと保管しておくように助言する決まりだ。なにかあった場合、過去の手紙類を洗いなおすために必要だからね」

「いい助言だね」ハリーは自分の幸運が信じられなかったにちがいない。ついでハリーは、アイソテニックス社で重役たちの殺害予告のある脅迫状を保管し、管理している担当者の名前を知りたがった。名前がわかれば、文書提出令状を送達できる。

「そういえば、会社がマデリンの身辺警護に乗りだすきっかけになった事件があったな」ルイスがいった。

「どんな事件かな？」わたしはたずねた。

「二年ばかり前の株主総会で、頭のおかしな男がマデリンにクリームパイを投げつけたんだよ。この事件が会社の注目をあつめてね。取締役会が目を覚まし、パイではなく拳銃を所持した男でも簡単に目的を達成できると気がついたわけだ。その一件のすぐあとで会社はおれたちを呼び、仕事をはじめる承認を与えたんだ」

ルイスにも、被告人としての自分の主張にどういう含意があるのかが見えてきたようだった。殺人容疑で起訴されたとなったら、まわりから愛されていなかった被害者がいるのは決して損にならない。被害者のいない犯罪という不気味な場合はともかく、被害者が愛されていなかった人物であれば、それだけ犯人候補が多くなるし、うまくすれば陪審を混乱させられるレベルにもっていけるからだ。

「会社あての脅迫状一通につき一ドルもらっていたら、二年前にきっぱり仕事をやめ、ビーチのハンモックに揺られながら利息で暮らせていたはずさ」ルイスはいまや笑みをたたえていた。容疑者視されてもおかしくない人々がつくる大宇宙には、自分以外の者もいるのではないかという思いに、心なごむものを感じたのだろう。

そうはいってもわれわれには、ルイスを犯人だとする検察側主張がはらんでいる圧倒的なまでの皮肉な要素と戦うという仕事が残されていた。大企業が重役の身辺警護の仕事を依頼したが——警察によれば——それが最高経営責任者の殺害という結果におわった。このたぐいの逆説を前にすると、陪審は道に迷って、〝合理的な疑い〟という重要事をないがしろにし、人生の不公平を埋めあわせるため、どれほどの力をこめて正義の天秤に飛び乗るべきかという問題だけに焦点を絞りこみがちになってしまう。

「では、武器のことを話そう——ミズ・チャプマン殺害につかわれた凶器の銃のことを」わたしは話題を変えた。

そのひとことで、ルイスの顔から一瞬にして笑みが蒸発した。

わたしはルイスを見つめた。「あの拳銃の出所がきみであると確認されたことは知っているよ」

「まあね」ルイスは、いずれこの話が出てくることはわかっていたといいたげな重苦しいため息をついた。「なにをいえばいい？　たしかにおれの銃だ」

「連邦政府によれば、きみ個人の所有物ではないがね」ハリーがいった。「変なことを考えられると困るからいっておくが、おれはマデリンを殺してはいないぞ」

予備審問で凶器の拳銃がらみで提出された証拠は、警察のものだけだった。警察は拳銃――珍しいタイプの四五口径オートマティック――の来歴をたどり、最後の所有者がアメリカ合衆国政府であることを突きとめていた。より正確にいうなら、銃はノースカロライナ州フォート・ベニングの陸軍基地の備品だった。ルイスにとって厄介な問題がひとつだけあった――軍の記録には、その製造番号をもつ銃がE・ルイスなる人物に支給されたとあり、殺人事件の九年前の書類に、ルイスの署名と軍のID番号が記載されていたのである。それ以降は、いかなる記録も残っていなかった。ルイスが銃を返却した記録も、退役にあたって返却した記録も存在していなかった。

「銃のことを話してくれ」わたしはいった。「どうしてあの銃が手もとにあった?」

ルイスは小首をかしげ、肩をすくめた。「軍を辞めたときも手もとに残しただけさ。たいしたことじゃない。そう珍しくもないね。軍がその点の確認をしないこともしょっちゅうだ。そうとも、おれの知っている元軍人の半分が、当時の着装武器を手もとに置いているよ。だいたい、ああいう武器は個人にあわせて精度を高めてある。そう、自分の肌ざわりだの手ざわりだのにあわせてね。ブーツのようなものさ――ひとたび新品のブーツを履いたら、ほかにだれがそのブーツを履くというんだ？　分解したり、ブッシングを交換したり、手入れに費やした時間は百時間にもなるだろうし、いったい何発発射して銃弾を再装塡し、それでアクション部分を調節しなおしたり、自分の指の力にあわせるために引金を調節しなおしたかは覚えていないほどだよ。あの銃と生活をともにしていたわけだ。用ずみになった時点では、最初に支給されたときのままの部品なんて、ふたつと残っちゃいなかっただろうな。残っていたのはアクション部分だよ」

「それはわかる。ただしきみにとって不運だったのは、残っていた部分のひとつがフレームで、そこに製造番号が刻印されていたことだな」ハリーがいった。

ルイスは、このハリーの言葉を認める表情をのぞかせた。

「いまの話はいまの話として——」ハリーはつづけた。「——事実を正面から見ようじゃないか。きみはあの銃を盗んだ。ちがうか？」

顔に不満や悔しさの表情をたっぷりのぞかせたのち、ようやくルイスはこの質問に答えた。「ああ、そういう言い方もできなくはないな」

「いざきみの公判がはじまって警官が証人席に呼ばれたら、その話が出てくることだけは確実だぞ」ハリーがいった。「向こうにすれば、これは重大な事実なんだ。殺人という行為そのものに直接の関係はなくとも、銃器の来歴を調べて出所を確かめ、殺人の凶器と結びつける。証拠からは排除できないかもしれないな」

「早合点で結論に飛びつくのは避けようじゃないか」わたしはいった。

「なに？」ハリーはわたしにむきなおった。「まさか陪審が、〝銃を盗むような男なら、その銃を犯罪につかってもおかしくない〟という推理をめぐらさないとでもいいたいのか？　現実的になれよ」

「ところが、その点はこっちに有利になるかもしれないぞ」わたしはハリーにいった。「なにはともあれ、ミスター・ルイスはあの拳銃が軍の記録の上では自分の名前で登録されていることを知っていたんだ。知っていたことにまちがいはないね？」そういって、ルイスに顔をむける。

ルイスはうなずいた。

「つまりミスター・ルイスは、武器の来歴を調べれば自分が割りだされることを充分知っていたわけだ。それなのに、ミズ・チャプマンを殺すのにあの拳銃をつかうと思うか？　そんな筋の通らない話はないぞ」

「恋人同士の諍いは、〝激情の犯罪〟だよ。そういった場面では、人は考えをめぐらせるよりも先に行動するものだぞ」ハリーはいった。「それにミスター・ルイスの印象をわるくするのは、あくまでも拳銃を盗んだという事実のほうだ。そのことは認めたほうがいい――これは決して、おれたち被告側の助けにはならないと」

「それは、ミスター・ルイスがみずから証人席につくかどうかに左右されるな」わたしはいった。「現在のところ検察側にいえるのは、凶器の拳銃がかつてはアメリカ合衆国の備品であり、記録を見るかぎりでは、いちばん最後に手もとに銃を置いていたのがわたしたちの依頼人氏であるということ、それだけだ。しかもそれは六年前だ。ミスター・ルイスが証人席でみずから認めないかぎり、検察側にはミスター・ルイスが銃を盗んだとも、その六年のあいだにどこかで紛失していたとも断言できない。というのも、検察側はそののち拳銃がどうなったのかをまったく知らないのが事実なんだから」

ハリーが、若干横目でわたしをにらみつけた——わたしが正気をうしなったと思いこんでいるような目つきだった。まっとうな知性のある陪審なら、ふたつの点を結びつけるのは簡単だ。「いったいなにをいいだす？　もしや、かつて被告人に支給された拳銃を、なにものかが入手したという仮説を陪審に売りこめるとでも思っているのか？　その何者かは、それから何年とも知れない年月のあいだ拳銃を大事にしまいこんでいたあげく、元の所有者に濡れ衣を着せるため、その拳銃でマデリン・チャプマンを殺したと、そう陪審に信じこませようというのか？　なぜそんなことをする？」

わたしは〝先のことはわからないぞ〟という表情をハリーにむけた。「銃器や弾薬の支給にまつわる軍の記録が、整然と秩序だったものではないほうに賭けたいね。軍は記録の作成にあたってミスを犯すだろうし、その種の手ちがいがどれほど頻繁に起こっているかについての報告書なり、政府の監査結果書なりがどこかにあるはずだ。武器の紛失や盗難、軍の武器が犯罪に使用された実例などのね。どこの政府の官僚組織であっても、ひとつだけあてにできることがある――たとえ自分たちのミスであれ、連中がなにからなにまでそっくり記録しているということだ。わたしがいいたいのは、問題の銃をだれが最後に所有していたのか、という点についての検察側主張に、疑いの雨を大量に降らせることもできる、ということだけさ」

「なるほど。しかし、被告人が知ってい――」ハリーが内心の思いをすっかり口に出す前に、わたしは手をかかげて黙らせた。ルイスが被害者を知っていたばかりか、被害者宅に泊まったこともあり、さらには被害者を殺すのにルイスの拳銃が使用されたとあっては、あまりにも偶然の要素が多すぎる。

わたしはルイスに目をむけた。「ひとつ教えてくれ。この手の分野で、軍がどれほど頻繁にミスをするかという点について、なにか知識はあるかな？　たとえばだれかが銃を返却したにもかかわらず、手続をうっかり忘れたとか、あるいは書類が紛失したとかいうミスだ。もしそうした問題があるのなら、軍隊にはその手のことを知っている人間がかならずいると思うし、そうした人間を証人席につかせることもできるんだよ」

わたしがルイスに伝えたかったのは、合理的な疑いの一片という楔《くさび》を——どれほど薄いものでも——証拠に打ちこむことで、いくらか目くらましに近い方法とはいえ、ルイスと殺人につかわれた凶器とを引き離す方法があるかもしれない、ということだった。

わたしは話をやめると、ルイスをじっと注視した。ルイスはいったんハリーを見てから、わたしに視線をもどし、最後にかぶりをふった。「話が見えないな。なんのためなんだ？　あの銃はおれのものだぞ」

窮地に陥った被告人には——とりわけ、罪の意識という心の重荷に苦しめられ、かつその重荷をわかちあう人がいない被告人ならなおさら——こんな特徴がある。彼らは多少なりとも黄金を紡ぎたい一心でどんな藁《わら》をもつかむのが普通で、そうしない者はめったにいない。しかもその過程で、倫理についての質問を発してきた被告人はひとりも知らなかった。

「いや、きみにはよくわかっていると思うよ、ミスター・ルイス。これは単純、かつ率直そのものの話だ。真実と呼ばれるものの話だ。弁護士が法廷でさがし求めるのは答えではないよ。しかし、ひるがえって考えれば、優秀な弁護士たる者、きみが証人席につけられて質問を浴びせかけられるのを許すわけがない。というのも——わたしもそうなのだが——優秀な弁護士は、相手がほかの答えを口にすれば、それが嘘だと事前に知っているからだし、嘘だということが明らかにされるはずだとも知っているからだよ」

「つまりあんたは、おれが嘘をつくかどうかを試しているわけか？」

「頼むから、こいつを大目に見てやってくれ」ハリーがルイスにいった。「こいつは弁護士なんだから」

「きみはいま、自分はマデリン・チャプマンを殺してはいないし、だれが殺したのかは知らないといっているんだね？　まちがいないな？」

ルイスは、しばしわたしを見つめていた――頭のなかで、この質問のどの部分が罠なのかを見きわめようとしていたにちがいない。「ああ、そうだとも。おれはそういってる。それでもあんたたちに信じてもらえないとなれば、おれとしてはほかの弁護士をさがすしか――」

「落ち着きたまえ、軍曹。わたしはきみを信じているんだ」

6

最初にひと目見たときには、〈ソフトウエア・シティ〉の別名でも知られるアイソテニックス社の敷地は、アイヴィーリーグの大学のキャンパスのように見えた。しかし、ひとたびゲートを通りぬけて、より詳細な部分が見えるようになると、大学のキャンパスよりも軍隊の基地に似ている部分が多々目に飛びこんできた。

敷地の外周を囲むフェンスは建築上の効果を重視して、装飾の多い鉄でつくられていたが、高さは少なく見ても二メートル半近くあって、それぞれの杭の先端には百合の花をかたどった飾りの品がとりつけてあった。枝わかれしたような花弁の部分は、どれも槍の穂先のように鋭く尖っていた。このフェンスを乗り越えようとする者がいたら、オリンピックに出場する体操選手のような筋力と敏捷な身ごなしが必要だし、それがない場合にはフェンス両側に梯子が必要だろう。一回足を滑らせただけで、その人間は金串を刺されたホットドッグになって一巻のおわりだ。

正面ゲート中央には警備員の詰所があり、わたしが車を進めていくと、そこに制服姿の警備員が立っていた。さらに一段高くなった場所に立てられた何本ものポールの高い場所に、防犯カメラがそれぞれとりつけてもあった。

ゲートの先にはアスファルトの道が丘陵のあいだを曲がりくねって伸びており、しだいに高くなりながら、遠くに見える山の背のてっぺんまで通じていた。車を走らせていると、赤煉瓦づくりの建物が村のように寄りあつまっているところをいくつも通りすぎた。どれもおおざっぱに植民地時代のニューイングランド地方の商店を模したデザインで、それぞれの看板には会社のさまざまな部署の名称が表示されていた。そういった建物は——なかには壁に蔦が這っているものもあった——緑地になった広場を囲むように長方形に配置されていた。灌漑《かんがい》されて手入れのゆきとどいた芝生は、カリフォルニアの山地に見られる干からびた芝と鮮やかな対照をなしていた。要所要所には、夾竹桃《きようちくとう》や無花果《いちじく》といった低木で覆われるよう注意ぶかく設計された生垣があり、敷地内部の防犯フェンスをうまく隠すために利用されていた——電気の通じている金網フェンスで、上部にはきつく巻かれた鉄条網のコイルが載せられていた。といっても、こうしたことはアメリカ合衆国の国防総省を主要取引先としている企業にとって、珍しいことでもなんでもない。民間警備会社のマークがはいっているパトロールカーが、敷地内の道路を巡回していた。

四百ヘクタールを越える広大な丘陵地帯——南カリフォルニアの乾燥気候のせいで

茶色く枯れて干からび、いまにも火がつきそうなほどになっている芝に覆われた土地――のそこかしこに、堂々たるユーカリの木立ちが点在して彩りを添えていた。

のぼり坂になった道に車を走らせていき、ある程度の高いところからふりかえって目をむけると、先ほど見かけたいくつかの建物が――尖った屋根や端の切妻の部分を朝日に輝かせて――眼下に広がっているのが見わたせた。ついで車がカーブをまわりこむと、家々は山の背に隠れて見えなくなった。ここがマスコミから〝キャンパス〟と呼ばれている理由は、なんなく察せられた。いくつもの部署が、まるでオックスフォードのカレッジのように、それぞれ独立して配置されているからだ。目を通した資料によれば、このように設計したのはマデリン・チャプマンその人であり、それぞれの部署を競わせ、企業内で一段高いところを目ざして邁進させ、完璧さを追求することが主眼だったという。

丘のてっぺんまで半分ほどのぼったところにある二番めの検問所で、わたしは停車を命じられた。最初のゲートで手わたされた通行許可証が回収されて、新しい許可証が手わたされた。さらに警備員がわたしの名前をクリップボードでチェックして、駐車許可証を手わたしてきた。ここを越えると、それまでアスファルト舗装だった路面が、精緻な杉綾模様になるように敷きつめられた石畳に変わった。道路の左右にはジャカランダの木がならんでおり、その長く伸びた枝の下では、遅咲きの花の花弁がスカイブルーの影のように路面を覆っていた。こうした光景すべてが、自分が民間企業内で涅槃《ニルヴァーナ》の地にあたる場所にはいりつつあることの目印に思えた。周囲と隔絶された場所、下界の金もうけ主義の歯ぎしりや生き残りを賭けた死闘を超然と見おろすがごとき場所に。

ジープのタイトなサスペンションが石畳の路面でがたがた鳴りはじめるころ、わたしは道を左に折れた。そのとたん、数キロほど西に広がっている無限の青い靄《もや》のような太平洋の光景が目に飛びこんできた。

わたしは駐車許可証をリアビューミラーにひっかけ、アクセルを踏みこんで丘をのぼっていった。二分後、ジープは丘の頂上にたどりついた。来客用の標識の出ている駐車場に乗り入れていき、最初の空きスペースに頭から車を入れる。丘の東側一帯のほとんどを占めている駐車場は、ほぼ満車だった。わたしの正面には、煉瓦づくりで二階建ての復活ローマ様式の建物が見えていた。建物正面には左右にたっぷりとスペースをとった柱廊玄関《ポルチコ》があり、その前には幅の広い階段があった。柱廊の屋根を支えているのは五本ある純白のコリント式の石柱で、渦巻模様のある柱頭石も巨大な石づくりの柱脚もそろっていた。建物の屋根の上には――ウェディングケーキの最上段のように――もっと小さな柱で支えられた輝くような白いドームがそびえており、ドームの弧を描いている部分の基部からちょうど半分ほどのところに丸い銃眼がならんでいた。充分な輸送力のあるヘリコプターがあれば、この建物をそのまま吊りあげてヴァージニア大学のキャンパスに降ろしても——煉瓦のへりを崩し、角を人為的に欠《か》いて古びた雰囲気を出そうとしていることもあって——周囲にすんなりなじみそうだった。

わたしはブリーフケースを手にとると、柱廊玄関と正面玄関扉に通じている階段にむかって歩いていった。階段をあがり、玄関から屋内へと足を踏みいれる。洞窟のように奥深い玄関ホールには、大理石の床を打つハイヒールやすり足で歩く革靴などの靴音、おりおりにくしゃみや咳がまじる人々の話し声が渾然一体になったうなりが響きわたり、そうした音がすべて石づくりの壁や床に跳ねかえって、高い位置にあるドームにわんわんと鳴りわたっていた。

細部にいたるまで配慮がゆきとどいているため、建物の内装は正統的な政府建築物のほぼ完璧といえる模倣になっていた。権力の建築の複製であるという事実は、ここを訪ねている客の面々——大半が軍のお偉方や官僚たち——に微妙な影響をおよぼしていた。あくまでも無意識レベルへの働きかけだが、ここの設計は政治的野心の走狗《そうく》になっている人々のお追従《ついしょう》本能——こういった環境下におかれると、やたらにお辞儀をしたり頭を下げたりする本能——を刺戟しているようだ。

そうなると、チャプマンはこのテーマを上のフロアにも導入しているのだろうかと思わずにいられなかった。契約が成立する会議室は、議会の聴聞会室に似せた設計になっているのではあるまいか？　なぜなら議会の聴聞会室となれば、国防総省にとって〝できれば焼き捨てたい秘密が隠された薪小屋〟だからだ。

ドーム真下の円形のカウンターが案内デスクになっていた。カウンター内部ではちょっとした軍隊ほどの数の係員がちょこまか走りまわり、電話の応答をしたり書類をまわしあったりしていた。

わたしは順番待ちの列をつくっていたふたりのうしろにならび、カウンター前にたどりつくと、自己紹介の言葉を口にした。「ポール・マドリアニ。ヴィクター・ハヴリッツに会いにきた者だ」

名前を口に出したとたん、あるテレビのコマーシャルの登場人物になった気分にさせられた――人々がいっせいに会話をやめ、全員がわたしの方向に耳をそばだてたのである。

「少々お待ちください……」受付係から名刺を求められることもなかったし、約束の有無をきかれることもなかった。先ほど通過してきた検問所から事前の電話があって、わたしの来訪を知らされていたことに疑いはなかった。

顕微鏡で観察されている微生物になった気分だった――たくさんの人々の目がむけられていたからだ。この会社の創立者にして最高経営責任者を殺害したとして起訴された男の担当弁護士として、顔と名前が新聞やテレビの六時のニュースにやたらに露出したことのご利益《りやく》である。

　受付係が電話の受話器をとりあげて番号ボタンを押しはじめると同時に、わたしは周囲を見まわした。そのとたん数十対の目が、わたしの到着以前にしていた仕事に引き返していった。虫の羽音のような話し声がしだいに高まり、やがて受付係の電話の声もきこえなくなった。どんな内容かはともかく、電話での会話は短くおわった。受付係が受話器をもどした。

「いますぐ迎えの者がまいりますので、あちらでお待ちいただけますか……」受付係はそういいながら、この建物の西翼棟に通じている左側の広い廊下のほうを指さした。わたしはブリーフケースをさげ、背中に突き刺さってくる人々の視線を意識しながら、示された方向に歩いていった。

　今週はすでに二度も、わたしたちの事務所前の道路にニュース番組の撮影クルーがあらわれていた。わたしたちにも、マスコミから質問を吐きかけられ、顔にカメラのレンズを押しつけられるという刑罰を受ける順番がまわってきていたのである。

　娯楽の対象として裁判所にチャンネルをあわせている人々が、いまいちばん話題にしているのが、近づきつつあるルイスの公判だった。〈コートTV〉が公判を生中継するかもしれないという噂さえあって、ハリーとわたしはその影響力をも考慮に入れざるをえなくなっていた。わたしは法廷にマスコミを入れることに賛成ではない。有名人政治《セレブリトクラシー》の時代でなによりも警戒しなくてはならないのは、ひとりかふたりの野心あふれる陪審員がはいりこみ、ニュース番組〈ナイトライン〉への出演を確実にしたい一心で陪審を牛耳って、自分の望む方向に評議を誘導しようとする事態である。

数秒後、背後から控えめな女性の声がきこえてきた。「ミスター・マドリアニ」

わたしはふりかえった。

「こちらにおいでください」

ととのった顔だちの愛らしい赤毛の女性だった。赤褐色のスカートに白いブラウスという服装で、薄手のシルクのスカーフを肩にふわりとかけ、襟もとでゆるく結んでいる。

ふたりで歩くあいだ、女は笑顔こそ見せてはいたが、ひとこともしゃべらなかった。天気についての世間話ひとつするでもなく、ここがわかりにくい場所だったかとたずねもしない。ひたすらまっすぐ前を見つめる顔に読みとりがたい表情をのぞかせたそのさまをたとえるなら、アイリッシュ版のモナ・リザだ。

わたしたちは廊下を半分ほど歩いたところのエレベーター・ホールで足をとめ、そのあと上のフロアにあがっていった。それほど上にあがったわけではないが、エレベーターのスピードは遅く、そのあいだかなりの緊張で張りつめた静寂が支配した。それこそ、ナイフをあてたら一気に弾けそうな空気だった。二階でドアがあくなり、重役エリアにはいったことがひと目で明らかになった。ここでは人の話し声もキーボードを打つ音も、すべてが床に敷きつめられたベルベル人のカーペットに吸収されていた。

広大なスペースだった。この建物の西翼棟の二階全体を占めているのではないだろうか。中央には防音材を詰めたパーティションで仕切られたブースがならんでおり、秘書や助手のためにわずかながらもプライバシーを提供している。個人個人のブースという小世界で、彼らは鉢植えや愛する人々や家族などの写真に囲まれていた。廊下を歩いていくあいだ、何人かが顔をあげて目をむけてきた。廊下といっても、片側はパーティションで区切られた区画であり、反対側には真鍮《しんちゅう》のネームプレートのあるオフィスのドアがならんだ壁になっていた。

わたしは女のあとについて、廊下の突きあたりまで歩いていった。突きあたりには、磨きぬかれたマホガニー材に真鍮の金具をとりつけた観音びらきの扉があった。女が軽くノックをした。

「どうぞ」室内から、ほとんどききとれないほどの男の声がした。

女にドアをあけてもらって室内に招じいれられるなり、会議室に通されたことを悟った。鏡板ばかりの壁、六メートルの長さのあるマホガニーの会議用テーブル、そのテーブルをとりかこむ背もたれの高い回転式のアームチェアは、どれも暗紅色の革ばりの品だ。そして会議室中央の天井には、猿の群れ丸々ひとつにねぐらを提供できそうなほど大きな真鍮のシャンデリアがさがっていた。

これまでわたしは、ヴィクター・ハヴリッツとふたりきりの会合がひらかれるものとばかり思っていた。ハヴリッツはアイソテニックス社の副社長兼法務主任であり、現在はマデリン・チャプマンの代理として臨時の最高経営責任者の地位にあった。しかしながら、いま見わたしたところでは、統合参謀本部なみの会議になりそうだった。テーブルを囲んでいる面々は五人――いや、わたしをここに案内してきた女性が着席したので六人になった。テーブルの上座にすわっていた男が立ちあがった。背が高く、ブルーのピンストライプのスーツを小粋に着こなしている洒落者だった。

「ようこそ、ミスター・マドリアニ。わたしがヴィクター・ハヴリッツだ」と、蜘蛛が蠅にいいました――有名な詩にならっていえばそんなところ。ジャケットの袖口からは、白い麻のドレスシャツのダブルカフスがのぞいていたが、そののぞき具合ときたら、いまそこに立っている本人に〝画一性の定規〟をあてて計測したうえで誂《あつら》えたかのようだった。ハヴリッツは片方の金のカフスボタンを指で弄びながら、わたしに笑顔をむけていた。暗紅色のクラブタイときたら体に直接スチームプレスしたかのようであり、おまけに椅子の革に色をあわせたとしてもおかしくなかった。

「はじめまして」わたしには笑顔を返すのが精いっぱいだった。なんといっても、この会議集団にすっかり打ちのめされていたからである。

どうやらハヴリッツはわたしの表情から、大人数での会議が予想外だったことを読みとったらしい。「どうか気にしないでくれたまえ。わたしから同僚の諸氏に同席をお願いしたんだよ。きみの質問のなかには、わたし以外の者が答えるほうが適切なものもあると思ってね」ハヴリッツと話をするためには、観客という代償を受け入れなくてはならないかのような口ぶり。

「人数が多ければ、それだけ話しあいが活発になりますね」わたしはいった。

「さあ、もっと近づいてくれ」

ハヴリッツはそういってテーブルを囲む面々を紹介しようとしかけたが、そこで口を閉じて詫びの言葉をはさみ、わたしにコーヒーか紅茶、あるいはソフトドリンクを飲むかとたずねた。わたしは辞退した。

「なにか欲しくなったら、遠慮せずにいってくれ」ハヴリッツはそういって、紹介にとりかかった。「まず最初に、メアリ・コラードだ」そういって、テーブルの反対側、いちばん下座にすわっているブロンドの女性をさし示す。女性は、いかにもお義理で淡い笑みをちらりとのぞかせた。「ミズ・コラードは、この会社の最高財務責任者だ。その隣がジム・ベックワース。ジムは法務面でわたしを手伝い、さらに外部弁護士との交渉の監督役をこなしている。ジムの隣がウェイン・シムズ。ミスター・シムズは、〈ヘイズ、キンスキー、ノートン&クライン法律事務所〉の弁護士だ。きょう、ここに来てもらったのは、うちの法務部門には刑法分野での経験豊富な者がひとりもおらず、現下の情況を考えるに、その分野に通じた人物に補佐してもらうのが最上の策だと思ったからだ」

「敵対的な話しあいになるとは予想していませんが……」わたしはいった。

「ああ、わたしもそうはならないと確信していますとも」ハヴリッツはいった。

シムズという男は知らなかったが、話に出た法律事務所のことは知っていた。オフィスは五つの州にあり、弁護士の総数は三百人を越える。企業法務とホワイトカラー犯罪を専門とする、お上品な弁護士集団のひとつだ。

ハヴリッツは、テーブルのわたしがいる側の紹介にとりかかった。「こちら側のいちばん向こうが、先ほどきみと会ったミズ・ローガンだね」

エレベーターでのわがエスコート役だ。「といっても、まだ正式に紹介してもらったわけではありませんが」

「これは失敬」ハヴリッツはいった。「カレン・ローガンだ。ミズ・ローガンは、ミズ・チャプマンの補佐役兼個人秘書だったんだ」

紹介の言葉をきくなり、チャプマンの部屋のソファで仰向けになっていたルイスの半裸の姿が脳裡に浮かんできた。カレン・ローガンは、淡い笑みをたたえた顔をわたしにむけた。鼻に近い頬のあたりには、薄いそばかすがあつまっている部分がある。雰囲気は、さしずめヘッドライトに照らされたバンビといったところ。

ローガンは三十代初め、琥珀色がかった豊かな赤毛をミディアムの長さに伸ばし、それをごく自然な風に吹かれたようなスタイルにまとめていた——その結果、ついいましがた嵐に襲われたアイルランド海のビーチをあとにしてきたように見えていた。ローガンはどことなくぎこちない動作でうなずいたきり、すぐ顔を前にもどして、テーブルに目を伏せた。

これがルイスの話していた情事の場への闖入者《ちんにゅう》当人だとすれば、肌が抜けるように白く、ルイスの弁護士と同席して落ち着かない気分を感じているのは明らかであることからして、その現場では顔をまっ赤に染めていたであろうことは想像にかたくなかった。

「紹介こそ最後になったが、決して軽視してはならないのがハロルド・クレップだ。ハロルドは、研究開発部門の……臨時の責任者だ」ハヴリッツは〝臨時の〟という一語だけを強調していたし、わたしが顔の表情を読みあやまっていなければ、クレップ本人もその抑揚をはっきりとききとっていたようだ。クレップはまたアフリカ系アメリカ人であり、テーブルについている唯一の有色人種だった。

顔と名前を一致させつつ、それぞれを頭のなかにある会社組織図の所定の場所にあてはめていく一方、わたしはクレップがウォルト・イーガンの後継者というささか曖昧な名誉に浴したことを見てとっていた。イーガンは信頼される前任者であり、チャプマンの右腕ともいうべき男だった。

「ハロルドは、わが社の技術部門のスタッフだ。教育を受けてきたプログラマで、ソフトウエア設計技師だよ。さあ、すわってくれ」

ハヴリッツはそういうと、テーブルで唯一無人のままになっていた椅子をさし示した。わたしの席は、ハヴリッツとチャプマンの赤毛の秘書であるカレン・ローガンのあいだという、慎重に考えぬかれた位置にあった。しかもテーブルをはさんで真正面にいるのは、弁護士のシムズだ。もしわたしの質問があまりにも鋭くなれば、このハヴリッツ子飼いの弁護士は跳躍にそなえていちいち身をかがめずとも、このわたしにいきなり深々と牙を突き立てられるわけだ。

「これだけ大勢あつまると知っていたら、わたしも事務所のスタッフを連れてくればよかった」わたしはハヴリッツにいった。

ハヴリッツは笑った。「こちらも、名札をつけたほうがよかったかな。しかし、気を楽にしてくれ。われわれは、きみを集団面接しているわけではないのだし」

わたしは赤毛のローガンの背後から椅子にまわりこもうとして、その途中でブリーフケースをローガンの椅子にぶつけてしまった。ローガンは、わたしにつくり笑いの顔をむけた。わたしたちは「失礼」の言葉をかわした。ローガンが椅子をわずかにテーブルに近づけて、スペースをつくってくれた。

この位置にはすべてがそろっており、足りないのは目に直接あてられるまばゆいスポットライトの光くらいのものだった。ただし、法律事務所から来ているシムズがテーブルの反対側からさぐるような視線をむけてくることで、スポットライトの代用を充分に果たしていた。しかもこの男は、まだ笑みひとつ見せていなかった。

「ミスター・マドリアニ……お名前の発音はこれでまちがいはなかったかな？」

「ええ」

「よかった。ミスター・マドリアニは数日前、電話で今回の会合を要請されてきた。いうまでもなくこの場のだれもが知っていると思うが、氏はミスター・ルイスの弁護人をつとめている。ミスター・ルイスは、知っている者もいるだろうが――」

人一倍親密な部分まで知っている者もいるだろうな――そう思いつつ、わたしはちらりとカレン・ローガンを見やった。

「――マデリン・チャプマンの死亡に関連して、不幸にも逮捕された人物だね」ハヴリッツはチャプマンが事故死したかのような口調だった。「さて、きみの質問にはなるべく答えたいと思っているよ。われわれも、できる範囲できみの手助けをさせてもらう」

「ありがたいお言葉です。じつに太っ腹な申し出でもある。みなさんがこれほど協力的だと事前に知っていたら、全員の分の自供調書を用意しておき、サインをしてもらえばよかった」ジョークのつもりだったが、テーブルを囲む面々はいかめしい顔つきのまま黙りこくっていた。「これは失礼。悪趣味なジョークでしたね」

囀《さえず》りめいた神経質な笑い声があがった。だれもが微笑んでいたが、シムズだけはにこりともしていなかった。シムズは、いわばドームが建物から滑り落ちるのを防ぐために雇われた男である。現時点におけるアイソテニックス社の目標は――報道がこれだけ加熱している現状を考えるなら――マデリン・チャプマン殺害事件にかかわる一切合財を一刻も早く、こっそりと払い捨てることにあると見ていい。そうすれば会社は、政府から金を引きだす仕事に復帰できるからだ。

ハヴリッツが今回の会合の開催に同意した理由はそれしかなかった。ハヴリッツが統《す》べる取締役会の面々は、わたしから答えに窮するような質問を法廷でむけられるくらいなら、むしろここでその質問をされたがっているのだ。

「ミズ・チャプマンがお亡くなりになったことで、あなたがこの会社の最高経営責任者に昇進した――そういう理解でよろしいですか？」わたしはいいながら、ハヴリッツを見つめた。

この発言が悪趣味なジョークすれすれであることは、ハヴリッツにも理解できていた。だれが利益を得たのか？　ハヴリッツはテーブルを見まわし、自分よりも格上の者がひとりもいないとなると、こう答えた。「まことに不幸なことに、その言葉のとおりになったようだね」

「なんだか、昇進が悲しいニュースのような口ぶりですね」

「では、ほかにどういえばいい？」

「わたしにはなんともいえません。あなたに教えてもらいたいくらいです」

「いまのところ取締役会では、正式な会社後継者を選定する方向での行動をひとつもとっていないのでね」

「しかし取締役会では、あなたを臨時の最高経営責任者に任じる決議文をメンバーにまわしましたね。たしか、そんな記事を新聞で読みました」

ハヴリッツは歯がみしているような顔でうなずいた。「ああ、そのとおりだ」

それからわたしたちは会社の歴史について話しあい、チャプマンが国防総省と取引をはじめたばかりのころのことを話しあい、この会社が国防関係の仕事に深くかかわっているという事実について話しあった。ついでわたしは、いきなりこんな質問をぶつけた。

「ミズ・チャプマンがその死の時点で、いちばん深くかかわっていたのはなんのプロジェクトだったかを教えてもらえませんか？」

「そういわれても、ほぼすべてのプロジェクトに関与していたとしかいえないな」ハヴリッツは答えた。

「最高経営責任者であり、だからこそすべてを監督する立場だったのは重々わかっています。しかし、そうした責任の大部分は、他者にふりわけていたのではないかと類推せざるをえません。で、ミズ・チャプマンがみずから引きうけていたのはどんな仕事ですか？」

「ミズ・チャプマンはＩＦＳの牽引役でした」という答えを口にしたのはハヴリッツではなく、テーブルのいちばん遠い側にすわっていたハロルド・クレップだった。

「ああ、例の安全保障情報提供プログラムですね？　新聞で読んだことがあります」わたしはいった。

「ミズ・チャプマンはそのプロジェクト、および二、三の別のプロジェクトを担当していました」クレップがいい添えた。

わたしがクレップに直接質問をぶつけるよりも先に、ハヴリッツが割ってはいった。

「その種の話に深く立ち入ることには懸念を感じざるをえないな。特定のプログラムについての話題にはね。この件については話しあったはずだぞ、ハロルド。わたしから、はっきりと申しわたしたはずだ」

「でも、ハロルドは役に立ちたい一心で話しただけだと思います」と発言してクレップの弁護に立ったのは、わたしの隣席にいる赤毛のカレン・ローガンだった。

ハヴリッツは居丈高にローガンを黙らせた。「ハロルドがなにを考えてなにをしたのか、そんなことはどうでもいい。この会議がはじまる前に、基本ルールをはっきりさせておいたではないか」ついでわたしにむきなおると、ハヴリッツは真摯に話す口調に切り替えた。「どうか理解してもらいたいが、なんであれ隠しだてしようという意図はまったくない。しかし、この話題には特許の問題もからんでいるのでね」

「さらに機密保持の問題もだ」そう口にしたのは、テーブルの向かい側にいる弁護士のシムズだった。「ある種のプログラムについては、情報開示にあたって政府から事前の許可が必要なんだよ」いいながらわたしを見つめ、片眉をぴくんと吊りあげる。

「そのとおり」ハヴリッツがいった。「ある種の問題については話しあえない決まりでね。その点は理解してもらえるものと信じているよ」

「そうはいっても、詳細や具体的な部分を知りたいわけではありません」

「話を先に進めよう」弁護士のシムズが、あっさりとこの件に裁定をくだした。

「わかりました」わたしは次の話題をもちだした。「ここにいるみなさんなら、ミズ・チャプマンの身辺警護が打ち切られた理由をわたしに教えてくれますね？」

ハヴリッツがいきなり、満面に疑問をたたえた。「なぜそれが重要なんだ？」

「ミズ・チャプマンが殺される数週間前の出来ごとでもあり、好奇心をかきたてられたとでもいっておきましょう」

「なるほど。ああ、そういうことならわからないでもない」ハヴリッツはいった。「あれは会社としての決定ではないんだ。警護契約の打ち切り——そう呼びたければ、それでもいいが——自体は、ミズ・チャプマンの決定だよ」

「では、ミズ・チャプマンがそう決定した理由を教えてもらえますか？」

ハヴリッツは頭を左右にふって、肩をすくめた。「あくまでもわたしの理解している範囲だが、ミズ・チャプマンはあれだけのレベルの身辺警護が自分には必要ないと思ったようだね。といっても、その件を直接話しあったわけではないよ。あの人が自分で決めたことだ」

「なにか変化があったのですか？」

「〝変化があった〟とはどういう意味かね？」

「いや、わたしが理解しているところによれば、まず取締役会は重役たちの身辺警護が必要だとの決定をくだしたわけです。勘ちがいだったら訂正してほしいのですが、かなりの数の脅迫が——電話や悪戯の手紙といったかたちで——寄せられていたうえ、暴行がらみの事件もあったというので……」

「暴行？　暴行事件があった記憶はないぞ」

「株主総会での出来ごとです。クリームパイを投げつけてきた者がいたとか」

「ああ、あれか」ハヴリッツはいった。「たしかにね。遺憾な事件だった。悔やまれることながら、入口でのセキュリティチェックをすり抜けてきた人物がいてね。なぜそんなことになったのかはわからない。ただし、ふりかえるなら、あの事件がその後のきっかけになったこととといえるだろうね。重役たちの身辺警護のことだよ。その件が取締役会の議題にあがったのは、あの不幸な経験のあとだ。その件に焦点を絞りこもうとする者がいるのも、わからなくはないな」

「たしかに」

会話が途切れると同時に、ハヴリッツはわたしをじっと見つめた。「で、質問をくりかえしてもらえるかな？」

「取締役会なりミズ・チャプマンなりが意見をひるがえし、もはや身辺警護が必要ではないと判断した裏にどういった事情の変化があったのかをおうかがいしたいのです」

「わたしにはわからない。その点はミズ・チャプマンにきいてもらわないと」

「それはちょっとむずかしそうだ」

「たしかに」ハヴリッツはいった。「しかし、ほかにどう答えればいいのかもわからない。身辺警護はもう必要ないという決定は、ミズ・チャプマン自身のものだ。わたしは、後知恵であれこれ忠告できる立場ではなかった。もしかしたらミズ・チャプマンは、身辺警護をプライバシーの侵害だと感じたのかもしれないね」

「当時、ミズ・チャプマンはそのことでなにか話していましたか？　そう決定した理由を説明したことは？」

　ハヴリッツは頭を左右にふった。

「では、あなたは自分に身辺警護をつけていた？」

「いや。つけていなかった。必要ないと思ったからね」

「では、ほかの人たちは？　取締役会のメンバーでも、ほかの管理職でも」

　ハヴリッツはわたしの隣にすわっているカレン・ローガンに目をむけた。ローガンはちょっと考えてから、かぶりをふった。

「ミズ・チャプマンの場合には、お顔が広く知られているという事情があったものと思います——有名な方でしたから」ローガンはいった。

「たしかにね」ハヴリッツはいった。「ミズ・チャプマンは、ある意味で会社の顔だった。本人がアイソテニックス社そのものだった。一般の人がわが社のことを考えるとき、思いうかべるのはミズ・チャプマンだった。脅迫状の大半がミズ・チャプマン個人あてだった理由も、おそらくそのあたりだろうな」

「いやがらせの手紙は大量に送られてきた？」

「〝大量〟というのは？」ハヴリッツはいった。「わたしにいわせれば、そんな手紙は一通だって多すぎる。大多数の手紙は型どおりの内容だったよ。階級憎悪だ。みみずがのたくったような判読不可能な字で陰謀理論を縷々《るる》綴った、支離滅裂な長ったらしい手紙だ。そういった手紙は警備部門にまわしている。しかし、なにをするつもりなんだ？　きみ自身がいったように、パイの事件があったからには、それが銃でもおなじように簡単だったはずだ」

「身辺警護をとりやめるにあたって、ミズ・チャプマンはそう決断するにいたった理由をだれかに話していたかもしれません」いいながら、わたしはテーブルの面々を見わたし、最後に視線をカレン・ローガンに落とした。

　赤毛の女はわたしの視線を避け、テーブルトップの木目にじっと目を凝らしていた。

「当時、ミズ・チャプマンがその点についての自分の考えを書きとめた手紙なりメモなりを準備していたという可能性はありますか？」わたしはたずねた。

「ええと……カレン？」ハヴリッツがカレン・ローガンに発言の許可を与えた。

「わたしの記憶にはありません。調べてみないと」

「では、お願いできますね？　ああ、ちょうどその話題が出たことですし――」わたしは上体をかがめ、椅子の横に置いてあったブリーフケースをひらくと、書類をおさめた大判の茶封筒を抜きだし、ローガンに手わたした。「――こちらを弁護士の方におわたしいただけますか？」

「なにかな、それは？」シムズはそういいながら、ローガンが自分にむかって滑らせたぶあつい封筒を見つめた。

「文書提出令状《サピーナ・デユーシーズ・テイーカム》です。くわしいことは書類そのものに書いてあります」

シムズは椅子のなかですわりなおし、封筒を手にとってひらいた。食いぶちを稼ぐ時間だ。シムズは、かなり大量の書類を封筒から抜きだすと、〝まさか本気ではないだろうね〟といいたげな顔で書類の重みを手で確かめた。シムズならこの令状がいずれ出てくることも当然知っていたはずだが、この場ではこうした演技が——たとえ依頼人に自分の働きを印象づけるためだけでも——必要なのだ。これから数週間、わたしとシムズは書類をやりとりすることになる。わたしが出す令状に、シムズが取消を求める申立てを提出する。弁護士による紙吹雪パレードだ。

さらにわたしはブリーフケースの別の仕切りから、全国的な経済週刊誌に掲載された記事のコピーをとりだした。一ページめにあしらわれているのは、マデリン・チャプマンの顔をとらえたコントラストの強い、あからさまな雰囲気のモノクロ写真だった。魚眼レンズでのクローズアップ撮影のように、顔の要素すべてが歪んで写っていた。見出しにはこうあった。

大企業トップ族——ビジネス社会の新興貴族たち
株主？「ケーキでも食べさせておけばいい」

写真もさりながら、記事の内容からもこれがマスコミによるチャプマンへの不意討ち攻撃だったことは明らかだった。おそらく本人は、アイソテニックス社の経営手腕をほめそやす企業パブリシティ記事であるとミスリードされていたのだろう。ところが実際の記事は、狙撃者による間然するところのない攻撃だった。記事にはさらに二枚の写真が添えてあった。一枚は、チャプマンがボディガードの一群を引き連れて社用ジェット機に搭乗していく姿をとらえたもの。もう一枚は——こちらも魚眼レンズ効果でデフォルメされていたが——お仕着せを着た専属運転手がストレッチリムジンの後部座席のドアを大きくあけているところで、カメラのレンズがいまにも車内に飲みこまれていきそうなアングルになっていた。

隣の席にいるカレン・ローガンが、ちらりと横目で写真を見ながら体を震わせているのが肌で感じとれるほどだった。ローガンがこの写真を見たとすれば、それはチャプマンが激しく怒り、大鉈《おおなた》を手にして自社ＰＲ部門へ首狩りツアーに出発した直後のことではあるまいか。

「当然、以前にもこれを目にしたことはありますね？」わたしはホチキスで留めたコピーを、ハヴリッツにむけてテーブルの上ですべらせた。ハヴリッツはコピーをひと目見て、まず咳ばらいをした。

「ああ。たしかにね」そういって一、二ページめくっただけで、それ以上は手を触れようとはしない。

シムズはいっとき文書提出令状とその付属書類をわきに置き、注意を記事にむけた。ついでコピーをつかみあげて、ページをめくりはじめ、写真をまじまじと見つめる。

「日付を見ると、その記事が発表されてから一週間もたたないうちに、ミズ・チャプマンが身辺警護の打ち切りを決定したようですね」わたしはいった。

ハヴリッツとシムズはともにコピーをのぞきこみ、日付を確かめてから、目を見あわせていた。ついでハヴリッツがわたしに目をむけた。「それはなんともいえないな。調べなくてはわからない。きみがそういうのなら、そうなんだろう」

「雑誌の発行日の日付が物語っているよ」シムズがいった。

「そのとおり。これを見るかぎり、その記事が発表され、全国的な経済誌の誌面でミズ・チャプマンが顔にたっぷりと泥を塗られ、その結果として身辺警護を打ち切ることを決めたとしてもおかしくないようですね」

「その部分はきみの推測だ」シムズがいった。

「よかったら二ページめを見てください。そこには、ミズ・チャプマンの〝お伴《とも》のガードマンたち〟の件が微にいり細を穿《うが》って批判されていますよ」

シムズがページをめくった。いま口にした該当箇所はあらかじめマーカーペンで目だつようにしてあるので、シムズが見のがすはずはなかった。

読みおわると、シムズは顔をあげた。「で、なにがいいたいんだ?」

「その記事ではミズ・チャプマンの身辺警護が国家元首なみだと形容されています。もちろん、そこの写真は見ていただきましたね?」

ジェット機に乗りこんでいくチャプマンの姿をとらえた写真には、専属ボディガードのひとりが明らかに女性用のオーヴァナイトバッグと見える品をもって、うしろからタラップを昇っていくところも写っていた。もしこのガードマンの腕の下に、ダイヤモンドで飾られた首環をつけたトイプードルを押しこめるものなら、取材陣はためらわずに実行して、写真を撮影しただろう。

「ああ、見ているよ」シムズがいった。

「ここにいらっしゃるみなさんのなかで、あるいは取締役会のメンバーのなかで、この記事が執筆される以前に、筆者である記者か、あるいは雑誌社の人間と話した者がいるかどうか、その点を知りたいのです」

「それを知ってどうしようというんだ?」ハヴリッツがいった。

「雑誌社がどこで情報を得たのか、このような記事を発表する動機はなんなのかを知りたいのです。まさか雑誌社がフォーブス誌の富豪リストを壁に貼り、ダーツの矢を投げるように行きあたりばったりでミズ・チャプマンの取材を決めたとは思えませんし」

「もしやきみは、ここにいるだれかが裏で動いて記事を書かせたとほのめかしているのか？」ハヴリッツがいった。

「なにもほのめかしてはいません。わたしはただ、記事が出る前であれ事後であれ、この記者か雑誌社の人間と話をした人がこの会社にいるのかどうか、それをおたずねしているだけです」

「その点は調べないとわからないし、結果が出たらきみに知らせよう」ハヴリッツはいった。

「きいた話では、取締役会のなかにミズ・チャプマンに対立する勢力があったそうですね。さらにこの反対派は、ミズ・チャプマンから会社の支配権を奪おうとしていたかもしれない、ともききました」

「その話はだれから？」

「この話は事実ですか？」

「いや、事実なものか。たしかに、どこの会社の取締役会にも意見の衝突はある」ハヴリッツはいった。「だからといって、ミズ・チャプマンをドアから外に追いだそうとしている者が社内にいたということにはならないぞ。あの人はみんなから好かれていた。大いに尊敬もされていた。なんといっても、この会社の創設者だ。そんな人物を、どうしてこの会社の人間が殺したいと思ったりする?」

「わたしはただ、ミズ・チャプマンから会社の支配権を奪おうとしていた勢力があった、といっただけですよ」

「ああ、それはそうだ。しかし、その推測は――」

「さらに頭部に二発の銃弾を受けたのが事故ではないかぎり、ミズ・チャプマンを殺したいと思っていた人物がいたことになります。その記事に目を通したところ、正体はわからないながらも、かなり大勢の会社に近い筋の人々が記者に情報を提供している、という印象をもちました。そこに書かれているような詳細な情報は、社内で仕事をしている人間しか知りえないものです。どう見てもミズ・チャプマンを絶賛しているトーンの記事ではありませんから、情報を提供したのが被害者の友人や支援者たちだとは考えられません。同意してもらえますね?」

ハヴリッツがわたしとの会話に引きずりこまれないうちに、シムズが腕に手をかけて制した。見るとハヴリッツの胸まわりは、一、二サイズほど小さくなっていた。ハヴリッツは自分の椅子にすわりなおした。

「で、なにがいいたいのかな?」シムズがたずねた。

「わたしはただ、有力な企業の代表者である女性が身辺警護を打ち切りたいと思いたち、そのわずか数週間後に殺されたこととの理由を知りたいだけです」

「それについては、すでにわが依頼人たちが知らないと答えていたではないか」

「いえ。ミスター・ハヴリッツは知らないと答えてくれましたが、それ以外の方のお答えはきいてません」わたしはそういうと、テーブルのいちばん遠くの方角に目をむけた。順番に答えをきけるかもしれない、それが無理でも多少の会話をもてるかもしれないと思ってのことだったが、ハロルド・クレップ以外は全員がわたしと目をあわせたくないと思っているようだった。

「わたしは、ミズ・チャプマンがその記事に不快——」クレップがそういいかけた。

ハヴリッツがその言葉をさえぎった。「わたしの答えが、このテーブル全体の答えだ」いいかえるなら、会社としての回答。

クレップはふたたび背もたれに体をあずけて、口を閉ざした。

「となると、いまのところ、裏から仕組んでこの記事を書かせた人物は——間接的ではあれ——結果としてミズ・チャプマンの身辺警護の解除にひと役買ったと、そう考えざるをえないようですね」わたしはいった。

「先ほどもいったはずだぞ」シムズがいった。「それはあくまでも、きみの推測だ」

それまで椅子にすわったまま、もぞもぞと身じろぎしていたハヴリッツが、ここに来てついに我慢できなくなった。「わたしの立場からいわせてもらえばだね、きみの依頼人――ミズ・チャプマンのボディガードのひとり――が、ほかならぬミズ・チャプマンを殺した疑いで起訴されているという現状を見るにつけても、われわれはもっと早期に身辺警護を打ち切るようアドバイスをされてもよかったのにと思わざるをえないな」

「おや、たしか先ほどは身辺警護の打ち切りは会社の決定ではない、あくまでも被害者がみずから決めたことだというお話でしたね？」

「ミズ・チャプマンが決めたことだ」

「しかし、ついさっきは〝われわれは〟もっと早期に身辺警護を打ち切るべきだったとおっしゃった」

「そんなことをいったか？」

「ええ、いいましたね」クレップがききとれないほど低い声でつぶやき、上司から殺意のこもった視線を飛ばされた。

「だったら、ただの言いまちがいだ」ハヴリッツはいった。「ここではっきりさせておこう――ミズ・チャプマンの身辺警護が打ち切りになった件は、会社とはいっさい関係がない。あれは明らかに、ミズ・チャプマンが個人として決断したことだ」

「しかし、その件についてミズ・チャプマンと話したことはないといっていたのでは？」

「ああ、話したことはない」

「それならどうして打ち切りがあくまでもミズ・チャプマン個人の決定であるとか、それをいうなら、どういう根拠で打ち切りを決めたとか、その手のことをご存じなんですか？」

「きみはわたしの発言を曲解しているな」

「いえ、ただ質問しているだけです」

「ここにすわって、こんな話をきかされている必要はない」ハヴリッツの麻のシャツの糊をきかせたカラーの下で、太い動脈がひくひくと浮きあがりはじめた。「ここは法廷ではないぞ。それに、きみを招いたのは純粋に好意からだ」

「情報を得るという目的のもとにですね」わたしはいった。

「そのとおり」ハヴリッツはいった。「きみが真実を知りたいのであれば、ああ、教えてやろう」だんだんと熱に浮かされたような口調になってくる。「いいか、きみの依頼人は、ミズ・チャプマンにストーカー行為をしていたんだよ。そう、そのとおり」ハヴリッツは薄笑いを浮かべた。「それでなくて、いったいなぜ警察があんなにすばやくあの男を逮捕したと思ってるんだ？」

〝ストーカー行為〟という単語が話に出るなり、シムズがぎくりと頭をのけぞらせ、目をまん丸に見ひらいて依頼人ハヴリッツを見つめた。これまでシムズは雑誌の記事を一心に読みふけり、細部に指を走らせて確認しつつ、いまだ正体の明らかになっていない情報提供者を突きとめようとしていたのだ。ところが、ここに来てシムズはもっと重大な問題を背負いこまされた。しかし、もう手おくれだった。

「それは、ミズ・チャプマンが身辺警護を打ち切る前のことですか？　それとも打ち切ったあと？」わたしはたずねた。

ハヴリッツは顧問弁護士のシムズに目をむけた。シムズは、マウンド上のピッチャーのように激しくかぶりをふっていた。

「忘れてくれ」ハヴリッツがいった。「とにかく、わたしがなにかいったことは忘れてくれ」

「その件は警察に話しましたか？」

「さあ、覚えていないな」ハヴリッツは答えた。「はっきりしていなくてね」

ところが、わたしにははっきりと見えていた。この男がいまの話を警察にきかせただけではない——警察はこの件を捜査報告書から除外するよう腐心したのだ。さらに警察は、捜査関係者がこの件をノートなどに書き残さないよう確実を期した。公判では地区首席検事が、これとは異なる証言をするという名目で、ハヴリッツなりほかの証人なりを証人席につかせる予定だったのだろう。反対尋問に立ったわたしは、チューリップの咲くお花畑のつもりで地雷原に足を踏みいれて尋問をしていくのだが、結局は証人の口からルイスはチャプマンを殺す前にストーカー行為をしていた、という余計な発言が飛びだしてノックアウトされ、意識をうしなってしまったはずだ。ある意味でこの証言は、M1エイブラムズ戦車の側面をすら凹ませるほど強力な爆弾である。一日ずっと異議をとなえつづけることも不可能ではないが、いったん質問をしてドアをあけてしまったら、その時点で死亡は確定だ。たとえ判事が当該証言を記録から削除し、無視しろと陪審に指示したところで、いざ陪審室で集計をとるときには、その証言がレジの上で金切り声をあげる一セント硬貨になる。陪審の脳裡には、検察側が主張する動機に合致する絵がいきなり浮かんでくる——二度と顔を見せるなといわれて捨てられた恋人が、そのあとも被害者をつけまわしていた情景が。

「マデリン・チャプマンはあなたに、被告人によるストーカー行為の被害にあっていると話したんですか？」

わたしの質問にもハヴリッツは答えなかったが、頭を左右にふりはした。これだけではイエスともノーとも判じかねたが、あえて推測するなら、マデリンが話していないように思えた。いまやハヴリッツのひたいはうっすらと汗に覆われ、細い血管がひくひくと脈打っていた。この男がなにかを目撃したか、あるいはほかの人間からなんらかの話を耳にしたことは、教えられずともわかった。

「さてと、そろそろ話しあいをおわりにしなくては」シムズがそういって立ちあがり、「人と会う約束があってね」と宣言した。それから、あと知恵で腕時計を確かめる――こういった場合には、手首にはめた金塊のような時計にさりげなく目をやる動作が必須だからだ。これがわたしをドアから追いだす唯一の手段であり、シムズはそのことを知っていた。「行かなくてはならない場所があるんだよ」

なるほど。ここでなければ、どこでもいいということか。いっそ蠅になって、シムズの襟にこっそりへばりついていたい気分だった――それも、この弁護士が地区首席検事に電話をかけ、公判のために検察側が道路わきに仕掛けておいた爆弾を手ちがいで少々早めに爆発させてしまった、と説明するときには。

7

「まさかとは思うが、ポール・マドリアニじゃないのか？」智天使《ケルビム》のごときまん丸な顔が笑みをたたえているところを想像してほしい。それも、そばかすのある東洋系の顔を。そう、その顔のもちぬしがネイサン・クワンだ。

ネイサンの姿が目に飛びこんできたのは、車に引き返すべく、かなりの早足でドームのある玄関ホールを半分まで進んでいたときだった。

「ネイサンか？」わたしはいった。

「驚いたな。やっぱりきみか」顔には満面の笑み。背丈は百七十センチに少し足りず、十年以上も前に最後に会ったときと同様に引き締まった体だった。変わったところといえば鬢《びん》のあたりにわずかに白いものが増えたことくらいだったし、そのせいで、いかにも老練な政治家に見えた。

「いやはや、いったいどこにいたんだ？」ネイサンはいった。「あんまり会わなかったものだから、てっきり死んだと思っていたぞ」そういって片手を大きく差し伸べながら、広大な大理石の床の上を滑るように歩いて近づいてくる。近くにやってくるとわたしの手を握り、反対の手のブリーフケースを床に落として、その腕をわたしの肩にまわした。「本当に久しぶりだな」

「たしかに。きみはここでなにをしている？」

「仕事だよ。ほかになにがある？」ネイサンは権力《パワー》を感じさせるピンストライプのスリーピースのスーツ姿で、薄手の革の書類入れももっていたが、いまは床に置いて、左の足首に立てかけていた。昔から、小粋な着こなしが得意な男だった。「顔を見ただけでは、わたしだとわからなかったんだろう？　ああ、きみが忘れ去った過去の顔だからね」

「いや、あたりをよく見ていなかったものだから」

「元気にしていたのか？」

「ああ、なんとかね」ネイサンはまだわたしの手を握ったまま、ずっと昔のともに働きはじめた最初のころから変わっていない、あの一種の輝きのようなものでわたしを包みこんでいた。背丈こそわたしよりも低いかもしれないが、社会の支配力という梯子段にのぼっているために実物以上に大きく見える人種のひとりだ。ネイサンはどのような場面でも、五感への愛想のいい攻撃とでもいうべきもので、まわりの人々を圧倒してしまう。

「そっちは？」わたしはたずねた。

「不平をいっちゃ罰《ばち》があたる。いや、不満はあるにはあるが、いってもなんにもならないからね」ネイサンは笑った。「そういえば、あのときはどうしたんだ？　ちょっとふりかえったら、きみはもうその場にいなかったじゃないか」これが、まったく会わなかった十年の歳月をあらわすネイサンの表現だった。

「こっちに引っ越してきたんだよ。パートナーと事務所をひらいたんだ」わたしは会話の音量を数デシベルばかり下げようとした。

「ああ、そうそう、一年ばかり前にそんな話を小耳にはさんだよ。しかし、信じなかった。そう、きみが州都を離れるとは夢にも思えなかった。でも、こっちに来る飛行機のなかで読んだ新聞である記事を見かけてね。なんでも、きみが裁判に関係しているという記事だ。ええと、あの女性の名前は……」ネイサンは、ここでいきなり事情を察したのか、声を落とした。「この会社の……」

「マデリン・チャプマン」

「そう、その女性だが――」ネイサンは話しはじめた。

「ああ、関係しているとも」わたしはそういって、ネイサンが話に深入りしそうなのを事前にさえぎった。なんといっても、自分たちはいま名前の出た女性が統べていた総司令部ともいうべき場所、壁に多くの耳がある場所に立っているのだ。

「ところで、きみはなんの用でここに来たんだ？」わたしは話題を変えた。

ネイサン・クワンは法律家であり、わたしとはかつて州都サクラメントの地区検事局で机をならべて働いていた仲だった。二十年以上も昔のことだ。こうしていま話しかけてくる親しげな声をきけば、他人からはわたしがちょっとコーヒーを飲みにオフィスから出てきたばかりだと思われそうだが、現実には会うのは十年ぶり以上だった。かつてはわたしも、ネイサンを人と打ちとける男だと思っていた――しかしそれはネイサンが出世する前のこと、政治的なものすべてがネイサンを飲みつくすまでのことだった。いまは州議会の議員である。もう四期連続で議員をつとめており、いまはわたしがかつてサクラメントで住んでいた地区を代表する上院議員になっていた。

「意外と思われるかもしれないがね、ここには仕事でちょくちょく来るんだよ。少なくとも、ここ半年ばかりはね。議会の仕事だよ。……それにしても驚いたな。この会社がきみの立入を許すとはね。だって、きみはあの男を弁護しているんだろう――」

「まあ、二度と立入を許されないかもしれないね」わたしはネイサンにいった。「いまこの瞬間、防犯カメラごしにわたしたちの唇を読んでいるだろうな。駐車チケットが時間切れになっていたら、いまごろわたしの車をレッカー車で引っぱってるはずさ」

ネイサンは笑った。

ねた。

「ところできみがこの会社に来るなんて、議会でなにかあったのか?」わたしはたず
「そっちほど胸躍る事情があるわけじゃない——と、願いたいところだね。州の選挙区割りの改訂がらみの仕事だ。とくに大仕事ってわけではない。この会社のことはなにか知ってるか?　きみなら、わたしになにか教えてくれるんじゃないかな」

「人からきいた話だけだよ。政府にとってのコンピュータの導師《グル》。あとは新聞で読んだことだね。国防総省の仕事を受注しているとか」

「わたしもそうきいている。会社の連中との最初の会議でここに来たのは、もう先月だが、いまだに追いつこうとしているところだよ。最近では、あの業界にあるのはこの会社だけといった雰囲気だな。公共事業への入札要請書を出すだろう?　ソフトウエアの入札だ。でも、結局ほかの会社は名乗りをあげてこない」ネイサンはいま、議会でその手の仕事をあつかう委員会の委員長の椅子にすわっていた。「昔は、企業のほうがわれわれのところに顔を出したものだ。それがいまでは、ムハンマドが山に行くしかない。とはいえ、それも決していやではないんだな。州都から離れるいい機会になる。最近のあの街はひどいところだからね。そうとも、きみの思い出の街ではないぞ」

「きみだから打ち明けるが、あの街にそれほど長いこと住んだわけではないよ」

「それはもう、恐ろしいほどの変化だよ。友人たちはみな去っていった」

ネイサン・クワンの友人たち——というのは、昔気質《むかしかたぎ》のリベラル派たち、それなりの理性をもって行動していた人々のことだが、それも一部の狂信派連中が乗っ取って州議会の通路ごしに大砲をぶっぱなしはじめる前のことだ。そういった友人たちはもういない。任期制限で再出馬ができなくなり、表舞台から退場していった。ロビイストに転身した者もいる——そうすれば、根をおろしている州都を離れずにいられるからだ。またある者は、かつての自分の選挙区の馴染みの土地に舞いもどってもいた——政治の世界の新人に職を紹介することで、ひと儲けしようとたくらんで。わたしの知りあいでもふたりがロサンジェルス郡の郡政執行官に転身、かつての選挙区が小さく思えるほど広大な範囲の土地に権力をふるっている。ネイサンもいまはそんな時期に近づいていた。おそらく、いまが最終任期だろう。マスコミの報道で、ネイサンがあちこちに当たりをつけているという話は知っていた。数カ月前に死んだ連邦下院議員の後釜にすわろうとしているのだ。ただし、問題がひとつ——ネイサンがその選挙区に住んでいないことだ。

「さっきもいったように、そんなところから離れるのも気分のいいものさ。一年のいまごろのこっちの気候にくらべたら、サクラメント・ヴァレーの気候は地獄だからね。たいていはこっちに泊まることにしてる。ラホヤ・ヴィレッジの入江に面したホテルのスイートルームにね。今夜の予定は？　よければ、夕食でもいっしょにとらないか？」

「ぜひ……といいたいところだが、今夜は娘と学校行事に出る予定でね」

わたしたちは肩をならべて玄関にむかっていった。ネイサンも、わたしとおなじく帰るところだったらしい。

「思いかえすと、きみは昔から北部の霧がいやだといっていたっけな」わたしはいった。「いつでも、日ざしを浴びるのが好きだった。しかもいまの日焼けは、昔よりもぐんと見栄えがするじゃないか」

「サンディエゴの日焼けじゃない」ネイサンはいった。「カリブ海の日焼けだぞ」

「まさか、またぞろ会期のあいまにジャマイカに行っているんじゃないんだろうな！議事運営規則委員会が、その手の活動を一掃したとばかり思っていたのに」というのは、会期のあいまのお祭り騒ぎのことだ——ロビイストたちがその時期を利用して懇意にしている議員たちを海外旅行に連れだし、政治資金の報告にまつわるあらゆる法律に違反するのだ。海外に行けば、賄賂をいちいち選挙資金への寄付という炭酸水で割るような面倒な手間をかけず、ストレートで差しだせる。

「おやおや、きみもまだ現実世界との接点だけはなくしているわけじゃないんだな」ネイサンがいっている世界とは州都サクラメントのこと、アメリカ西部の政治宇宙の中心だ。「実際には、なにもやっていないも同然だよ。まったく、あの手の情報を大衆がどこから得ているのかは謎だね」

「連邦大陪審の正式起訴状からじゃないか」

「ああ、あれにも困ったものだ」ネイサンが話しているのは、〝エビ漁詐欺〟という異名をとったＦＢＩによる数年前の潜入捜査のことだった。捜査がようやくひと息ついたときには、ＦＢＩが議員四人と小規模な軍隊ほどのロビイストたちを検挙していた。

「つまり、州都ではいまも賄賂が健在だということか？」

「まあ、議員連中がほんのはした金で身売りしているということかな。わたしはといえば、自分の値打ちが千ドルは越えると考えたいよ」ネイサンは笑った。「といっても、彼らの行為を許しているわけじゃない、誤解するな」

「ああ、していないとも。きみなら、もっと金を積めといってしかるべきだね」

「ぜったいにするものか」ネイサンは、この男のもっとも傲岸な目をわたしにむけていった。「議員秘書を通じて、もっと金を積めと請求することにするね。ついでだから、秘書には重罪の前科がある者を選ぶ。そうすれば、いざ秘書がわたしに不利なことを口に出したところで、その言葉を信じる者などいない。いやまあ、法律テクニックはそれほど身につけたとはいわないが、検察官としての経験で学んだところも多少はあってね」そういって、ネイサンはにやりと笑った。

「たしかに。きみは友人たちよりも頭が切れる」

「あの連中は例外だよ。あいつらが平均じゃない。州都にいる面々の大半は正直者だ」ネイサンはそう断言して、政治演説をしはじめた。前にも耳にしたことがあった。なぜ票を売るような真似をしてはならないか。選挙の時期にきちんと寄付の形で金を寄せることが、なぜ政治参加になるのか。これは断じて票を買うことではない。この特定の部分だけは、三十年間変わることがなかった。ネイサンはこれを第二世代の人々、金を〝政治の世界の母乳〟と呼んで、唇が青くなるまで乳首を吸って吸って吸いまくる連中から仕入れた。わたしもおりおりに、いったいどこの大学の、どこの強欲な政治学者がでっちあげたフレーズだろうと思うことがある。しかしながら、どこぞのロビイストの手が直腸に突っこまれており、しかも適切なレバーを引っぱっているとなったら、こうした侵入権の行使がいつからはじまって、いつおわるのかを見さだめるのは困難だ。

わたしは腕時計に目をむけ、「すまない、会えたのはうれしかったが、そろそろ行かないといけないんだ。そのうち事務所に顔を見せてくれ」というと、札入れから名刺を抜きだして、ネイサンに手わたす。

「今夜のディナーは本当に無理なのか？」

「ああ。行ければよかったんだが」

ネイサンは名刺を受けとって、書類ばさみを反対のわきの下にもちかえた。歩きながらも、ずっと左腕をわたしの肩にかけていられるようにだ。まるでわたしが、目の不自由な人を助けて歩いているようだった。ネイサンは人に話しかけるときに、とりあえず片手だけでも相手の体にかけることで、相手の個人空間に踏みこむタイプの男だった。以前はよくネイサンが法廷の外で、訴訟の相手方の弁護士におなじことをしているのを見かけたものだ。やがてわたしも、これが学習で身につけた社交スキルだという結論を出した――リンドン・B・ジョンソン元大統領がだれかと話をするときに、相手の胸を指でつついていたのとおなじだ。これは、無意識のレベルで人の心をなにがなし騒がせる効果をそなえていた。以前はよく、検察官としてのネイサンが朝うっかりマウスウォッシュを忘れたせいで、こうしたひそひそ話ができず、それだけで担当弁護士から有罪答弁取引を強《し》いられ、州刑務所に行った者がどれだけいるだろうか……などと考えたものだ。

ネイサンはしきりに頭を左右にふりながら、肩にかけた手でわたしをまた自分に引き寄せた。「まったく、あんなにあった時間がいったいどこに行ったんだ？　しかもきみときたら友人に連絡するなり、家をたたんで引っ越すと知らせるなり、そのための電話機ひとつもっていないのか？」ネイサンにとって、電話は一方通行のものでしかない――すなわち、自分にかかってくる電話だ。

「街を出る前に許可をもらう義務があるなんて、これまで知らなかったな」

「謝ることはないさ。また州の北部にケツを運んでくればいい」ネイサンは笑った。

これがほかの人間であれば憤慨してもおかしくはない。しかしネイサンにはある種の才能があった。アジア人流おべっか――ちなみに父親は中国人で、母親はアイリッシュだ――とでもいうべきその才能のおかげで、この男は罰を受けることなく時計を逆回転させることができる。

「奥さんのニッキと娘さんは……」ネイサンはようやくわたしの肩から腕をおろし、わたしの娘の名前を思い出そうと苦労しているらしく、歩きながらぱちりと指を鳴らした。「いや、教えなくていい。思い出すから」

「セーラだ」わたしはいった。

「ああ、そうだったな。思い出したよ。かわいらしい女の子だったね」

「三カ月後には十八歳だ」

「ほんとか！」

「今年の秋にはカレッジに進学だよ」

「信じられないな。ああ、それからあの美人の奥さん……」わたしたちは歩きつづけていた。「知っているかぎり、きみの友人の独身者を哀れに思ってくれたのは、きみの奥さんだけだったな」ネイサンはそう話していた。「毎週火曜日の夜には夕食に招待してくれて……あれが、かれこれ一年もつづいていただろうな」

「そんな覚えはないぞ」

「そりゃそうだ、そのときさみは家にいなかったからね」

わたしたちは声をあわせて笑った。

「ぜひともニッキに会わせてもらいたいな。きみたち夫婦には借りがあるんだから、夕食の一、二回も奢らせてもらわないと」

「いや、どういえばいいかがわからないんだが……あいにくニッキはもう死んだよ」

ネイサンは歩いている途中でいきなり足をとめ、出来のわるいジョークの落ちの文句を待ちかまえているかのような薄笑いを見せた。ついでネイサンは、わたしが冗談をいっているわけではないことに気がついた。そのとたん、深刻な表情がネイサンの顔を覆った。見ると、耳までまっ赤になっていた。「嘘だろう」

「嘘ならどんなにいいことか」

「気の毒に。ぜんぜん知らなかった。いつのことだ？」

「かれこれ九年前だね」

この答えがネイサンを動揺させたようだった——ニッキが九年も前に死んでいたことと、それをまったく知らずに無防備なままこの地雷を踏んでしまったことで、いまネイサンは完全に棒立ちになっていた。「まったく知らなかった。だれも教えてくれなかったんだ」

「癌だったよ。しばらく前から闘病生活がつづいていてね」

「だから、きみと会えなくなっていたんだな。いや、本当にお気の毒に。さぞ、つらかっただろうね。娘さんにもつらいことだったろう。セーラには」

「たしかに。仲のいい親子だったし」

「なぜ電話でわたしに教えてくれなかった?」

「なにを話せばいいんだ? だれだろうと、なにもできなかったんだから」

「でも、そこにいることはできたぞ」ネイサンはいった。「本当に気の毒に」これは、ネイサンが言葉をうしなった場を目のあたりにした数少ない機会のひとつだった。わたしたちはともに無言のまま、玄関にむかって歩いていった。ややあって、ネイサンはいった。「ぜひとも、きみと一席もうけないとな」

「ああ」

「昔話でもしようじゃないか」

「ああ、話したいね」

わたしたちはようやく玄関ドアにたどりついた。

「わたしから電話をするよ。次にこっちに来たときにね。いっしょに夕食をとろう。

わたしの奢りだ」

「ああ、任せた」

わたしはネイサンの手を握った。ネイサンがわたしを抱擁してきた。予想もしていなかった行動だった。書類ばさみがわたしの背中にあたっていた。それからわたしは体の向きを変えて、自分の車をめざした。ネイサンのことを知っていればこそ——そして、人生がどんなものかを知っていればこそ——ネイサンが重罪で逮捕でもされないかぎり、この人生だろうと来世だろうと二度と会わないだろうと知りながら。

8

もしも専門家たちの言葉を信じるなら、マデリン・チャプマンとその配下の面々は、政府が国民とその活動を監視できるようにするソフトウエアを完成させていたらしい。しかもその方法たるや、わたしたちの大多数が思わず恐怖に震えあがるものだという話だ。監視の目的は——少なくとも公表されている範囲でいうなら——地質学者が地震を相手にしていまだになしえないことだった。すなわち、テロ事件の発生を正確に予測することである。

この日の朝、ハリーとわたしは政府関係者でもチャプマン自身の会社の人間でもないにもかかわらず、IFSこと安全保障情報提供プログラムについての——および、このソフトウエアが動く仕組みについても——知識がある数少ない人々のうちのひとりから要旨説明《ブリーフィング》を受ける手はずをととのえていた。わたしたちはコロナド島にある〈ミゲルズ・カンティナ〉のずっと裏手の、バンガロー内にある事務所の会議室にあつまっていた。

その男、ジェイムズ・カプロスキーは六十代で長身痩軀《そうく》で猫背、全体の印象はいかにも虚弱体質だった。しかもこの男は数分おきに肺を吐きだすような咳の発作に見舞われて、話を中断していた。

ビジネス情報検索システム〈NEXIS《ネクシス》〉で調べた情報が正確であるのなら、カプロスキーがこんな病身になったのは、連邦政府との十年以上にわたる訴訟沙汰のせいだった。その十年でカプロスキーとその会社と家族は、無尽蔵の資金と人的資源をそなえた政府おかかえの法律屋たちの手で粉々に粉砕された。合衆国政府と一連の民事訴訟で交戦状態にあったおかげでへとへとになるまで消耗させられたばかりか、かつては利益をあげていたソフトウエア制作会社も二年前に連邦破産裁判所のお世話にもなった。その姿はまさしく、歩く警告ラベルそのものだった――ラベルには、《訴訟はあなたの生命を奪う危険性があり、連邦政府と法律問題で悶着を起こした場合、政府はあなたが墓場にはいってもなお追及する可能性があります》とある。

そしてきょうの午前中、カプロスキーは片手にポインターを、片手にオーバーヘッドプロジェクターのリモコンをもって前に立ち、妻が見まもっているなかで、わたしとハリーに安全保障情報提供プログラムの詳細な情報を伝授していた。

妻のジーン・カプロスキーは、きょうの会合のために車で夫をここまで送りとどけていた。というのも、カプロスキーにはもう運転免許がないからだ。医者たちがカプロスキーの健康の衰えを理由に、免許を失効させたのである。あくまでもわたしの判断だが、妻は十歳ほど年下のようだった。その顔をいちばん支配している表情を正確に読みとれているなら、意味するところは倦み疲れではなく、むしろ憂慮だった。政府との戦争が終結していることにはとっくの昔に気づいていたが、それを夫に告げる勇気をいまも奮い起こせていないかのよう。つまり妻ジーンは、夫の送り迎えにくわえて、士気の面でのサポートのためにも同席しているのだ。

「このシステムの中核にあるのが——」カプロスキーはいった。「——〈プリミス〉というソフトウエアだ。〈プリミス〉こそが、このプロジェクトの原動力でね。これなしでは、なにもできない。なぜ知っているのかって？　わたしが作者だからだよ」

きょうカプロスキーがここに来たのは、わたしたちが報酬を支払うからではなかった。いまでは、話に耳を傾けてくれる者がいれば、だれにでも話をきいてほしいほど切羽詰まった立場に追いこまれているからである。ほかの人々とおなじく、この男も新聞でルイスの裁判についての記事を目にした。ただし、ほかの人々と異なっていたのは、マデリン・チャプマンが殺されたこの事件と安全保障情報提供プログラム——アメリカ人の生活のうちデジタル化された部分すべてを監視しようという政府の提案——とのあいだに関連があると見ぬいたところである。さらにカプロスキーは、チャプマン殺害事件と、自分と政府の戦いの両者にもなんらかの関連があると固く信じていた。

ハリーとわたしからすれば、カプロスキーが圧力のもとでたわめられたあげく、すでに〝ぷつん〟と切れてしまっているのではないかという疑惑は無視できなかったが、その道のプロとしての実力だけは否定しがたい要素だった。なにせ四十年以上もソフトウエアをつくりつづけてきたのだ——しかも顧客のなかには、フォーチュン誌から大企業五百社に選定された企業もあり、制作していたのは大規模なメインフレーム用ソフトウエアが大半だった。経済面では困窮していたものの、カプロスキーはこの業界きっての偶像なのだ。

「ジム……ああ、ジムと呼んでもいいですか？」わたしはいった。

「いけない道理があるか？　わたしの名前なんだぞ」

「椅子に腰かけたらどうです？　気楽に話しましょう」

つかのま、カプロスキーは困惑顔をみせた——ポインターとスライドショーがなかったら途方に暮れてしまうといいたげに。ついで深々と息を吸いこむと、ポインターとリモコンをテーブルに置き、テーブルの反対側にならぶ回転椅子のひとつに力なくすわりこむ。

「〈プリミス〉のことを少し教えてもらえますか？　ただし、あまり技術面に立ち入った専門的な話は必要ありません」

「で、なにが知りたい？」

「まず最初に、このソフトウエアがどこから出てきたのかということです」

「十七年前に、わたしがつくったんだよ。もちろん、当時の名前はちがった。おそらく、いまそなわっているような多くの機能はまだなかった――といっても、わたし自身は彼らの手になる最終形を見ていないので、はっきりしたことはいえない。わたしが所有していたころは、〈パラダイス〉という名前だった。国防総省から買取の話が寄せられた。改良をくわえて、自分たちの目的にあわせてつかおうとしたんだ」

カプロスキーは短い咳の発作を起こして、息をととのえた。

「もちろん、当時のわたしの会社にとってはいい話だったよ。時計の針をもとにもどせるものならば……」カプロスキーは物思いにふけった。「まあ、当時のわたしはいくぶん世間知らずだったんだろうな」そういって、荒れ模様つづきの人生を与えてしまったことを詫びる顔で妻を見やる。「しかし、取引の相手は連邦政府だった。あんなことになるなんて、だれが予想しただろうか？」

「では、そのあたりをおきかせください」

「当時のわたしには、これがすばらしい事業チャンスに思えた」カプロスキーは回想した。「わたしたちは契約書にサインをした。といってもソフトウエアの売却契約ではなく、ペンタゴンに使用許諾を与える契約だよ。彼らは厖大な量のデータのランダム処理に、わたしのソフトウエアをつかいたいといっていたが、同時に多少の変更を求めてもきた。それはかまわなかった……」その声が先細りになって消えた。一瞬、椅子にすわったままカプロスキーが寝入ってしまったのかと思ったが、息をととのえていただけだった。

妻のジーンが悲しげな顔をわたしにむけ、やりきれないように頭をふった。

「それからしばらく……そう、一年ほどはなんの問題もなかった」カプロスキーは話を再開した。「で、やがて政府が、うちの会社が契約違反をしているといいたてて、契約を解除した。それればかりか、ソースコードの返還にもソフトウエアの使用停止にも応じてくれなかった。最初に頭金として支払われたわずかな金以外、代金はまったく支払われなかった。国防総省側は、われわれがソフトウエアの改変要求を満たしていなかったと主張したよ」

「向こうの要求は満たしたんですか？」ハリーがたずねた。

「いいや。問題は、国防総省が具体的な仕様をこっちにいっさい明かさなかったことにある。相手の要求がわからないのに、どうやってソフトウエアのパラメータを書けというんだ？　いいや、プログラムを走らせていたあの連中には、はなから金を払う気がなかったんだね」

「どうして？」ハリーがたずねた。「どうして政府が、金を支払わずにあなたからソフトウエアをとりあげようとしたんです？」

「政府が？　いいや、政府というのは、実体のないコンセプトにすぎない。われわれの想像力がでっちあげた虚構だよ」カプロスキーはいった。「わたし自身がそれを悟るまでには時間がかかったがね。問題なのは、悪魔の仕事をすることで政府を動かしている連中さ。野心に満ちた犬どもだ。連中があらわれては去っていくものだから、われわれは自分たちが保護されていると思いこみがちだ。しかし、なかにはいきなり腕を伸ばしてきて、なにかを奪っていく者もいないではない——それも価値のある品をだ。自分たちや友人たちのために欲しい品を。わたし自身は、政府を友人だとか利益をもたらしてくれる存在だなどと思ったためしはない。かつては、政府はわたしを徴兵し、税金をかけ、投獄するほどの権力をそなえている一方、ちゃんと守るべき規則を守っていると信じていたよ。しかし、いまではもっと知恵もついた。そのソフトウエアをわたしから盗んだ男の名前を知りたくはないか？　その男の名前はジェラルド・サッツだよ」

ハリーがわたしをちらりと見た。ルイスの事件との関連といえそうな最初の情報だった。

「訴訟のあいだに明らかになった事実がある」カプロスキーは話をつづけた。「政府はすでにべつの企業に仕事を発注しており、その会社にわたしのソースコードをつかわせ、自分たちが望むような改変を進めていたという事実だ」

「ときに、それはどういうものかな?」ハリーがたずねた。「これまでの話にも二回ばかり出てきたが、そのソースコードというのは?」

「ソフトウエアにとって、ソースコードはDNAみたいなものだといえる。ソースコードはプログラミング言語の仕様に従って書かれている。これは人間にも読める指示だ——論理をつかって書かれた長い一連の指示だといえる。しかしソースコードはコンピュータがつかうものなので、コンピュータに理解できる機械語に翻訳する必要がある。ここでなにが重要かといえば——」カプロスキーは説明した。「——ソフトウエアを改変したかったら、ソースコードを入手するしかないという点だ。その場合にはプログラミング言語で書かれたオリジナルを改訂し、そのあと機械語への翻訳作業をするわけだ」

「つまりソースコードがなければ、手をくわえることはできない?」

カプロスキーはうなずいた。「だからこそ大多数のソフトウエア企業は、最終的な完成品の使用許諾しか顧客に与えない。ソースコードを秘密にしておけば、企業秘密は守られる。逆にひとたびソースコードを一般に公開すれば、その時点で企業は製品へのあらゆる権利をうしなうことになる」

「しかし、先ほどあなたはみずから〈パラダイス〉のソースコードを連邦政府に引きわたしたというお話しでしたよ」

「真実を打ち明けるなら、〈パラダイス〉には百もの異なったソースコードが含まれていてね」カプロスキーはいった。「だから、われわれの会社を切り捨てて契約を解消するまでに、国防総省には一年もの時間が必要だった。連中がプラグを抜いたのは、こっちが最後のソースコードを納品した直後だよ。あいつらに必要な最後の一片だったわけだ。理解しているとは思うが、われわれは政府にソースコードを譲ったわけではない。政府にソフトウエアの使用許諾を与えるという契約だった。たしかにソースコードへのアクセスを認める条項があるにはあったが、あくまでもわれわれが与えた使用許諾のもとでの利用にかぎられていたんだ」

カプロスキーは、上着のポケットからハンカチをとりだし、口にあてがって咳をすると、唇を拭って話を再開した。

「そもそもわたしもほかの人々とおなじく、相手は政府だから大丈夫だろうと思いこんでいたんだよ。まさか盗みはすまい、とね。とんだ見こみちがいだったよ」

「しかし国防総省がどうして、ほかのスタッフにプログラムを書きなおさせたりするんですか?」ハリーがたずねた。

「書きなおしじゃない。形ばかりの微調整をしたかっただけだ——そうすれば、自分たちでつくったソフトウエアだ、オリジナルだと主張できるからだ」

「そうはいっても、あなたが書いたソースコードが基礎になっていることにはまちがいない、と」

「そう、そのとおり。だから、そのことをずっと連邦裁判所にきき入れてもらおうとしてる。でも、あの連中はきく耳をもってない」ハリーがいった。

カプロスキーは大人数の弁護士を雇い、著作権侵害による数億ドル単位の損害を含め、巨額の損害賠償を求めつづけた。陪審のいる正式事実審理にあと一歩というところまで漕ぎつけたことも、これまでに二回あった。しかし二回とも、政府側はまたぞろ国家安全保障というおどろおどろしい錦の御旗をかかげて、プログラム作成にもちいたソースコードの開示を拒絶した。ソースコードは、カプロスキーの主張の正しさを裏づけるのに不可欠な最重要証拠である。当該ソフトウエアがさまざまな形態で——CIAや国家安全保障局を含む——複数の情報機関で現在も使用中であること、機能を削除したバージョンの使用許諾を合衆国政府が他国の情報機関に与えているという事実もあることなどを理由として、連邦裁判所は国家安全保障上の開示拒否を認めていた。

最大の打撃がもたらされたのは昨年のことだ——ワシントンDCの連邦巡回区裁判所が、訴訟そのものに毛布をかぶせ、国家安全保障上の理由でカプロスキー側の上訴を棄却したのである。その三カ月後には、連邦最高裁判所が上訴についての審理を求める中立てをも棄却した。この判決により、事実上カプロスキーとその会社は法的手段をすべて奪い去られた。政府が握っている証拠なくして、カプロスキーが主張を証明することは不可能だ。そして裁判所は国家安全保障を理由にして、証拠提出を政府に迫る意向はないという立場だ。

「そしてあなたは、サッツ元大将がこの件すべてにおいて大きな役割を果たしていると考えているのですね？」わたしはいった。

「いや、〝考えている〟のではなく、事実として知っているんだよ。疑問の余地などあるものか。当初、契約をかわした時点では、その契約の国防総省側の総責任者だった男だ。しかも、馬鹿ではない。〈パラダイス〉をじっさいに目にし、自分の子飼いのエンジニアたちがプログラムの中身を調べるチャンスを得た時点で、あの男は自分が無限の富を産む黄金を手にしていると悟ったのさ。

〝情報が権力だ〟という言葉が正しいとすれば、サッツは王国の扉をあける鍵を手にしていたことになる」カプロスキーは言葉をつづけた。「自慢話は本意ではないが、〈パラダイス〉は瓶に閉じこめられた魔神《ジン》であり、サッツはその真価を見ぬいたんだ。これがあれば一大企業帝国を築きあげることも可能だと察し、わたしには築かせまいとしたわけだな。きみたちが知っているかどうかはわからないがね、アメリカ軍の連中は——といっても、現場に出ている兵士たちのことではなく、トップクラスの将官たち、ペンタゴンの最上層部にオフィスをかまえるまで生きのびたあの連中のことだが——ちょっと調べてみればわかる。そういった連中は、いざ死んだとて、決して無縁墓に葬られない。十年以上も法廷闘争をつづけて、いろいろな人から話をきいていれば、いやでも知識が増えるものだ」

カプロスキーはいったん黙ってから、また口をひらいた。

「ペンタゴンから出た資金だけで創設された会社、最大の取引先がアメリカ軍だという会社だったら、たちどころに十社の社名を教えてやれる。取引先が軍に限定されている会社もある。その手の会社の取締役会の顔ぶれを調べればわかるが、会社を支配しているのは統合参謀本部出身の連中とそいつらの腹心たちだ。これが偶然であるものか」カプロスキーは指摘した。「軍関係や情報機関でのソフトウエア上の新発明や技術革新についても話してあげられる。なかには驚くほど進んだものもあって、ひょっとしたら政府はどこかの倉庫でタイムマシンに乗って未来に行ったのではないかと思いかけてしまうぐらいだよ。その手の甘い汁を吸うのは、なぜか決まって新しく興された会社なんだな。で、その会社の組織図を見ると、〈陸海軍出身者クラブ〉の会員名簿と見まがうばかりだ。だから、サッツがほかの人間を指名して、わたしのソフトウエアを改変させたときにも、本来なら驚いてはいけなかったんだろうよ。しかし、当時はよもやそんなことが現実になるとは思ってもいなかった」カプロスキーは疲れた笑みをのぞかせた。「青二才の世間知らずといわれても仕方がないな」

「その改変部分を書いたのがだれか、わかるような気がしますよ」わたしはいった。

「マデリン・チャプマンだ」わたしがいうよりも先に、カプロスキーが答えを口にした。「これでわたしがここの事務所に電話をかけ、パートナー氏に話をした理由がわかっただろう？　あのころチャプマンは、まだ自分の会社を創立するにいたっていなかった。しかし、もう民間に転身してはいた。国防総省を辞めてはいたんだ。二、三人のスタッフともどもヴァージニアに小さなオフィスをかまえて仕事をしつつ、ペンタゴンとは距離があるように見せかけていたわけだ」

「そしてサッツ元大将は、例のソフトウエアをチャプマンの会社にもたらした。くれてやったのよ」と、そういったのは、これまで夫とテーブルをはさんで反対側の端に黙ってすわっていたジーン・カプロスキーだった。黙っていられなくなったらしい。

「その見返りにサッツがなにを受けとったのかはわからない」カプロスキーはいった。

「でも、かなり多かったことだけは確かね」ジーンがいった。

「そして彼らはソフトウエアの名称を〈パラダイス〉から〈プリミス〉に変えた」

「連中はあっさりソフトウエアを奪ったんですか？」ハリーがたずねた。

「わかってる――ありのままを話しても信じてもらえないことは」カプロスキーはいった。「頭がおかしくなったと思われるのがおちだ。しかし、これが事実なんだよ」

「そしてあなたは裁判に訴えたんですね？」わたしはたずねた。

カプロスキーはうなずいた。「政府を相手どってね。国防長官を。サッツほか数名も名指しにしたさ」

「チャプマンは訴えなかったんですか？」

「訴えたさ。しかし、その訴訟は棄却された」

「どうしてだっけ？」ジーンが頭を掻きながらたずねた。「もう理由さえ思い出せなくて」

「最初の契約の当事者ではなかったという理由だ」カプロスキーはいった。「政府が不正をしたことを、まず最初にわたしたちが立証しないかぎり、チャプマンやその会社に追及の手を伸ばすことはできなかった」

「そうね。思い出したわ」と、ジーン。

「それにあなたの開示請求も、国家安全保障上の理由で阻まれてしまったのですね」わたしはいった。この悲しい苦難の物語については、マスコミの報道で目にした覚えがあった。

カプロスキーは力なく肩を落としながら、ゆっくりとうなずくと、「わたしたちはかれこれ十二年ほども、法廷に出入りをくりかえしていたよ」といい、ため息を洩らした。「こちらの主張がいちばん認められたのは、地区裁判所が被告側に〈プリミス〉のソースコードを提出する命令を出したときだった——裁判所が独自に両ソースコードを比較するという話になりかけてね。けれども、命令は控訴裁判所で差し止められたうえ棄却された。その根拠は、〈プリミス〉プログラムは——さあ、どんな言葉が出てくると思う？——そう、国家安全保障上の根幹をなす重要な要素を構成するものである、というものだった。弁護士たちからは、政治家連中が犯罪隠蔽のために国家安全保障というお題目を利用した例は前にもある、ときかされた。わたしの落胆をなだめようとしての言葉だろうな。というのも、わたしの場合に政府がやったのは民事上の詐欺行為にすぎないんだから」

その気持ちはよくわかるという言葉をかけることもできたが、わたしは黙っていた。カプロスキーと同様の試練を経た人でもないかぎり、その心中を理解できるものではないと思えてならなかったからだ。

「ほかになにか、知りたいことは？」カプロスキーがたずねた。

「よかったら、そのソフトウエアがどのような働きをするものなのかを、少しでも教えてもらえませんか」わたしは水をむけた。

「ああ、いいとも。〈パラダイス〉、あるいは〈プリミス〉は——どちらの名前で呼ぼうとおなじことだ——包括的リレーショナルデータベース構築ソフトだ。利用者がパラメータを設定することで、プログラムが厖大な量のデジタル情報を検索し、あらかじめ定義された条件に合致する情報を片はしからさがしだす。情報の大海を整理し、分類して、そこから事前に定義ずみの条件に合致する情報のやりとりを見つけだすことができるわけだ。一例をあげれば、特定の目的地をめざす航空券を購入し、さらにある種の薬物を購入した人間、あるいは特定の銀行間での送金をおこなった人間がいるかどうかを知りたいとするね。〈パラダイス〉をつかえば、その答えがわかる。理屈のうえでは、このソフトウエアは——プログラムさえ適切であれば——犯罪行為が計画中か、いままさに進行中であることを明らかにする行動パターンを認識し、見つけだすことができるわけだ」

「テロリストたちの行動を予測できるということですか?」ハリーがたずねた。

「ただ予測するだけではないよ」カプロスキーは答えた。「だれが、いつ、おそらくはどこで行動を起こすのかという情報を提供できるんだ。政府のいうことを信じるなら、データのすべてにアクセスできない関係で、目下のところこのプログラムは最小モードでしか稼働していないらしい。たまさかわたしは政府の言葉など信じてはいないが、いまは疲れはてた状態だからそんなふうに思うのかもしれないし」

「どういう意味ですか?」わたしはたずねた。

「このソフトウエアが最大限の効率を発揮して稼働するためには、できるかぎり多くのデータにアクセスすることが必要なんだ。山のような情報、デジタル情報の大海原に。それこそIFS、つまり安全保障情報提供プログラムが提供しようとしているものだ。上院であの法案が可決されれば、個人のものだろうと民間企業のものだろうと、政府関係だろうと、とにかく全国のあらゆるデータベースはペンタゴンにあるスーパーコンピュータ群に接続される。そうなれば、保存されている情報すべてが国防総省のコンピュータに供給され、このソフトウエアによって処理されるようになるんだ」

ハリーは驚きもあらわな顔つきになっていた。「捜索令状もないままに?」

「そんなのは些細な問題にすぎないね」カプロスキーはいった。「政府はすべての情報を欲しがっている。医療記録、銀行やそれ以外の金銭の取引記録、住所と電話番号、所有全資産のリスト、子どもたちの名前、通学先、託児施設利用の有無、利用している場合にはどこの施設なのか、子どもの学年、電子メールの全交信記録、メールの内容、インターネットの閲覧サイト、それにクレジットカード利用の全記録。全国いたるところにある、すべてのコンピュータ・データベースに格納されている情報は、種類を問わず、すべてが利用可能になる。連中は、とにかくデジタル化されていれば、すべての情報を欲しがっているんだよ」

「〈エシュロン〉とやらも悪質だと思っていたがな……」ハリーがいった。〈エシュロン〉とは連邦政府版の天空のパーティーライン――アメリカを中心に構築されているとされる、全世界規模の通信傍受システムのことだ。「イギリスの首相がフランスの大統領との電話会談中にくしゃみをしようものなら、アメリカ大統領がすかさず『お大事に』と声をかけるわけだからね」

「作者としては、ソフトウエアのそんな利用法を想定したためしはない」カプロスキーはかぶりをふりながらいった。「まあ、最終的にそんなことは問題にもならなくなった。推進派の前に、ひとつの大問題がそびえていたからだ。システムとの接続を全国民に義務化する彼らの法案の可決を、連邦議会が拒否したんだよ。だからデータを入手できないわけだ」

いわれてみれば、新聞でそんな記事を読んだ覚えはあったが、詳細な話を追いかけてはいなかった。

「連中はこの計画を政界に売りこむにあたって、じつに興味ぶかいセールストークを展開していたな」カプロスキーは説明をはじめた。「あいつらはこのソフトウエアに、バンドエイドをもう一枚貼るといったんだ——入力された厖大なデータから選別して調べるデータを匿名化するために……といってね。三億五千万人のアメリカ人のありとあらゆる情報にアクセスできていながら——連中の言葉を信じるなら——捜索令状がないかぎり、その手の情報からは個人を特定できない仕組みになっている、というんだ」

「どうすればそんなことができるんです?」わたしはたずねた。

「そここそ独創的な部分だよ」カプロスキーはいった。「チャプマンの会社がつくる予定だった別個のソフトウエア・システムによって、そうなることが保証されるという触れこみだった。あいつらがソースコードを必要とした理由のひとつは、そのあたりにあったのではないかと思う——別プログラムというフィルターを入れるためにね。このアドオン・プログラムには、〈プロテクター〉という名前がつけられていた。まず政府のコンピュータが、疑惑をいだくに足る情報パターンを見つけだす。裁判所も納得して捜索令状を出すほど疑わしいものであれば、〈プロテクター〉は以下のように動くとされていた。発行された令状の番号を打ちこんで初めて、それまで個人情報を隠していたフィルターが消えて、氏名や住所といった情報がすべて入手できるようになる、と」

「考えてみると、なかなか狡猾な手口ですな」ハリーが感想を述べた。「相手がだれかがわからない以上、国民のプライバシーを侵害しているとか、憲法修正第四条に違反して正規の手続によらない捜索活動をしているという議論が成りたちにくくなりますからね。つまり政府は個人のデジタルごみを好きなだけ漁りまくって、徹底的に秘密をあばける力を手にいれる。その過程である種のパターンがモニター上に出現したら、急いで判事をつかまえて捜索令状をとればいい、と」

「とはいえ、連邦議会では法案が可決されなかったんだぞ」わたしはいった。

「たしかに」顔つきを見るかぎり、この事実がカプロスキーの世界を覆いつくす暗雲から、かろうじて射している一本きりの希望の光らしかった。「それも充分な理由があってのことだね。闇の仕事を得意としているプログラマたちが、個人情報フィルターを回避するための手段づくりに早くも着手している、という噂もきいたしね。人間がつくったものなら、人間はそれを出し抜くものをこしらえると決まっているよ。わたしだって錠前を見せてもらえれば、ピッキングの方法を教えられるとも。

そしてこの場合には、トラップドアと呼ばれるものだ。あの連中は前にも似たものをつくっている。いや、証明はできないが、そういうことを知っていてもおかしくない立場の人間から、チャプマンが政府のためにトラップドアを書いたという話をきかされた。その情報源の話によると、政府はあちこちの同盟国にペンタゴン製ソフトウエアの使用を許諾したらしい——〈パラダイス〉に若干の改変をほどした初期バージョンのね。ただし、政府が相手国に教えなかったことがある。アイソテニックス社によってシステムにトラップドアが仕掛けられており、その結果アメリカ政府は相手国政府にも知られずに、その国の情報機関の動向をモニターできる、というんだよ。相手国の連中がそのソフトウエアをもちいれば、アメリカ政府は彼らのやっていることを、こっそり肩ごしにのぞき見られるわけだ」

「恋と戦争においては、あらゆる手段が正当化される……」ハリーがいった。

「とはいえ、ここがきみたちの興味を引く点だよ」カプロスキーはいった。「殺されたとき、チャプマンとペンタゴンとのあいだには明らかに大きな意見の相違があって、激しく争っていたんだ」

「なにをめぐって?」わたしはたずねた。

「問題はそこだ」カプロスキーは肩をすくめた。「わたしは知らない。知っているのは、その対立がぐんぐんと深刻の度を深めていったことだけだ。噂によればサッツ元大将は、チャプマンがこのまま従わずに反抗するのなら、自分は司法省に訴えでて、彼らの力でアイソテニックス社からプログラムをとりあげることもやむなしだ、とまでわめいていたらしい。チャプマンからプログラムをとりあげる、と」

「チャプマンがトラップドアの一件で、国防総省と足並みをそろえることを拒否したのでは?」ハリーがたずねた。

「それはない」カプロスキーは答えた。「司法省に駆けこんで、あそこの法律屋たちに〝チャプマンが契約どおりに動いてくれない、というのもチャプマンは自分たちといっしょになって法律を破ってくれないからだ〟などと訴えることは無理だからね。そもそもトラップドアが役に立つのは、議会で法案が可決され、ペンタゴンが国じゅうのコンピュータをつないで厖大な生データを入手できた場合にかぎられる。そうなってはじめて、連中は情報を求めてデータの山を掘ることもできるし、もしなにかが

──たとえば、一定の行動パターンなりが──見つかったら、捜索令状をとるような手間をかけずに床をすりぬけて関係者を特定し、監視をつけるとか逮捕するとか、あいつらは得意な仕事をやり放題できるわけだ」

この言葉からも明らかだったが、カプロスキーは大方の人以上に政府を疑惑の目で見ていた。

「情報源なり生のデータ群なりがない場合、トラップドアはなんの役にも立たないよ」カプロスキーはつづけた。「それがない時点でつかうのはフライングだ。もしその時点で彼らがチャプマンに接近したのであれば、チャプマンが断わった可能性もある。あまりにもリスクが大きいからね。尻尾をつかまれれば、チャプマンも会社も一巻のおわりだ。しかし、その手の仕事をしている企業は、なにもアイソテニックス社だけじゃない。だから、対立の理由はほかのところにあると思う」

「というと……?」わたしはたずねた。

「何人かのデータ依存症者の話によれば──というのは、他国情報機関のもとで働いている人々でね、じつに多くの知りあいがいるんだが──国防総省ではすでに〈プリミス〉を動かして情報探査をはじめているという、もっぱらの噂だよ。彼らはすでに、厖大な量のデータをどこからか入手しているらしい。ベータ版のテストにすぎないのかもしれない。あるいは、議会が最終的には承認してくれることをあてにして、バグをつぶそうとしているだけのことなのかもしれない。しかし、もしそうではなかったら？　もし彼らがなんらかの方法を見つけており、データベース群にこっそりとアクセスしていたら？　チャプマンがそれには関係していないとしたら？　そのことをチャプマンが突きとめていたとしたら？　そんな事態を、チャプマンはただすわって見ていることなどできなかっただろうね。

政府が連邦法に違反して、三億五千万人のアメリカ国民のプライベートな情報にこっそりとアクセスする」カプロスキーはつづけた。「そんな陰謀が明るみに出たら、ウォーターゲートが子どもの遊びに思えるほどの大スキャンダルが勃発する。そうなっていたら、アイソテニックス社も危機に瀕したはずだ。会社は訴訟と、それにつづく議会による調査とで粉々に打ち砕かれただろうね。その場合、チャプマンを待ちかまえていたはずの事態とくらべたら、わたしと政府との法廷闘争でさえ、事実上は楽園そのものに思えただろうよ」

いまの話が事実であれば、カプロスキーのいうとおりだ。チャプマンは忠誠心と旧友たちとのあいだで板ばさみになったはずである——片や導師とでもいうべきサッツ元大将、片や自分自身の会社の存続。もしもチャプマンが同意できない旨の声をあげはじめていたとしたら、ペンタゴンとの対立が激化していたことにも説明がつく。そしてペンタゴン側に、チャプマンがすべてを公表するのではないか、あるいは——さらに憂慮すべき事態だが――チャプマンが政治的な娯楽にうつつをぬかしはじめて、議会のスタッフなりマスコミなりに情報を洩らすのではないか、と疑いはじめ、上層部の面々がそんな猜疑心にとらわれたとすれば、殺人の動機が山ほど積みあげられてもおかしくはない。

「どうすればそれを証明できますか？」ハリーがたずねた。「その人たちと名前を教えてもらえますか？　ワシントンの情報環状道路《ベルトウェイ》の内側にいるという人たちです。その人たちは証言してくれますかね？」

「その連中が死ぬまで待っても無理だな」カプロスキーはいった。「そんなことをすれば、たちまち職をうしなうからね。信じたまえ。かれこれ十年以上も法廷の内外で政府と戦ってきて、わたしにもひとつだけ確実にわかったことがある。そんなレベルであえて警告の笛を吹き鳴らすのは、官僚にとって自殺行為だ、ということだ。それに、きみたちがあと一歩まで漕ぎつけられたにしても――公判で宣誓証言をしてくれる人を見つけたと仮定しての話だ――ああ、断言したっていい。その人物が証人席につくよりも先に、司法省が彼らを荷づくりし、《極秘》というスタンプが捺された箱に詰めて、アンカレッジあたりに送りだしているだろうね。毎度おなじみ、国家安全保障を利用しての防衛策だよ」

わたしたちはテーブルを囲んだまま、おし黙っていた。妻のジーンはテーブルのつややかな表面にのぞく木目を見つめながら、自分ひとりの思いに没頭しているかのようだった——昔の安定した生活が崩れ去っていくさまを思っていたのか。

「なにか腑に落ちない顔をしているね」カプロスキーがわたしを見ながらいった。

「わからないことがあるんです。もし議会によってデータ入手の方法を断たれているのなら——議会がデータベース群への接続を許可する方向で動くことを拒んでいるのなら——彼らはどうやって情報を得ているんでしょう?」

「わからないよ」カプロスキーは答えた。「しかし、ひとつだけいえることがある。彼らはすでに〈プリミス〉を稼働させている。しかも、一日二十四時間休みなく動かしているということだ」

9

このところわたしは、気がつくと夜遅くまで仕事をしていた——証言録を読み、マデリン・チャプマン邸の犯行現場の法科学的報告書や警察の捜査報告書を読み、メモをとり、ルイスの公判にいささかでも関係のありそうな上訴裁判所での審理案件をさがしたりしていたのである——関連書類のすべてが、わがキングサイズのベッドのだれもいない側に山と積みあげてあった。

そして毎朝、ナイトスタンドの目覚まし時計があの忌まわしいアラーム音を鳴らしはじめたときには、わたしは強烈な眠気にとらわれたまま、泳ぐようにヘッドボードに近づいて手を伸ばし、スヌーズボタンを押しこめる。そのあとは毎朝かならず、三十分ほどの深い二度寝に落ちていく——この眠りは、いつも決まって豊かな夢に満たされていた。最近ではこうした無意識の思考の瞬間が、わが叔父にまつわる夢に満たされているのがつねだった。

子どものころは、叔父イーヴォがどのような体験をしてきたのかについて、ぼんやりとしか意識していなかった。叔父が体験した戦争は、わたしが物心ついて記憶を蓄えはじめるよりもずっと前におわっていたのだ。公判で忙殺されているあいだも、わずかな自由時間を盗むようにして定期刊行物や軍事史のちょっとした山にむきなおり、ずっとずっと昔の朝鮮半島という名前の恐怖の一部なりとも、つぶさに知ろうとしてきた。朝鮮戦争——それ以来人類が経験していないような大規模な暴力にいろどられた世紀のあいだの、忘れられた二度の戦争のうちの最初の戦争について。

一九五〇年十一月二十五日、アメリカの情報機関の知らないあいだに、二十五万人の中国正規軍の兵士が闇にまぎれて鴨緑江《ヤールーチャン》をわたり、北朝鮮国内に侵入していた。のちの報告書によれば、川の対岸にはほぼ同数のアメリカ軍兵士が野営しており、自分たちが必要とされたときのために待機していたという。

その後五日のあいだの夜を利用して、中国軍兵士たちはアメリカ軍の補給路を寸断し、各部隊をそれぞれ孤立させていった。そのなかには、イーヴォ叔父の所属する部隊もあった。

中国軍は国連軍を左右から攻めて、支援部隊と切り離していった。ひそやかに効率よく動く中国軍は、さらにバリケードを築き、火災による防塞を設置して、南への退路を断っていった。また、国連軍の通信網を大混乱に陥れもした。地形が山がちだったため無線で司令部と連絡をとりあうことが不可能になった連合軍は、急ごしらえで数十キロにわたってケーブルを張りめぐらした野戦電話に頼るほかはなかった。その野戦電話が不通になると、前線の将官たちは崩れやすい冬の天候のせいだろうとしか思わなかった。偵察兵や、電話線の修復のために修理チームが送りだされたが、彼らが帰還することはついぞなかった。

アメリカ軍の兵士たちには野営用のテントも、防寒用の靴のたぐいも、丈の長い冬用のコートもなかった。夜間の気温は摂氏マイナス五十度をさらに下まわり、満州の草原地帯から吹きおろしてくる寒風の威力もくわわって、兵士のもてるものすべてを凍らせた——兵士の口のなかの唾液も、彼らの武器のボルトアクション部分も、すべてが凍ったのである。

日付が変わって二十七日になる直前の夜中、いきなり喇叭《らっぱ》とホイッスルの音が響きわたり、着色閃光弾の光と空を切る音とが夜空を満たすなか、十万人単位の中国兵が潮流のように行動を開始した。アメリカ軍の歩哨や、掩蔽壕で仮眠をとっていた警戒兵は、ライフルを手にとる間もなく殺されていた。中国兵の大波がいくつも、孤立したアメリカ軍や国連軍の部隊に襲いかかった。叔父が父に話していたのを、わずかに小耳にはさんだところから類推するとこんな感じだ——叔父の所属部隊は、左右両翼を守っていた隊がたちまち総崩れになると同時に、側面から攻撃された。いったいなにに襲われたのか、防衛部隊の面々が知ることは永遠になかった。

数百人の兵士が捕縛された。寝袋にくるまって野宿をしていた兵士たちの大半は、その場でトンプソン・サブマシンガンをつかう中国軍兵士に殺されていった。サブマシンガンの一部は、第二次世界大戦中に武器貸与法にもとづいて、アメリカをはじめとする連合国から中国に貸与されたものだった。

数百平方キロという広範囲に散らばっていた国連軍は、いきなり圧倒的な兵力をそなえた中国正規軍と対面していた。生存者がいたこと自体が奇跡だった。

中国軍はさらに後方エリアにも雪崩《なだれ》こんで補給部隊や司令部隊を押しつぶし、多くの事務員や将官を殺害し、食堂テントで調理員や炊事当番兵を射殺、オリーブドラブの軍服姿の者を誰彼かまわずに切り裂いていった。

中国軍はモータープールを破壊、整備工や運転士を撃ち殺した。野戦病院として利用されていたテント群にも猛然と突入、ベッドに寝ていた傷病兵を撃ち殺し、銃剣で刺し殺し、当直の医師と看護師をみな殺しにした。その年の冬、北朝鮮の人里遠く離れた凍てついた荒野で、数千のアメリカ兵が命を落とした。ショックの表情が刻みこまれた大多数の兵士の死顔は、たちまち凍てつき、氷に覆われていった。

あとになって父が語ってくれたところによれば、叔父イーヴォはこの恐怖のほんの一部を目撃しただけだという。しかし、それだけでも充分だった。

前線に近いあたりの大混乱と暗闇のなかでは、そこかしこにわずかながら生存者が残っていた。敵軍が死の拳をさらに強く握りしめる前に、なんとか殺戮地帯をあとにすることができた者もいた。負傷したり意識をうしなったりして横たわっていた者たちは、とり残されたまま死んでいった。生存者たちは雪堤の裏側を這い進み、急いで暗がりに駆けこみ、敵がどこかほかの場所で忙しくしている隙に逃げようと機をうかがっていた。逃げおおせた者もいた。しかし、途中で殺されたりつかまったりした兵士もいた。リーダーもいないまま単身で、あてどもなく野山をさまよった兵士もたくさんいた。彼らはそのまま凍死したり、中国軍部隊に行きあわせてしまって殺されたり捕縛されたりした――それも、ときにはおなじく逃走中のアメリカ軍兵士の姿が見えたり、声がきこえたりするような情況で。

これまでに話にきいたり本などで読んだりしたことを総合して考えるに、これはもはや超現実のレベルにまで達した恐怖そのものだったらしい。暴れまわっている中国軍兵士たちのあいだをさまよい歩いたという、茫然となった兵士たちの体験談もあった。そのとき中国兵たちは一時的ながら殺戮への欲望が冷めた状態であり、代わりに血相を変えてアメリカ軍の食糧や武器や腕時計や衣類を漁りまくっていたという。また武装した中国兵集団のすぐ近くを通りかかったが、中国兵たちがライフルをあげもしなかったために助かったアメリカ兵もいた。アメリカ兵が雪のなかからふらふらと出てきても、この中国兵たちには気づいたようすもなかったという。こうしたアメリカ兵のなかには、信じられないことに友軍の陣地にたどりついた者もいた。負傷して地面に横たわっていた者は、苦痛のうめきをあげているそのさなかに銃で撃たれたり、銃剣を突き刺されたりして死んでいった。文書になって残っている記録を見るかぎり、ここには論理や人間性の伝統なるものが働いた形跡はいっさいなかった。それから何年もたって歴史学者たちが、中国軍の兵士の大部分は餓死寸前の状態にあったのだろう、と結論づけることになった。

数は少ないながらも、夜間は星を頼りにし、昼間は頭を低くして身を隠しつつ、着実に南にむかっていたアメリカ兵のなかには、途中で仲間に出会って小人数のグループを形成した者たちもいた。こうした生存者たちは何日ものあいだ食べ物も水も口にしないまま、岩ばかりが散乱する荒涼とした山地の雪に覆われた道をよろめき歩き、這いつくばり、走り、凍りついた谷を越え、氷のように冷たい雪まじりの泥水が流れる川をわたっていった。ほとんどが丸腰で、つねに中国軍のわずかに先にいるだけ、凍傷にかかった手足を引きずるようにして雪のなかを進み、半分死にかけたようになった兵士たちは、長津《チャンジン》にあった海兵隊の防衛ラインのいちばん外側に位置する最初のフェンスにむかって、おぼつかない足どりで進んでいった。彼らのこわばった顔には、後年わたしが叔父のまったく変化しない顔で知ることになる、あの一キロ先を見ているかのような目があった——そのあと数十年にわたってイーヴォの死の視線をつくりだす、なにかに憑かれたような目である。

午前中はオフィスで、大昔の歴史について調べて過ごした。秘書のジャニスがインターネットばかりか、全国規模の新聞や雑誌のデータベースの〈NEXIS〉をも利用して、古い新聞記事類を掘りだしてくれたのだ——ジェラルド・サッツ元将軍についての人物情報などである。ジャニスは見つけた資料の一切合財を事務所のネットワークにダウンロードしてくれたので、わたしは自室のコンピュータで資料に目を通すことができた。

ウォーターゲート事件のハリー・ハルデマンとジョン・アーリックマンのごとく、はたまたホットドッグとマスタードのごとく、サッツと〝スキャンダル〟の語はわかちがたい仲だった。このことは十年前の暑い夏の夜、ゴールデンタイムのテレビで放送されていた番組で、全国の屑を掘り起こすような話をしていた南部政治家たちの辛辣な口ぶりのせいで、頭に刻みつけられていた。

当時は約一カ月にもわたって毎日、ジェラルド・サッツ大将の顔写真が新聞の一面を飾っていた。古い新聞記事に添えられていた写真がデジタル化されて、自分のコンピュータのモニター上で息を吹きかえしたさまを目にすると、当時テレビで見ていたことの記憶がいっきょによみがえってきた。

それは名声、それも人がもっとも軽蔑している敵のために大事にしまっておく種類の名声だった。サッツの名前は一群の証人たちの口から、宣誓のもとで出されていた——それも政治の世界の裁判所ともいうべき、上院の調査委員会の聴聞会で。サッツが証人用の緑のフエルトが張られたテーブルについて宣誓のために片手をあげた時点で、金串はすでに磨きあげられたうえに熱く焼かれ、肉を焙《あぶ》る準備がととのっている状態だった。

例によってありきたりのスキャンダルのひとつ、幕がおりて一週間もすれば、詳細な部分をだれも思い出せなくなっているが、ひとつの例外もなく〝～ゲート〟という接尾辞が付されて、歴史の仲間入りをするスキャンダルのひとつだった。

兵士として、サッツは戦闘経験があった。マスコミによって愚者役に仕立てあげられ、そこに熱狂者らしくリーダーシップへの熱意だけはうなるほどありながら、狂信者らしく判断力には不自由しているという事実があいまって、サッツはその年、ワシントンで果てしもなく繰り広げられている三流ドラマ〈もっともらしい否認権〉に出演、当時の政権の軍部における宮廷道化師としてトニー賞を獲得したようなものだった。サッツは政界の弾丸を引き寄せる磁石になり、仕えている王にむけられて発射された弾丸をすべてみずから吸収したばかりか、四方八方にぬかりなく目を配りつつ、前に進みでて数発の跳弾をつかまえることで、ホワイトハウスの下級職員や清掃スタッフが弾丸で傷つけられる事態を防ぎさえしたのだ。スキャンダルがおわった時点で、まだメモをとりつづけていたのは、ホワイトハウス担当のシークレットサービスの職員たちだけだった――彼らはみな、要人の身辺警護はいかにあるべきかという問題についてのヒントを受けとり、メモ書きにはげんでいたのである。

もちろん、すべてのあとに残されたのは委員会の演壇にいすわっている九頭《ヒユドラ》の蛇で、この蛇の怪物は怒りに身をよじり、針のように細く尖った牙の一本たりとも大将の体を貫き通して大統領を仕留めることができなかったことで憤怒に駆られていた。その怒りをなだめるため、彼らはサッツを偽証の廉《かど》で引きずりおろした。

まっとうな判断力をそなえた人ならとうの昔に結論を出しているが、議会に所属しているメンバーが口を動かすのは、嘘をつくときか、なにかを食べているときだけだ。ときには、その両方を同時にこなす者もいる。上院の議場から嘘を発するのは、呼吸とおなじく、脳の自律的な部分によって処理されて実行される行動である。たとえ嘘が露見した場合であっても、ちょっとした社交上のミスとしか受けとめられない――せいぜい、オペラの劇的な間《ま》を狙ったような放屁と同程度のミスだ。しかしながら議員以外の人間が上院の調査委員会で宣誓したにもかかわらず、「いいえ」とか「そうかもしれない」と答えるべき場合、あるいは「記憶にありません」と答えなくてはならない場面でうっかり口をすべらせ、「はい」と答えることは、許しがたい大罪だとみなされる。かくして上院の化石化した蛇は、牙と鋏でサッツを追いかけはじめた。サッツは宣誓証言で二件の偽証をしたとして告訴された。訴えたのは、嘘を見聞きすれば即座に見ぬく老練な確信犯の嘘つき集団である委員会。裁判の結果、サッツは連邦刑務所での六年の実刑判決をくだされた。

公判が終了すると、委員会のスタッフはまだサッツが法廷から出てもいないときからまとわりつき、黒幕として陰でサッツをあやつっている政治家たちに不利な共犯証言をするように迫った。サッツは拒んだ。杭につながれ、目隠しを拒否した軍人として、サッツは委員会スタッフにむけて、消え失せろと乱暴な言葉を吐いた。しかもテレビの生中継、ご丁寧にもカメラのライトからこそこそ逃げだし、裁判所の薄暗がりのなかに隠れていく委員会スタッフの姿までもが写った画面で。このころには、このサッツ磔刑《たっけい》のために金槌と釘をもちだした委員会メンバーの大多数が、みずからの責任を否認していた。彼らは世論調査の結果を見て将来の占いに精を出し、選挙区の有権者たちはことさら喜んでいるとはいえなかった。

結局のところ、サッツは一日たりとも刑務所で過ごすことはなかった。党利党略という毒をまぶされて上院から出されたものの例に洩れず、サッツの有罪判決にも瑕疵《かし》があり、評論家たちが〝法律の重箱の隅〟と呼ぶものを根拠として——具体的には、委員会メンバーがカメラを前にしてしゃべったり、おもねったりするのをなかなかやめらず、結果として委員会づきの弁護士が訴訟のための主張をまとめられなかったという事実があだになって——上訴審で逆転判決がくだされたのだ。偽証罪で有罪判決をくだすとなれば、まず被告人にどのような質問が投げかけられたのかを整理し、それに応じてどの質問で虚偽証言をしたとされているのかを正確に確立しておくことが必須である。平均的な人間にとって、これは改めていうまでもない自明の理だろう。

　サッツの場合に問題をもたらしたのは、委員会のなかではもっとも権威をもっている人物だった——齢《よわい》八十を越え、他人の力を借りなくてはもはや動くこともかなわないばかりか、肉体的機能のみならず精神的機能も、最後にまともに働いたのは早何十年か前という議員である。この議員はスタッフによってテーブルにつけられており、さらにスタッフはこの議員を驚かせて現実世界に連れもどさんと、代わるがわる椅子の背をしじゅう蹴りつけていた。これが委員会運営に問題をもたらした——音声記録のためのマイクが、テーブルの上をあちらこちらと動いてしまったのだ。この上院の古参議員は、遅かれ早かれいびき以外のものをもたらすと予想された。はたしてこの議員は、上訴審における逆転判決をもたらしたのである。

　議員の質問順がまわってくると、合図を受けたスタッフが椅子の背を蹴って目を覚まさせ、委員会づきの弁護士が注意ぶかく準備した質問が六十四ポイントの巨大な字で印刷されている質問リストを手わたした。議員はよろめき歩いていき、つかえながら話しはじめた。麻痺に見舞われているその手のなかで、一枚きりの書類がまるでハチドリの翼のように小刻みに震えっぱなしだった。

結局この上院議員は、サッツにむけられた重要なふたつの質問を、二重否定の疑問文で問いかけた。上訴裁判所ではこれが決定打となり、偽証であるとして有罪判決を受けたふたつの質問について、サッツがおのおの別個に答えていた可能性もないとはいえないが――本人にその意図はなかったかもしれないものの――委員会の聴聞会の速記録を見るかぎり、ふたつの質問のいずれにも真実を答えている、という判断がくだされたのだ。

ありていにいえば、過去三十年間、政界の戦さ化粧をまとった上院の調査委員会は、司法省による訴追をいやというほど台なしにしてきた前歴があり、それを知る者はいやでも、ひょっとしてこれは意図的なのだろうか、と思わざるをえなかった。ワシントンのあちこちをそれなりに長いあいだうろつきまわっていれば、上院のクロークルームのどこやらにディオゲネスの骨がどっさりと積まれていることもわかる――アメリカ版のアテネともいうべき街で、最後に残っている正直者をさがす旅、ランプの光だけが頼りの探索の旅に出たものの、意なかばにして倒れたディオゲネスの骨が。

サッツの上訴審で裁判所からハンマーで殴りつけられたのち、上院の調査委員会はあちらこちらとよろめき歩き、しばらくはぶつかりあったりしていたが、やがてこの前の日曜日に放映された〈シックスティ・ミニッツ〉で報じられた緊急の社会問題にこそ、すぐさま注目をするべきだという結論に達した。

サッツについていえば、スキャンダルという消えない烙印が名前に捺《お》されこそしたが、たぐいまれな忠烈の士という名声を馳せることになった。いまや大将は秘密を守って口を閉ざしている男という評判のみならず、必要とあれば口を閉ざしたまま刑務所に行くことも辞さない男だと評されるようになったのだ。マフィアであれホワイトハウスであれ、高位にある者は決まってこの特質を高く評価するし、またその特質ゆえに、体制のなかで、ひとかどの地位につけてもらえることは確実である。

騒動が一段落したのち、サッツは政府内の薄暗い一角に椅子を与えられた。その地位で数年間を過ごせば、軍人恩給にくわえて官僚としての年金も受けとれる状態で、この国の首都である党利党略の渦まく地獄からおさらばできるからにちがいなかった。サッツは国防総省で、なにやら正体の曖昧なコンピュータ関連の計画の監督役に任ぜられた。絵に描いた餅のようなスパイ戦争がらみの計画だったが、これは厖大なコンピュータ・データベースの構築が目的だった。〈偉大なる兄弟《ビッグ・ブラザー》〉の窮極の情報センター、安全保障情報提供プログラム、あるいはIFS、そしてソフトウエア〈プリミス〉。

ジャニスが収集してコンピュータにダウンロードしてくれた資料によれば、ＩＦＳの提案が当初から死に体だったことは周知の事実であったらしい。アメリカ自由人権協会と議会の反対勢力は、いちいち銃の照準をあわせる手間さえとらなかった。というのも、中央情報局のだれやらによって最初に提案されたときから、この計画が早々にがっくりと膝をついて心臓のあたりをわしづかみにした瀕死の状態だったと知っていたからだ。計画担当者たちは実行可能性の研究のために、連邦政府のポケットの小銭程度の金を――ざっと四、五千万ドルばかり――つかいはするだろうが、そのあとはドードー鳥の運命をたどるだけだ。サッツ元大将はオレゴンあたりのどこぞの川に姿をくらまし、退職年金で悠々自適の暮らしを送りつつ、フライフィッシングのテクニックを磨くことになる。それが大方の見とおしだった。

ところが、これが一変した――世界貿易センターのツインタワーに二機の旅客機が突っこむという大事件が発生したからだ。サッツは――不注意から油田火災の現場に舞いおりてしまった老いたるドラゴンよろしく――みずからの監督する計画がいきなり政治的活力で燃えあがったことに気がついた。ＣＩＡの情報解析職員が思いついた突拍子もない理論が俄然、政治的に見てすこぶる重要であり、しかも技術的にも可能なものに見えてきたのである。

ひとたびは重罪で有罪判決を受けた男であるサッツ元大将は、おのれが聖務執行者になったことに気がついた。しかも、まもなく知識の木の総監督になれるのである——小さな果実をもぎとるチャンスだけではない。あらゆる部分を包括する絶対的な所有権保持者になれるのだ——根も、幹も、そして枝の一本一本にいたるまで。かのエドガー・フーヴァーでさえ、敵にまつわる裏情報をきちんと整理しておくためには、標準サイズの情報カードとクロゼットに隠した木のファイルキャビネットをつかうしかなかった。貸し借りがゼロになったことを知らせる通知書の長大な印刷待ちリストをもっているサッツは、最新鋭のスーパーコンピュータがずらりとならぶ倉庫と、全国民の生活に踏みこんで好きにひっかきまわすための書類一式を与えられた。連邦議会や最高裁判所やマスコミをふくむ、すべてのアメリカ国民——彼らの生活は、いまやサッツの遊び場になった。これは、およそ命あるものすべてに神への恐怖を叩きこむに充分な事態だった。

議会の反対勢力はいきなり、政府が——意図的であろうとなかろうと——〈偽証のポスターボーイ〉なる悪名高い人物を、アメリカ史上もっとも慎重を要する政府の計画の責任者にすえるのはいかがなものか、と声高に非難しはじめた。

10

紛失したままのガラス工芸品の件は、最初から不可解な問題だった。地区首席検事は、このガラス工芸品の件を起訴事実にからませてくることだろう。しかし、どうやって？　わたしたちが知らない、どのような事実を検察側が把握しているのか――そこが問題だ。検察がわたしたちと同様、どこにもうまくおさまらない一枚だけのパズルのピースを前に困惑していることも考えられた。たとえるならこれは、箱にはカリアー&アイヴズ印刷工房のリトグラフが印刷されているのに、手もとのパズルの一ピースがピカソ作品のものであるようなものだ。

「ハーマンがなにを調べてきたか、おまえだってすぐには信じられないぞ」ハリーはチェシャ猫のようににやにや笑いながらいった。

わたしはかぶりをふった。さっぱり予想がつかない。ハーマンはもうわたしのオフィスにやってきており、いまは壁ぎわに寄せたソファの上で楽な姿勢をさがし、もぞもぞと体を動かしている最中だった。

ハリーは、わたしのデスクとさしむかいに置いてある依頼人用の椅子のひとつにすわっていた。膝の上には書類やファイルの山がある。わたしたちは毎週木曜日の朝に顔をあわせて、ともに証拠や、新しい資料に目を通した。資料には開示請求でもたらされたものもあれば、警察や地区検事局への書類提出の申立てに応じて提出されたものもあり、また民間団体に送達された文書提出令状で引きだしたものもあった。「チャプマンはあれにひと財産もの金を払っていたぞ」ハリーがいった。「例の〈危機に瀕した球体〉にね。いくら払ったと思う?」どうやら〝二十の扉〟ごっこをしたがっているようだ。

「いくらだった?」

「六十万ドル近い額だ」

わたしは思わず口笛を吹いた。「それだけの金をポケットに入れて午後の買物ツアーに出られたら、さぞや楽しい思いができるだろうね」

「五十九万ドルにくわえて、ポケットの小銭相当の金額だよ――あまりこまかな話はききたくないかと思ってね」ハーマンはいった。いまこの男は読書用眼鏡を鼻の頭にまでずりさげ、上着のポケットからとりだした紙片を読みあげていた。ついでその紙片をハリーに手わたす。ハリーはざっと目を通してから、わたしに手わたしてきた。

紙片は、売上伝票のコピーだった。書式だけを見たら、どこの文房具店でも束で買えるたぐいの伝票としか見えなかった。左上の隅には、ラホヤにある画廊の店名と住所があった。スタンプが捺されていた伝票の現物は、透かし模様いりの用紙だったらしい。というのも、スタンプのインクがわずかながら紙に滲みこんでいたからだ。

「どうやら、その〈球体〉とやらにはそれなりの来歴があるみたいだね」ハーマンはいった。「かつては、イランの国王《シャー》の未亡人が所有していたこともある。そういったいわれがあると、モノの値段があがる傾向があるという話をきいたよ。話をきかせてもらったその筋の専門家によると、最高級クラスのティファニー・ランプの逸品が二十万ドルぐらいだろうというんだ。これを基準で考えれば、いまおれたちがどのレベルの話をしているのかもわかろうというものさ」

そういわれても、たいして役には立たなかった。本物のティファニー・ランプを買ったことはおろか、この目で見たことすらあるかどうかも定かではなかったからだ。

「もちろん、おれは専門家なんかじゃない」ハーマンはつづけた。「でも、ちょっと読むからきいていてくれ」そういって、ポケットからとりだした二枚の書類をひらいて読みはじめた。「〈危機に瀕した球体〉と名づけられたこの作品は、およそ知られているかぎりもっとも高価な青い……ち、ち、ちみ……」

ハリーが肩ごしにのぞきこみ、代わって読みあげた。「稠密《ちゅうみつ》ガラス」

「ああ、そうだな。『……青い稠密ガラスで制作されている』」紙のへりがぎざぎざになっているところを見ると、どうやらどこかの図書館で美術展のカタログかなにかを見つけ、だれも見ていない隙に該当ページを破りとってきたらしい。「『〈球体〉は巨大な鉛クリスタルの巨大なブロックを彫りあげて制作された。ちなみに、削られる前のブロックの重量は五十キロ弱。当初の素材となったクリスタルのブロックは、完全に冷えきるまで二週間以上かかったという』おいおい、信じられるか？『光が揺らめくかのごときコバルトブルーの〈球体〉には、古代のベネチアングラスの職人だけが知っているスタイルとテクニックをもちいた純金の線条細工がほどこされている。最後に売りに出たニューヨークでの某オークションでは、二十五万ドルで買い取られた』とあるが、これはもう十年以上前の話だよ」ハーマンがいった。「国王《シャー》の妃が買ったのは、そのあとだろうな」

「警察がこの件をおれたちに知られまいとしたのも無理はないな」ハリーは憤慨していた。「ギャラリーの店主によれば、チャプマンはその場で小切手を書き、店を出るときには買いあげた品を自分でもってでたそうだ。ギャラリー側は配達を申しでたが、チャプマンはそれを断わってる。自分で家にもち帰りたいといったんだ。だからギャラリーでは箱に品を詰めて、それを車の助手席に運びこむのに手を貸してる」

「そして、そのあと問題の品がどうなったのかは、警察もまったく知らないんだな？」わたしはたずねた。

「まあ、きいてくれ。おれたちは警察に開示を求める申立てを送りつけた」ハリーはいった。「被害者マデリン・チャプマンが自宅内に所有していた〈危機に瀕した球体〉なる芸術作品について、把握しているかぎりの情報をこちらに開示せよ、とね。現物の写真も添えたし、カタログに載っていた説明の文章のコピーも添えてね」ハリーの手には封筒があった。ハリーは封筒から折りたたまれた書類を抜きだしてひらいた。わたしのいる側からも、その用紙の表側に三、四行の文章がタイプで打たれているのが見えた。「さあ、きいてくれ。これが向こうからの返事だ。そのまま読むぞ。『当検事局は、〈危機に瀕した球体〉なる名称をもつ物品、ならびに類似の物品を保管ならびに所有していないことを、そちらさまよりの開示申立てに応じて返答するものであり……』とまあ、以下そんな調子だ」ハリーはわたしに顔をむけ、歯を剝きだしてにやりと笑った――鮫そっくりに。「以上。返事はこれだけだ。信じられるか？六十万ドルもする品物が消え失せ、所有者は頭に二発の弾丸を食らって殺された。なのに警察は、この件に殺人の動機はないと見ているときた」

「なに、公判になったら、検察はわれらが依頼人が盗んだとでも主張するに決まってる」わたしはハリーにいった。

「だったら、いまはどこにあるんだ？」ハリーがたずねた。

「わたしだって、きみと同様に当て推量をしているだけさ。たぶん検察側とおなじようにね。ところでチャプマンがギャラリーにやってきて、その品を見たとき、ほかには何人の客が店にいたのかはわかったかい?」

「おれもまったくおなじことを考えていたよ」ハリーはいった。

「ただし問題がひとつ」ハーマンがいった。「ギャラリーのオーナーによれば、問題の日の午後、ギャラリーで近くにいた客はふたりの老婦人だけだったというんだ。なんでもチャプマンとふたりだけで話をしたかったため、できれば老婦人たちに帰ってほしかったので、はっきり覚えているそうだ」

「なるほどね」わたしはハリーから手わたされたばかりの手紙、地区検事局から送られてきた用箋一枚だけの手紙に目を通していた。それから椅子をぐるりとまわし、背後の小型の書棚の上に積んである書類の山をかきまわしはじめた。

「なにをさがしてる?」

「いざ見つかれば、それもわかるんだ」わたしは答えた。かかった時間は一分ほど。書類の山は開示の申立てが地区検事局や警察に送達されるたびに、どんどんうずたかくなっているのだが、目あてのものはその山の中ほどにあった。わたしはホチキスで綴じてある数枚の書類と、何枚かの写真をおさめた封筒を山から抜きとった。ついで、ホチキスで綴じた書類を、地区検事局からの手紙とならべてデスクに置いた。それから付箋紙にメモを書きつけて手紙に貼りつけたのち、その手紙をいちばん上にしてすべてを束ね、ペーパークリップでとめた。

「それはなんだ?」ハリーがたずねた。

「これで、こっちが点を稼げるかもしれないな——といっても、いまから公判までのあいだ、わたしたちの足もとの砂が動いていってしまわなければの話だが」

「だから、警官がどこかの質屋で、ルイスの名前が書かれた下げ札つきの〈球体〉を見つけることがないように祈ろうじゃないか」ハーマンがいった。

「それはまた、ずいぶんと元気の出る考えだな」ハリーがいった。

「まあ、あんたのパートナー氏の言葉じゃないが、それこそ足もとから動いてほしくない砂の一例だね。とにかく楽観的な心をなくしたかったら、政治の世界に転身するといい」ハーマンはいった。

この男のいうとおりである。幸せな結末を待ち望む明るい思考法は、妖精の粉をあつかうような仕事についていればきわめて有用だろう。しかし刑事事件を専門にする弁護士が楽天的な気分の泡に乗って法廷にいけば、依頼人のケツはいうにおよばず、かなりのサイズを誇る自分自身のケツも見つけられずに、すごすご尻尾を巻いて退散する目にあうのがおちだ。tの字の横棒とiの字の上の点をひとつ残らず書くような綿密な仕事のうえで異議をとなえても、黒い法服をまとう知的グレムリンともいえる判事たちの凸凹の表面に異議が跳ねかえされるだけの場合もある。〈球体〉についての答えの出ていない疑問の数々――なぜ現場から消えていたのか、いまはどこにあるのか、など――は、わたしたち被告側の主張のうちでも良質の部類のものになるかもしれない。しかし、こちらの希望をすべてひとまとめにして、ひとつの籠《かご》にしまっていくような真似は賢明とはいえない。刑事弁護士にきけば、だれでもそういう話を教えてくれるはずである。ライフルではなくショットガンをつかったほうが、検察側主張に決まって多くの穴を穿《うが》ってやれるのだ。

わたしたちはとりあえずその話題をおわらせ、つぎの話題に移った。

「警察では犯行時刻を絞りこんだのかどうか、そのあたりはわかるかな?」わたしはたずねた。

「絞りこんだにしても、なにもいっていないな」ハリーはいった。「大事に胸もとにしまいこんでいるわけだ」ハリーによれば、検察側はわたしたちに〝警察の捜査報告書をじっくり検討して再構成したうえで、こっちが出した犯行推定時刻を当ててみろ〟という態度のようだ。「警察の報告書によれば、銃声をきいた者はひとりもいならしいぞ」

「不思議でもなんでもないな。消音器《サイレンサー》、岩の上《オン・ザ・ロックス》だ」ハーマンは、どこかのお上品なバーで出される新作カクテルの名前を口にしているかのようにいった。

殺人につかわれた凶器の拳銃は、警察によって裏庭の花壇から発見されたが、警察はそれ以外にも長さ約十八センチの円筒形のサイレンサーを発見していた。被害者自宅の海に面した側の壁のさらに裏手にある、砂岩の岩棚に落ちていたところを発見されたというのに、ブルーフィニッシュがほどこされた表面には、かすり傷やへこみがひとつもなかった。

「チャプマンがガラス工芸品を買った店できいた話がある」ハーマンはそういってポケットから小さな手帳をとりだし、ページをめくりはじめた。読書用眼鏡は鼻の頭にまでずり落ち、ハーマンは腕をいっぱいに伸ばした長距離から手帳の中身を読んでいた。「オーナーとその息子から話をきいたんだ。中東出身の男だよ。苗字はアサーニ。父親はイブラム。息子のファーストネームはハッサン。ふたりが精いっぱい思い出してくれたところでは、被害者が店を出たのは午後五時をまわったころだったらしい。息子は五時十分ごろ、遅くても十五分は過ぎていなかったと主張し、父親のほうは五時半にはなっていたと話してる。父親は少々神経質な感じで、息子はぼんやりしている感じだ。いわせてもらえば、父親の証言を信用することをおすすめするね」

「自宅に帰る前に、被害者がどこかに寄り道していたかどうかはわかるか？」わたしは両肘をデスクについて両手を広げ、ふたりの顔を見つめながら、答えを待った。

ハーマンは肩をすくめた。「最後に生きている姿を目撃されたのは、このギャラリーだよ。おれが調べた範囲では」

ハリーは頭を左右にふった。「チャプマンが途中でどこかに立ち寄ったとは、まず考えられないな。おれだったら路上駐車であれ、どこかの駐車場に入れるのであれ、車に〈球体〉のような高価な品物を置きっぱなしにしたくはない。そうだろ？」

「ただし、帰宅途中でチャプマンが〈球体〉をどこかに運んでいれば話は別だ」わたしは、このときもまだ文面を表にしてデスクに置いてある地区検事局からの手紙をとんとんと指で叩いた。「もちろん、本当にどこかに運んでいたというのなら、キッチン一面に散らばっていた梱包材はなんなのか、という話になる」

わたしは警察が撮影した写真をひっくりかえして、ハリーに見せた。被害者宅のキッチンの写真だ。

ハリーが写真をのぞきこんだ。「ひどくちらかってるな」

「これ以上にひどいのは、一面に血が飛び散っていた玄関ホールくらいだね」わたしはいった。「またガレージの床にはハンドバッグが落ちていたほか、何本かの瓶が落ちていて、中身がこぼれていたとある」

「だれかと争った形跡だと？」ハリーはいった。

「ちがうな。チャプマンは急いでいたのだと思うよ」

「検察側が〈球体〉をだしにして、こっちにゲームを仕掛けているとは思わないか？」

「さあ、なんともいえないな」

「抜け目のない検察官が証拠の一片をうまそうな餌代わりに仕掛け、どこぞの間抜けな弁護人がのこのこ出てきて食いつくのを待ちかまえていたとしても、これが初めてじゃないしね。……さて、検事局の手紙をもういっぺん見せてくれ」ハリーがいった。

わたしは手紙をわたした。

ハリーは右手の人さし指を文面にそって滑らせながら、黙って手紙に目を通してから、口をひらいた。「これはおもしろいな。自分たちの手もとにはないといってる。でも、その所在を知らないとは書いてないぞ」

「ああ。わたしも気がついた」

「検察にそんな真似ができるのか？」ハーマンがたずねた。

「場合によりけりだね。それなりに根拠のある推量にすぎない段階であり、あとになっても具体的な情報は入手していなかったといえる情況なら、検察がそうしていてもおかしくはないよ」

「チャプマンが〈球体〉をオフィスに運んでいったとは考えられないかな？」ハリーがいった。

「金曜日の五時半すぎだぞ。ラホヤ周辺の道路はかなり渋滞していたはずだ。それに、当日の夜、チャプマンが人と会う約束をしていたという事実もある」

いった。

「午後八時だ」ハリーがいった。「友人と夕食をとる約束をしていたな」

「自宅ではなく、まずオフィスに美術品を運んだとは考えられないか？」ハーマンがいった。

「それはないと思う」ハリーがいった。「警察がチャプマンの自宅で、梱包材の一式を見つけているからね。箱、ガムテープ、それにエアパッキン」

「チャプマンの会社、アイソテニックス社に確認をとってもいいな」ハーマンがいった。「会社に〈球体〉が運びこまれた記録がないかどうかを調べるんだ」

「頼む」わたしはハーマンにいった。「まあ、ハリーの見立てが正しいとは思うが」

「オフィスにもなくて、警察も保管していないとなったら、チャプマンを殺害した犯人が現場からもち去ったと考えるほかはないね」ハリーはいった。

「そう考えるのが妥当だな。では、死亡時刻の問題にもどろう。検察側の病理学者はなんといっている？」とはいえ、これはあまり役に立ちそうもなかった。生きてる被害者を目撃した証人や死体を発見した証人といった、時刻を特定できる証人がいないかぎり、せいぜい推測をめぐらせるのが関の山だからである。

「病理学者は、死亡推定時刻を事件当日の午後五時半から十時四十分だとしている。ガラス工芸品のギャラリーを出て自宅にむかったのが、五時十五分から五時半のあいだだと推測したうえでのことだ。ちなみに警官たちがチャプマンの死体を発見したのは、その夜の午後十一時前だな」

「向こうも、こちらとおなじ考えに立っているようじゃないか——つまり、被害者がギャラリーからまっすぐ自宅に帰ったという前提で」ハーマンがいった。

「どうしてそれがわかる?」と、ハリー。

「わずか二十分で、オフィスに寄ってから自宅に帰りつくのは不可能だからだよ」ハーマンが説明した。「一日のうちのその時間帯ではね——交通渋滞だのなんだのがあるんだから」

「それは、チャプマンが五時半にギャラリーを出た場合の話だぞ」ハリーはいった。

「それよりも数分早く出ていたら? オーナーの息子の話が正しかったとしたら?」

「それも考えられる」ハーマンが答えた。「でも、おれはそうは思わない。寄り道をするには渋滞がひどすぎる。それに、あんたがさっきいっていたように、被害者が〈球体〉を積んでいる車をどこかにとめて、その場を離れるようなことをしたとは思えないな」

「ところで、だれも銃声をきいていなかったとすれば、なぜ警官たちがチャプマンの自宅を訪れたんだ? だれが通報した?」わたしは疑問を口にした。

「約束していた夕食の場に、チャプマンがあらわれなかったんだ」ハリーがいった。

いまハリーは膝に載せた書類をめくっていたが、目ざす箇所が見つかると中身を目で追いながら話をつづけた。「夕食の約束はその夜の八時。場所はサンディエゴ。ガスランプ・クォーターにあるレストランだ。チャプマンが姿を見せないので、待っていた人たちはまず自宅に、つづいて携帯に電話をかけて、両方にメッセージを残した。警察でも確認しているよ——留守番電話サービスのメッセージを。最初はその晩の八時二十二分。チャプマンは電話に出なかった」

「だとすれば、病理学者の話は忘れてもいいな」わたしはいった。

ハリーが物問いたげな顔をわたしにむけた。

「死亡時刻だよ。監察医は死亡時刻が、五時五十分から、通報に応じてた警官が自宅を訪ねた十時四十分のあいだのいつであってもおかしくないといってる。しかし、チャプマンが八時二十二分の電話に出なかったとしたら、その時点ですでに死亡していたというのが妥当な推測だろうね」

「そのとおり」と、ハリー。

こうしてわたしたちは、犯行時刻を三時間の幅にまで絞りこむことができた。あいにくルイスには、事件当夜のアリバイがない。当人の警察での供述によれば、その夜はアパートメントでひとり、ぐっすりと眠っていたという。というのも前日は深夜勤務であり、当日も夜十一時から勤務が予定されていたからだ。

「死因は——」ハリーが病理学的報告書に目を通しながらいった。「広範囲な外傷性脳損傷、およびそれにくわえて大量失血だ」

「警察に通報したのはだれだ？」

「夕食のパーティーの席で、チャプマンを待っていた知りあいだよ。チャプマンのことが心配になって、まずアイソテニックス社を担当している警備会社に連絡をとった。警備会社もチャプマンに連絡が取れず、本人もレストランにあらわれなかったため、夕食会にいた人たちが警察に通報したんだ。パトカーで自宅前を通って、ようすを確かめてほしいとね。警官は玄関に近づき、ドアの横の窓にかかっているカーテンの隙間から玄関ホールをのぞきこんで、床に倒れている死体を発見した、というしだいだ」

「食事会の客のうち、警察に通報した者の氏名はわかっているのか？」

ハリーは書類に目を通した。「おやおや。こいつは妙だ」

「というと？」

「名前がどこにもない。警察の報告書には、証人や話をきいた隣人、それに夕食会でチャプマンを待っていた人たち全員の名前が出ているんだが、通報者にかぎってはどこにも名前が出てないいんだ」

「チャプマンの携帯の番号を知っていたとすれば、かなり親しい関係の人物にちがいないな」ハーマンがいった。

「では、通報者について調べてくれ」わたしがいい、ハーマンがメモをとった。「では、犯行時間枠に話をもどすぞ。まず、ギャラリーから自宅に帰りつくまでは、交通事情にもよるが……そうだな、十五分かかったとしよう」

「同時に、チャプマンが途中でどこにも立ち寄っていないと仮定しようじゃないか」ハリーが膝に載せたファイルの一冊の中身に目を走らせながら、そういった。

「とすると、チャプマンは遅くとも五時四十五分には自宅に帰りついていたことになる。さて、では仮説を検討していこう。まず、窃盗が目的だったという仮説だ」

「目あてはガラス工芸品」ハリーがいった。

「そのとおり。ギャラリーでチャプマンを見かけた何者かが、工芸品をじっくりと見る機会にも恵まれ、さらにはその値打ちも察しとったと仮定しよう。もしかするとその人物は、商談を小耳にはさんだのかもしれないし、値段をきいたのかもしれない。さらに、チャプマンの自宅の場所を知っていたことにもなる」

「あるいは、家まで尾行したか」ハーマンがいった。

「それでも犯人は、家屋内に侵入する経路を見つけなくてはならない。しかしいちばん重要なのは、犯人はチャプマンを撃ち殺す前に、まず拳銃を見つけていなくてはならないということだ」

「では、犯人はチャプマンを尾行したと仮定してみよう」ハリーが仮説を述べはじめた。「犯人は侵入の機会をうかがっていた。それから窓を見つけて、屋内にはいりこんだ。たとえチャプマンがいたにしても、ほら、あそこは大きな屋敷だからね。で、チャプマンが一階にいたものだから、犯人は〈球体〉をさがすために二階にあがった。しかし、すぐには見つからなかったので、抽出を漁りはじめた……」

「どうして犯人がわざわざ抽出を調べたりするんだ？　あの品の写真があるんだぞ。抽出にすんなりはいるサイズではないね」

「まんまと家屋内に侵入できたのだから、この機会に貴金属類をいくつかいただいていこうとでも考えたかもしれないぞ」

「で、その過程で偶然、拳銃を見つけたというのか？」

「ありえないとはいいきれないな」と、ハリー。

わたしは頭を左右にふった。

「どうして？　警官が死体を見つけたのは、ようやく十一時近くなってからだぞ」ハリーはいった。

「確かに。しかし、わたしたちの見立てが正しいとなれば、チャプマンはレストランから電話がかかった時点ではすでに死んでいたことになる。あれは何時だったかな？」

「八時二十二分」ハリーが答えた。「となると、犯人には三時間近い余裕があったことになるな」

「問題は時間が足りなかったことじゃない——時間があまりにも長すぎることだ」

「それはどういう意味だ？」ハリーがたずねた。

「考えてもみたまえ。不法侵入をして、他人の家のなかをうろつきまわっているんだ。馴染みのない場所で、部屋から部屋へと歩き、抽出をつぎつぎに調べている。もし簡単に侵入できるのなら、どうしてわざわざ捕まるような危険なことをする？　いったん車に引き返して、チャプマンが外出するまで待ってからふたたび足を運び、〈球体〉でもなんでも、好きなものを盗めばいいだけの話じゃないか」

ハリーはしばらく考えこんでから、わざと異論をとなえる〝悪魔の弁護人〟の役目を買ってでた。「チャプマンがシャワーを浴びていたのかも。レストランから電話があったときには、シャワーで音がきこえなかったのかもしれない。だとすれば、死亡時刻にまつわるおれたちの仮説がまちがいかもしれないぞ」

「それはないな」わたしはいった。

「どうしてそうきっぱり断言できる？」

「チャプマンが帰宅直後の数分以内に殺されたからだよ」

「どうしてわかる？」

「犯行現場の写真はどこにいった？　被害者が写っている写真だよ」

ハリーはしばしわたしの顔を見つめてから、ファイルの一冊の中身を調べはじめた。

それから大きなマニラフォルダーを見つけ、フラップをひらいて、上下を逆さまにした。半ダースほどのエイトバイテンの光沢写真がこぼれでてきて、デスクの上を滑っていった。わたしがすかさず手で押さえて、ようやくその場にとどめた。

写真を手にとり、一枚ずつめくって、目あての二枚を見つけだした。その一枚には床にうつぶせで横たわるマデリン・チャプマンが写っていた。写真に写っている左目はひらいたまま、永遠を見すえていた。下あごのうちの残っている部分は、黒々とした大きな血だまりにつかり、もつれた金髪が数筋ばかり床にまで垂れ落ちていた。血は白いシルクのブラウスを汚し、左側の布地の一部を形の定まらない黒い汚れが散らばった斑模様に染めあげていた。この種の写真は正義の概念を覆しかねない。陪審員たちが悪夢を見はじめると、立証責任や〝合理的な疑いの余地を残さない証明〟といった抽象的な概念が彼らの頭から消えてしまうのだ。かりにこの写真が陪審員席にまわされることになったら、そのあと被告人ルイスが陪審の誰彼と目をあわせるたびに、わたしとハリーは法廷の天井にあるスプリンクラーを作動させ、燃えあがった炎を消し止めなくてはならなくなる。

わたしは写真をハリーにむけた。「まちがっていたら訂正してくれ。しかし証人――会社の秘書やギャラリーのオーナー――の証言では、これはその日チャプマンが着ていた服にちがいないね」

「ああ。そのとおりだ」

「やっぱりね。チャプマンは帰宅後数分以内には死んでいたんだ。考えてもみたまえ。あとには夕食会に行く予定があった。約束の時間は午後八時。着替えたかったはずだし、その前にシャワーを浴びたくなってもおかしくはない。となれば、たいていの女はこれだけで一時間は必要になる。それだって急いだ場合だ」

「おれにはわからない世界だな」ハリーがいった。

「わたしを信じたまえ。専門家だぞ――結婚経験があるんだから」わたしはいった。

「話をつづけて」

「着ていく服を選んでならべ、シャワーを浴び、化粧をなおし、髪の毛をととのえ、服を着て、アクセサリーを選ぶとなると、それだけでも最低一時間は見ておく必要がある。バスタブにつかるとなったら、一時間半から二時間は見ておくべきだ。夕食のためにどこに出かけていくにしても、所要時間を三十分は見ておく必要がある。金曜日の夜に、州間高速の五号線を南にむかってサンディエゴをめざす。むしろ三十分で目的地にたどりついて、車を駐車場に入れられたら御《おん》の字だろうな」

ハリーは同意にうなずいた。

「となるとチャプマンは六時十五分には――遅くとも六時半には――外出の支度をはじめないといけないはずだ。しかし、ここでは――」わたしは写真をさし示した。

「――まだ、昼間会社にいたときとおなじ服を着ている。つまり二階にあがっていく時間さえなかったんだ。ほら、これを見たまえ」わたしは被害者の足を指さした。「ハイヒールを履いたままだ」

実際には、体をよじって倒れた拍子に片方の靴が脱げてしまっていた。脱げた靴の一部が写真にも写っていた靴は、まるで被害者がうしろむきに歩いていたかのように、反対の方向をむいていた。

「わたしが知るかぎり、仕事から帰ってきたあとでも十センチ以上のハイヒールを履いたままでいる女はひとりもいない。チャプマンはハイヒールを脱いでいなかった。というのも、ドアをくぐっていたときにやっていた仕事を、まだおえていなかったからだ」

わたしはもう一枚の写真をハリーに見せた。前の写真ほどの派手さはない。キッチンの風景だった。花崗岩のテーブルトップにも床にも、破れたビニールのエアキャップや梱包用のガムテープなどが散らばっていた。シンクの横には、小さな車輪のついたカートのようなものがある。カウンターには、なにもはいっていない段ボール箱。カメラのほうをむいている二カ所の角の部分が上から底まで切り裂いてあり、側面をレンズにむけている箱は、まるで跳ね橋がひらいているところのように見えた。ナイフはカウンターの上、箱のすぐ隣に置かれたままになっていた。

「この写真が語ってくれているよ」わたしはハリーにいった。「チャプマンはガレージから家のなかにはいって、キッチンで箱をあけた。なぜわかるかといえば、鑑識がガレージの床に落ちているチャプマンのハンドバッグを発見しているからだ。おそらく、箱を家に運び入れようとして悪戦苦闘しているさなかに落ちたのだろう。箱をあけて中身をとりだすには、二分、長く見ても三分以上はかからなかっただろう。ガラス工芸品がそのあとどこに行ったのか、わたしたちにはわからない。しかしこの仕事をおえたチャプマンは、キッチンから家の正面にむかった。着替えやシャワーといった夕食に行く準備のために、二階にあがろうとしたのかもしれないね。急いでいたのだと思うよ。ハンドバッグの件があるからだ。たいていの女は、どこに行くにもハンドバッグを欠かさずもち歩く。家にいるときには、すぐ見つけられるように、いつも決まった場所に置いておく。しかし、チャプマンのハンドバッグは、落ちた場所にそのまま放置されていた」

「犯人とガレージで格闘になったのかもしれないぞ」ハリーはいった。「犯人はそこで、最初にチャプマンと顔をあわせたにちがいない。ハンドバッグを落としたのはそのせいだ。警察はガレージの床にプラスティックの瓶が何本も倒れて、液体洗剤がガレージの床にこぼれていたのを発見している。つまり、ガレージで取っ組みあいのようなことがあったとしてもおかしくないということじゃないか」

「もしそれが事実だったら、どうしてチャプマンは玄関ホールで射殺された?」

ハリーはかぶりをふった。この質問への答えをもちあわせていないのだ。

「答えは掃除用品カートにある」わたしはいった。「キッチンの写真に写ってるよ」

ハリーは写真に目をむけた。

「わたしの推理では、チャプマンはそのカートをつかって、ガラス工芸品の箱をガレージからキッチンに運びこんだんだ。箱を手でかかえて運ぶよりはずっと簡単だし、落としたくなかったら、そのほうが無難だからね。急いでいたのなら、チャプマンはカートの上にならんでいた洗剤の瓶を、ガレージでそのまま床に払い落としたと思われる。どうせ、あとで家政婦なりが片づけるはずだと踏んでね。床に落ちていた瓶は格闘の痕跡じゃない。急いでいた女の痕跡だよ」

「いったん外のガレージにもどってハンドバッグをとってこなかったのも、おなじ理由か」ハリーがいい添えた。

わたしはうなずいた。「ひとつだけ明らかなことがある。キッチンから出たチャプマンは、玄関ホールより先には行っていなかった、ということだ。そうでなかったら、ハイヒールを履いたままだったはずがない。たいていの女は、機会がありしだいハイヒールを脱ぎ捨てる。しかし、チャプマンは手いっぱいで急いでいた——まず箱をあけるのに忙しく、そのあと二階にあがって身じたくを整える必要があった。といっても、二階にあがることはなかったんだ」

ハリーは二枚の写真を見つめながら、しばし思いをめぐらせていた。「となると……チャプマンを殺した犯人は、最初から拳銃のありかを知っていたことになるな」

「そのとおり。それに犯人は、ガラス細工欲しさにチャプマンを殺したのでもないよ」わたしはいった。「いや、犯行後にもち去ったかもしれない。しかし、この犯人がチャプマンの屋敷に侵入した目的はちがう。見当ちがいかもしれないが、わたしには殺害犯人が現場で心底から奪いたかったものは、ひとつだけだったとしか思えない——そう、チャプマンの命だ」

11

わたしは数年前すでに、死刑囚舎房にいるわが依頼人たちのうちでもいちばん始末に困るのが〝おしゃべり屋〟だという結論に達していた。もともと話したいという避けがたい欲求があるところにくわえて、容疑者を逮捕した警官たちがおしゃべりを励ますのだ。警官たちは片手を動かしてべらべらとまくしたてつつ、反対の手ではミランダ準則で保障された権利の放棄書面にサインをさせ、ありとあらゆることを話題にしながらも、しかしひとつだけ、弁護士が必要であることだけは話題にしない。

こうしたことが積み重なった結果、それなりに充分な毒々しい詳細情報が警察の手もとにあつまり、依頼人はまだ警察署に到着もしないうちから自力でチケットを稼ぎだすことになる──ガス室行きのストレッチャーに乗るためのチケットを。

そういった人々はたんに愚かなだけだと、したり顔で話す向きもある。しかし長い歳月にわたってその手の連中を見てきた経験からいうと、それはあてはまらない。自分からそんな真似をしでかす刑事被告人の大多数は、そうしたいからするだけ──あるいは、そうせずにいられないからするだけだ。抗いがたい衝動と呼んでも、死への願望と呼んでもいい。逃亡中の重罪犯が逮捕されることで自殺をくわだてることがあるが、あれとおなじ理由からだ。頭のなかで――実効力のある悪魔祓いがおこなわれないかぎり――自分のなかに残っている〝善〟の部分のためには、それしか逃げ道がないと思っているのだ。

ハリーとわたしにとっては幸運だったが、ルイスはそのような衝動をまったく感じていなかった。それを罪の意識が完全に欠如しているしるしと見るか、あるいは魂に黒点があって、その黒点が後悔という人間ならではの感情を飲みつくしてしまったと見るかはともかくも、言葉と行動が出つくしたのちにしだいに明らかになってきたのは、ルイスがこの事件の犯人か否か確実に知っている者がひとりだけいるにしても、それはルイス本人ではないということだった。

「では、きみの履歴書の空白部分について話をきこうか」ハリーがひときわ強い語調で迫った。わたしたちはふたたび拘置所にやってきて、いまはルイスの経歴中にある七年の空白――軍歴ではっきり目につく空白――と正面からむかいあっているところだった。

「話すといってもケンダルに話したことしかないな」ルイスはいった。「空白など存在していないよ。なにをいえばいいのかもわからないね」

ハリーは書類の束をめくっていた。「ここには、きみの最後の勤務地がフォート・ブラッグだったとあるね」

「そのとおり」

「そのあとはなにも記録がない。三年後まで、行動記録が残っていないぞ」ハリーは書類をルイスの前に置くと、日付と簡潔な記載を指さして示した。そのなかには、ある基地から別の基地への移動命令書があり、ほか三、四名の軍関係者ともどもルイスの名前もリストにあった。

「そして、きみの名前がどこにも出ていない期間が七年ある。どうしてこんなことになった？」

「おれは知らないね」

「この期間はずっとフォート・ブラッグにいたのか？」

「そのとおり」

「なにをしていた？」

「前も話したと思うが、訓練担当だよ。もっぱら武器と戦略のね」

「どこにも異動しなかったのか？　いや、異動していれば、その命令書が出されたはずだからだ。きみの名前がどこかに出ているはずだね」

「だったら、そういうことはなかったんだろうな」ルイスはいった。「もう軍歴の最後に近いころだったからね。その段階にまで達すると、人によってはあちこち異動させられなくなる。いまとはちがう。あのころは戦争状態じゃなかったし」

ハリーはそんな話をあっさり信じはしなかった。「書類の途中が抜けているということもないね。ページ番号がふってあって、ヘッダには日付がはいってる」

ルイスは書類に目をむけ、いまの発言が事実であることを認めた。しかし、なにも答えなかった。

「きみがなにをしていたのかを話してくれ」

「いったとおり――訓練だ」

「その訓練には射撃の訓練も含まれていたと考えてもいい？」

「前にも含まれていたといったぞ。射撃練習場だった」

「拳銃？　それともライフル？」

「両方だ」

まるで歯を一本一本抜いているかのようだった。

わたしも参戦した。「しかし、きみは教練係の軍曹ではなかった」

「そのとおり。上級歩兵訓練だった」

「レンジャー部隊かな？」わたしはあちこちに電話をかけて、下調べをしていた。

「そのとおり」

「きみがフォート・ブラッグにいた当時、レンジャー部隊は基地にいくつあった?」

「まいったな。覚えてないよ。落下傘降下の訓練学校があったのは知ってるがね」

「きみは落下傘降下の訓練を受けた?」

「いいや」

「その傷は射撃訓練場でもらったのかな?」

きょうの午前中、ルイスはゆったりとしたタンクトップを着ていた。狭苦しい接見室でルイスがテーブルに身を乗りだすと、右の乳首から長さ二センチ半ばかりの深そうな傷痕が走っているのが見えた。

ルイスは下に目をむけると、タンクトップの位置をなおして傷を隠した。「この傷か? 事故だよ」

「それは銃創の痕だね?」長いあいだにハリーもかなりの数の銃創を――それも依頼人の体に――目にしてきたので、実物を見ればそれとわかるのだ。

「ああ、そうだ。たまたままずいタイミングで、いてはならない場所に立っていたのでね」

「訓練中の事故か?」

「そうともいえるな」

「きみが連行されたときの逮捕報告書を見たよ」ハリーがいった。「きみは少なくとも四回は撃たれてる。きみの体内には、金属探知機のブザーが鳴るほどの金属が埋めこまれているようだ」

「なにがいいたい？」

「なにがいいたいかといえば、きみの体には銃で撃たれた痕がある以外にも、体内に爆弾の破片があるということさ。スチールが」ハリーはいった。「砲弾の破片だ。迫撃砲あたりじゃないか？」

「手榴弾の事故だよ」

「いつ？」

「覚えてない。ずっと昔だ。新兵相手に訓練していたんだよ。新兵が手に手榴弾をもっていた。ピンを抜いて、壁の向こうに投げるはずだった。それも力のかぎり遠くまで。ところがこの新兵がびくびくしていたものだから手榴弾を落としてしまって、おれが集水孔に蹴りこもうとしたんだ。そうすればパイプを転がり落ちていって、爆発しても実害はないはずだった。ただ、おれの動きがちょっと遅くてね」

「話はそれだけ？」

「それだけだ」

「ブラッグでの出来ごとかな？」

ルイスはわたしを見つめ、心臓の鼓動一回の半分ほど考えをめぐらせてから答えた。

「いいや」

この質問に〝イエス〟と答えれば、目の前のテーブルにある軍の記録と一致しなくなると考えたのだろう。

「では、その銃創も事故の結果なのかな？」

「事故の結果もある」

「では、それ以外の銃創は？」

「なにをききたい？」

「どこで撃たれたんだ？」

「あちこちだよ。ひとつはパナマだ。前に話したから覚えてるだろう？」

ハリーはうなずいた。

「もうひとつは記憶にないな」と、ルイス。

「残りはあと三つだ」

「あんたは軍隊にいたことがあるのか？」ルイスはハリーを見つめた。

「予備役だよ」ハリーは答えた。「大昔に」

「歩兵部隊で二十年も過ごせば、いろいろな目にもあうさ。銃弾を食らった場所をいちいちすべて覚えているともかぎらないしね」

「おれなら、どこで撃たれたかは思い出せると思うな」ハリーはいった。

ルイスは肩をすくめると、接見室にはいってきたときに火をつけたタバコから煙を吸いこんだ。「話はちがうが、あんたたちには感謝しているよ」

「なにに感謝してくれているのかな?」

「こうやって面会しているとき、あいつらが足枷をはめないようにしてくれたじゃないか」

その件では、ハリーが市裁判所の判事のひとりにかけあった。その甲斐あって二日前に判事が、拘置所内に閉じこめられているかぎり、ルイスに足枷をかけてはならないという郡警察署長あての命令書を発行していた。

「とにかく信じてくれ」ルイスはいった。「この手の軍隊がらみの話は、事件にはいっさい関係がないんだよ」

「わたしたちは、ただ空白を埋めようとしているだけだ。もしわたしたちがきみ自身に証言させるとなれば、検察官におなじ質問をされると覚悟したほうがいい」

「検察官もおなじ答えをきくことになるだけさ」ルイスはいった。「とにかく信じてくれ。あんたたちはそのあたりの話を知らなくていい」

これはハリーの好奇心を刺戟するのに充分だった。「ケンダルが裁判から手を引いた理由はそこにあるのかな?」

「さあね、見当もつかないよ。ケンダル本人にきいてくれ」

「きいたとも。ただし、なにも教えてもらえなかった」

わたしはハリーに目をむけた。これはわがパートナーのちょっとした問題だ。現実にはデイル・ケンダルはこの裁判を予備審問まで試乗したものの、そこでタイヤを蹴り飛ばし、ボンネットをあけて歩き去っていっただけだ。なにかに怯えて逃げだしたのかもしれないが、なにに怯えたかをわたしたちに明かそうとはしなかった。

「これについては、おれを信じてもらうしかないね」ルイスは強情にいいはった。そこでわたしたちは当面この件を棚あげにして、ほかの話題に移った。

これまでルイスには、自分の運命に思いをめぐらせる時間が数カ月あった。支えてくれる家族や友人もいないまま、たったひとりとあれば、逮捕直後から警官とおしゃべりをするとか、拘置所で魂を軽くしようとして告解ごっこをするとか、監房内での仲間ほしさに、うっかり打撃になるような情報の断片を同房者に打ち明けてしまうとかしてもおかしくはない。しかしルイスは、そのようなことをひとつもしていなかった。

わたしは話題を変えた。「殺人の凶器について話をしよう。拳銃のことだ」

「あの銃のなにを？」

「どこで手にいれた？」

「軍だよ。記録に載っている」ルイスはそういって、ハリーの前のテーブルに置いてある書類の山を指さした。

「ブラッグで支給されたんだね？」

ルイスはうなずいた。

「訓練用の銃器だったのか？」

「ああ」

「正式の着装武器ではないね？」

「ああ、ちがう」

「では、それ以外の銃器も支給されていたね？」

「どういう意味だ？」

「ベレッタだよ。口径九ミリ。それが陸軍標準の着装武器じゃなかったかな？」

「そのとおり。支給された」

「いまその銃はどこにある？　退役時に返却してきたのか？」

「ああ、返却してきた」

「しかし、四五口径は返却しなかった。その理由は？」

「前にも話したじゃないか。自分にあわせて大幅に改造していたからだ。特殊訓練時には射撃練習場でいつもあの銃をつかっていた。たとえ軍に返却したところで、スクラップにされるだけだ。あまりにもつかいこまれていたしね。銃身は少なくとも二回は交換した。引金はおれの指の力にあわせてカスタマイズした。だから、ほかの人間がつかおうとしてもつかえないんだよ」

「つまり訓練にはいつも四五口径をつかっており、九ミリのベレッタはつかっていなかったんだね？」

「そうはいってない」

「しかし、いつもはベレッタを着装していなかったんだろう？」

ルイスはタバコを吸い、煙を鼻の穴から噴きだした。「そのとおり」

「わからないことがある」わたしはいった。「警備の仕事でもち歩くことがなかったのなら、そもそもなぜあの銃をミズ・チャプマンの家にもっていった？」

「はあ？」

「きみがミズ・チャプマンの自宅にあの拳銃をもっていった理由を知りたいんだよ」

「知りたければ教えてやるが、銃をもっていったのはマデリンから頼まれたからだ」

「ミズ・チャプマンがきみに頼んだ？」ハリーが口をはさんだ。

「そのとおり。頼まれたんだよ、射撃練習場に連れていって銃の撃ち方を教えてほしい、とね。あんまりしつこくせがむんで、最後は根負けして承諾したんだ。ただ、銃器には勘があったよ。拳銃にね。たまにそういう女がいるんだ」

「四五口径のオートマティックとなったら、女にはかなり重いだろうな」ハリーがいった。

「おれもそう話したんだ。二二口径なり、もっと軽い銃のほうがいいだろうってね。ところが、それでは駄目だといわれたよ。もっと挑戦しがいのある銃、本物の銃がいい、ってね。それであのHKをもっていったんだ」

「バッグも含めて一式を？」

ルイスはうなずいた。「一回撃たせれば、それで気がすむだろうと思ってね。ところが、その予想ははずれた。それどころか、あの銃が気にいったんだ」

「じゃ、ミズ・チャプマンにあの銃をつかわせた？」

「それが望みだったからね。しかもマデリンは、望んだものすべてを手にいれる女だった。嘘でもなんでもないが、最初の一発めのときでさえ、眉一本動かさずに平然としていたよ。レーザーサイトとサイレンサーがついていた。もちろん、サイレンサーはもっていけなかったから――」

「いまなんといった？」

ルイスは顔にクエスチョンマークを浮かべて、わたしを見つめた。「レーザーサイトがついていた、といったんだが」

「どこにあった？」

「バッグのなかだ」

ハリーとわたしは顔を見あわせた。「警官が見つけたときには、レーザーサイトはなかったぞ」

「いったいなんの話をしてる？　あのバッグのなかにあったんだ」

「警官は、家の裏の壁に近い灌木の茂みのなかから拳銃を発見した。サイレンサーは、そことは反対側のもっと海に近い岩棚で発見されてる。証拠物件の報告書によれば、バッグは二階の寝室のドレッサーの上にあった。バッグといっしょに、予備の弾薬をこめたマガジンがひとつだった。それだけだ」

ルイスは口からタバコを抜きとって、わたしたちふたりをまじまじと見つめてきた。

「では、バッグをミズ・チャプマンの自宅にもっていった時点では、レーザーサイトがあったのは確かなんだね？」

「確かだ。サイレンサーがあることで、ちょっと不安を感じていたしね」

連邦法のもとでは、軍関係者および警察などの法執行機関関係者以外による銃器の消音器や減音器の所持は重罪にあたる。

「いつか叩き潰して捨ててしまおうと思っていたんだよ」ルイスはいった。「早くそうしていればよかった」

ルイスの話をききながら、わたしはメモをとっていた。チャプマン殺害時の銃声を耳にした隣人たちがいなかったことは、サイレンサーの存在で説明がついていた。しかしレーザーサイトは重要な証拠になるかもしれない。これまで警察では、チャプマンを殺害した二発の銃撃のテクニックから、犯人は凄腕の狙撃者にちがいないという理論に立って捜査を進めてきた。ルイスが拳銃を所持しており、さらに――彼らの言葉をそのまま拝借すれば――拳銃の腕では〝世界クラスの優秀な狙撃者〟でもあるという事実は、検察側主張の要諦のひとつだった。

「レーザーサイトね。使い方は？」

「赤い光の点だ。それを目標にあわせて、引金を引けばいい。サイト自体は銃身の下にあるガイドレールで装着する。電源は九ボルトの乾電池だ」

「レーザーサイトがあれば、撃ち手にとっては銃撃テクニックというハードルが下がると考えていいね？　射手からすれば、狙った目標に弾丸を命中させるのが容易になる道具であるわけだ」

「そのとおり。レーザー光線の点がきちんと見えていて、サイトが標的と一直線にさえなっていればね。光の点を目標にあてがう。そこが弾丸のたどりつく場所だ。マデリンに射撃練習をつけたときには、レーザーサイトを持参していった。エスコンディード近くの室内練習場だよ。マデリンは二十五メートル先と三十メートル先のどちらの標的も、見事に中心を撃ち抜いた。そのあとは、もうほかの練習では満足しなかった――人間のシルエット形の標的で練習したがったんだ」

「レーザーサイトをつかって？」

「ああ。はっきりと真実をいうなら、マデリンには天性の勘があった。手つきはしっかりしていて、目がよかった。しかもあの銃にはそれなりに反動がある。その銃をマデリンはしっかりと両手でかまえて撃ち、かなりきれいなパターンを描いたよ。タイトなパターンといえば、わかってもらえるだろうか」

「つまりきみは、この特定の銃をつかった経験がなくても、レーザーサイトの使用法さえ理解できれば、ミズ・チャプマンを殺したような高度な射撃も簡単にできると、そういいたいのかな？」ハリーがたずねた。

ルイスは顔をしかめた。「できない道理がない——標的が動いておらず、銃で反撃してこないという条件ならね。朝飯前さ。〝ダブルタップ〟には、なにも小むずかしいトリックは必要ない。肝心なのは最初の一発を目標に命中させることだ。二発めで、あらためてサイトに標的をあわせたりはしない。銃をかまえて目標をとらえたら、二回つづけて引金をすばやく絞るだけだ——ばん、ばん。こんな具合にね。遮蔽物がない場合に至近距離から、確実に標的を抹殺したいときに利用されるテクニックだ」

「警察によれば、ミズ・チャプマンを殺害したとき、狙撃者は約十メートルの距離にいたらしいぞ」ハリーはいった。

「それはちょっと距離がありすぎる」ルイスがいった。「しかし、不可能ではない。

レーザーサイトがあればなおさら可能だ。かりにレーザー光線を目にあてることができれば、マデリンを凍りつかせることもできたかもしれない。あの赤いレーザービームには相手の目をくらませる効果もあるんだ」

極刑判決をくだされるかもしれない被告人のほとんどが、平均的な電池が洩らす酸《アシッド》にも負けないほど棘々しい言葉《アシッド》を垂れ流す。一日二十三時間もおのれの暗い思考だけを友として監房に閉じこめられていると、長期間の監禁に慣れている海千山千の犯罪者ですら自分をうしなうのだ。なかには、全身の細胞という細胞が崩壊していると しか思えない悪臭をはなつ汗をだらだらと流す者もいるし、こんな形の定まらない塩水の袋をどうすれば弁護できるものか頭を悩ますほかはない場合もある。拘置所なり刑務所なりに何回か足を運べば、空気中にただようその手のにおいがいやでも鼻をつくはずだ。彼らの体からしたたり落ちる恐怖の悪臭……たとえるなら、心が嗅ぎとる生温かな小便のにおいだ。しかし、ルイスはその手の悪臭をはなってはいない。そう考えると、この男がどんなことなら度を失うのか不思議に思えてきた。

「あの拳銃が抽出にあったことを、ほかにだれが知っていた?」ハリーがたずねた。

「まずマデリン本人だ」

「きみがあの抽出にしまっておくようにいったのか?」

「マデリンから頼まれたんだ。身辺警護が打ち切られたあと、もう一度ボディガードをしてほしいと話をもちかけてきたときに。屋敷にひとりでいるとき、必要なら銃があそこにあるとわかっているだけで気分が落ち着く、といわれてね。だから、あの屋敷から帰るときにも、拳銃は置いていった。どのみち、ほかに五、六挺の拳銃をもっているし、あの銃はあまりつかっていなかった。隠してもち歩くには大きすぎたからね。射撃練習場ではマデリンといっしょにつかったが、それだけだ。それで気分が休まるのならいいだろうと思って、マデリンの家に置いてきたんだよ」

「警察の報告書によると、警察ではきみは家に置き忘れてきたと供述しているな」ハリーが指摘した。「それがいまになって、ミズ・チャプマンから頼まれたので家に置いてきた、と話を変えているわけだ」

「最初は確かに忘れてきたんだ。そのあと……身辺警護の契約が打ち切られたあとでマデリンから電話をもらったとき、一度屋敷に行って拳銃を引きとりたいと申し出た。するとマデリンが、しばらくのあいだ家に置いたままにしてほしい、といってきた。だけど、そんなことをいちいち警官に話してもしようがないと思ってね――どうせなにをいっても信じてもらえないんだから」

「身辺警護任務についていたほかの面々は？　彼らも、拳銃があそこにあることを知っていた？」

「知っていてもおかしくはないな。前にも話したように、任務も最後に近づくころには、あの屋敷でマデリンとふたりきりにならないよう気を配っていたからね。不作法なことになりはじめていたんだ」

「となると、だれかが抽出のなかの拳銃を目にした可能性はある、と？」

「ああ、考えられるな」

わたしたちはリストの人名を検討しはじめた。短い時間ですんだ――リストにはカー＆ルーファス社のふたりの社員しか掲載されていなかったからである。

「銃からは指紋が発見されたのかい？」ルイスがたずねた。

「指紋が残っているはずだった？」ハリーがたずねた。

「もし他人の指紋が銃から発見されていれば、警察がおれを逮捕したはずはないと思ってね」ルイスはいった。「おれの指紋がついていた？」

「いいや」

「それも意外じゃない」ルイスはいった。「最後にふたりでつかったあとで、きれいに掃除してオイルをさしたからだ。ふたりで射撃練習場に行ったあとでね。オイルを塗って保管しておいた――この先しばらくつかわないかもしれないから、たっぷりオイルをかけておこうと思ってね。そんなものの表面からは、指紋はまず見つからないね」

ルイスは知識が豊富なようだった――銃器に残された指紋にまつわる法科学につい

て。犯行につかわれた銃器から良質の指紋が採取できることはめったにないが、この自明の理はほとんど知られていない。理由のひとつは銃器の清掃にもちいるオイルにあるし、また銃を撃つ者の手が汗ばんでいることも理由だ——といっても手の汗は手袋をしていなかった場合の話だが。

「読みとれたかもしれない指紋がついたにしても、オイルと銃の反動のせいですべてめちゃくちゃになってしまうんだ」ルイスはいった。

「前に一度は犯罪に手を染めたことがあるような口ぶりだね」わたしはいった。

「まさか。射撃の経験が豊富なだけだ。そのあいだには、ちょっとした豆知識があっちこっちで耳にはいってくるものさ」

ハリーが話題を変えた。「これまでに〈プリミス〉という名前をきいたことは?」

ルイスは、自分以外の人間と話をしている人を見る目つきをハリーにむけた。「すまないが、いまなんと?」

「ソフトウエア、〈プリミス〉だ」

ルイスはハリーに渋面を——ぎゅっとすぼまったような表情を——むけると、頭を左右にふって肩をすくめた。「いや、きいたことがないな」

「では〈プロテクター〉は?」

今度もルイスはかぶりをふった。「いいや。それはなんだ?」

「では、ミズ・チャプマンがこの手の話をしているところをきいたこともない？」

ルイスはつかのま考えこんでから答えた。「いや。前も話したが、マデリンは仕事の話をしなかった。少なくともおれとはね。いったいなんなんだ？」

「ではミズ・チャプマンがだれかと話をしているとき、いまの名前をたまたま口に出したのを小耳にはさんだこともない？」

ルイスは頭を左右にふった。「答えたとおりだ。ないね」

今回の接見はこれでおわりだった。ハリーが書類を片づけて、ブリーフケースにしまいはじめた。

「ああ、そうだ。忘れるといけないので、いま話しておこう。拳銃の件だ。あの四五口径だよ。銃のフレームの側面に文字の刻印があった。あの意味は知っているかな？なんの略語なのか？」

「いや、知らない」

わたしはポケットから黄色い付箋紙をとりだして読みあげた。「刻まれていたのは、《USSOCOM》という文字だ。全部大文字で、スライドの側面に刻みこまれていたよ」

ルイスはすでに立ちあがり、テーブルのわたしとは反対側にある金属の椅子に片足を載せた姿勢で、目の前のステンレススチールのテーブルトップに視線をむけていた。

両眉を吊りあげ、唇でぎゅっとタバコをはさむと、片手をもちあげて口もとのタバコを覆い、ゆっくりとかぶりをふる。「まったく心あたりがないね」

「だから調べたよ。グーグルで検索した。グーグルは知っているね？」

「インターネットだな？」

「そうだ。そうしたら、このモデルの拳銃についての記載があるサイトがあったようでね」

「そうなのか？」

「そうだ。ヘッケラー&コッホ、モデル・マーク23。もともとこのモデルは、たったひとりの顧客のために製造された品だった――そう、合衆国政府だよ」

「ほんとうに？」

「ああ。いまでは民生用モデルも製造しているが、オリジナルの銃――きみが所有していた銃――は、ある特別な契約によってアメリカ軍のためだけに製造されたんだ。スライドに刻まれていた文字は――」わたしは手にした紙片にふたたび目を落とした。「――《USSOCOM》。これは、アメリカ合衆国特殊作戦軍《ユナイテッド・ステイツ・スペシャル・オペレーションズ・コマンド》の略だ」

　この情報がルイスの皮膚をぴくぴくと痙攣させたり、あるいは血圧を上昇させたりしたとしても、姿を見ているだけではわからなかった。「ああ、特殊作戦軍ならきいたことがある。ただ、その略語は知らなかった」

「総司令部はフロリダ州のタンパにある」ハリーが口をはさんだ。「マクディル空軍基地だ」

ルイスは話のすべてを耳に入れてはいたが、ひとことも話さなかった。

「あっちでは、ずいぶんいろいろとおもしろいことがあるようだね」ハリーがいった。

「ほんとうに？」

「ネットの公式サイトによれば、陸軍レンジャー隊も付属しているらしい。第七五レンジャー連隊だ」

「その連中のことはまったく知らない」ルイスはいった。

「それからサイ・オプという略称で呼ばれている組織もあった」ハリーがつづけた。「心理作戦コマンド《サイコロジカル・オペレーションズ・コマンド》だ。さらに、特殊戦学校もある」

ルイスはひたすら無言のままタバコを——いまでは吸殻同然に短くなっていた——吸っているばかりだった。

「で、きみはあっちに行ったことがあるのか？」

「あっちとは？」

「マクディル空軍基地だよ」ハリーがいった。

ルイスは微笑んだ。「きみたちが、その質問をいつ口に出すのかと思っていたよ。がっかりさせるのは忍びないがね、答えはノーだ。いいかな、着装武器が支給されたという事実にはなんの意味もないんだ。さっき話題に出たモデルの拳銃にしてからが、この国の軍の射撃練習場の半分で支給されていることもありうるね。訓練用として」

「では、これまで特殊作戦コマンドに配属されたことはない？」

「正直に答えさせてもらうが、車でマクディル空軍基地の前を通りすぎたことさえ、一度もなかったはずだと思うよ」ルイスはいった。

12

精神医学の分野における学習曲線に先んじていた朝鮮戦争からの復員軍人の場合には、戦争神経症と呼ばれていた。今日では、わが叔父を悩ませていた心身異常にも、ちゃんと名前がついている。心的外傷後ストレス症候群だ。これは軽重さまざまな症状を産みだす。叔父の場合には強硬症だった。叔父の魂がこの特別な悪魔にとらわれたのは、一九五〇年の冬、朝鮮半島北部の地図で長津《チャンジン》湖と呼ばれている場所の北方での出来ごとだ。このとき生き残って体験談を語ることになった人々は、この地名のアメリカ読みである長津《チョーシン》と〝選ばれた少数の者《チョーズン・フュー》〟とをもじって、〝チョーシン・フュー〟として知られるようになった。

長津《チャンジン》での戦いという地獄と、そのあとの海岸に至る退却のあいだ――わたしが後年学んだところによれば――叔父の心身には異常がなかった。消耗品や傷病兵を運ぶトラックを運転し、必要に迫られればライフルをつかって戦いもした。叔父の問題――精神に雲が重苦しく垂れこめるという問題――は、のちのち、叔父に考える時間の余裕ができてから発生した。一種の遅延反応だった。

朝鮮半島から帰国して最初の一年の大部分のあいだ、叔父にはなんの問題もなさそうだった。戦争が終結にむかいはじめるころ、叔父はフォート・オード勤務を任ぜられて、この基地で救急車の運転手に配属された。することもほとんどなく、過去に思いを馳せるだけの——命を落とした戦友たちの顔や声の記憶に思いを馳せるだけであり、あとは除隊を待って時間をつぶすだけの——日々だった。この精神的なガス抜きともいうべきあいだに、戦闘で負った心的外傷のふたつの悪魔、すなわち生存者の罪悪感と鬱傾向とが精神を蝕《むしば》む作用を発揮しはじめ、イーヴォは周囲に不穏な質問を投げかけるようになった。友人たちの多くが死んでいるのに、なぜ自分はいまも生きているのか？　壊滅的な結果になった衝突につづいて起こった殺戮の嵐を、からくも、そして一時間差で逃れた人間の例に洩れず、叔父もいかなる説明もつかない嗚咽の発作を起こすようになった。休暇で実家に帰ったおりには、冷たい汗に全身を覆われて、瘧《おこり》のように震えたまま自室の隅で胎児のように丸くなって寝ている叔父の姿を、わたしの祖父が目にすることになった。その数週間後には、叔父はもはやだれの手も届かない精神の深淵にまでまっさかさまに落ちてしまっていた。

復員軍人病院で何千億ボルトもの電流を流しこまれる治療——ショック療法といって、当時の最先端医療だった——がおわるころには、叔父は完全な強硬症におちいっていた。目を大きく見ひらいた七歳の少年のわたしにとって、叔父は見るも恐ろしい人物だった。

めったにあることではなかったが、微笑みをのぞかせたときには、前歯があったところにぽっかりと隙間ができていた。そしてたいていの日には、ワイヤブラシを思わせる頰ひげや不ぞろいな黒い無精ひげが顔を覆っていた。

叔父が暮らしていた祖母の家を訪ねると、わたしが目にするのは、なにも話さず椅子にすわったまま、なにを見るわけでもなく、視線をどこかに据えている叔父の姿だった——視線の先は壁であることもあれば、スイッチがはいっているいないに関係なく、テレビだということもあった。顔はまるで、完全に受け身の仮面だった。ときには魅せられつつも同時に恐怖をも感じながら、叔父から目をまったく離せなくなることもあった。そういうときは父が静かにわたしの名前を呼んで、頭を左右にふり動かした——不作法なことをするなという、それが合図だった。

イーヴォ叔父はそんなふうに、すっかり伸びきった白いランニングシャツを着た姿で何時間も何時間もすわったまま、タバコを途切れずに吸いつづけ、そのタバコで内装や家具類に焼け焦げをつくりつつ、壁に視線の超能力で穴を穿っていたものだ。

それから何年もたって、あの家の居間のニコチンで茶色く変色した壁には、イーヴォ叔父の視線がつくった焼け焦げもあったにちがいないと思うようになった。叔父は何時間でもすわって、一回もまばたきせずに目を見ひらいていられた——過去の恐怖や自分だけの地獄のどこかに迷いこんでいたのだろう。ときには過去の精神の苦痛という麻酔の影響で感覚が鈍り、指にはさんだタバコがどんどん燃えてきて、やがてはタバコをはさんでいる指の肉そのものを焦がすことさえあった。そんなとき部屋は、正体をまちがえようもない、胸のわるくなるような甘い悪臭に満たされた。

叔父から視線をむけられた数少ない機会には、体がその場でへなへなと溶けていくような気分にさせられた。あるとき……というのは、食事をするときとトイレに行くとき以外、黙りこくったまま椅子にすわりっぱなしだったあとで、叔父はわたしが終生忘れられないような行動を起こした。父親に連れられて訪ねたわたしは、部屋の隅にすわって、会話をしている大人たちをただながめていたのだが、そのとき突然イーヴォが頭をめぐらせてわたしを見つめ、前歯の隙間をのぞかせる笑みを見せ、こういったのだ。「ポール、学校はどうだ？」

そのあと部屋を満たした静寂のなかでは、隣のそのまた隣の部屋の時計が秒を刻む音さえはっきりと耳についた。全員がイーヴォに目を釘づけにされていた。わたしがあわてて床から立ちあがると、叔父はほんのかすかな笑い声をあげ、その顔にもっと幸せだった過去がよみがえった。そう思ったのもつかのま、いきなり目の裏側にまた鉛のカーテンが瞬時に降りてきて、焦点のあっていない叔父の視線はわたしにむけられていながら、わたしが透明人間であるかのように体を通り抜けていた。

英語を話せなかった祖母にとっては、聖書に出てくる五個のパンと二尾の魚の話に匹敵する奇跡だった。今日にいたるまで、わたしはこれを子ども時代のもっとも胸騒ぎのする瞬間として記憶している――わが記憶に白熱した焼印でしっかりと焼きつけられているのだ。

「真実をいえば、たとえ当局によって起訴されなくても、いずれルイスには会社を辞めてもらうしかなかったね」

マックス・ルーファスはデスクの反対側から、わたしにそう話しかけていた。デスクは巨大なアンティークもののパートナーデスク。柾目《まさめ》にしたオーク材はおそらく樹齢二百年ものだろうか。真鍮の金具で飾られた抽出があり、左右両側に足載せ台があった。デスクトップは象嵌《ぞうがん》細工をほどこした深紅色の革のデスクマットで覆われている。その上には、一段と黒っぽいオーク材のアンティークもののレターボックスがあり、凝ったデザインの金のデスクトップ用ペンセットが置いてあった。セットには金のペン先をもつペンが二本立ち、四角いクリスタルのインク壺がふたつ添えてあったが、どちらにもインクははいっていなかった。

ルーファスにまつわることのすべてがビッグサイズだった。デスクも大きければオフィスも広大、本人も巨漢だった。白髪まじりの髪は薄くなりつつあり、日に焼けたひたいや目尻のあたりは何本もの皺で、畑の畝《うね》のようになっていた。おそらくは六十代で、日焼けはヨット遊びの賜物だろうか。というのも、帆を張ったヨットの大きな写真が背後の壁に飾ってあったからだ。その左右にはフレームにはいった免許証。空中から撮影されたことが明らかな写真は――小型機の機体の支柱が一本見えていた――舵をとっている人物のごま塩頭がはっきり見えるほどのアップだった。その人物は、ヨットの操舵室にあるステンレススチールの大きな舵輪を握っていた。

きょうの午前中、ルーファスは仰向けに近い体勢になるほどエグゼクティブチェアに寄りかかって両手を頭のうしろで組み、体を揺らしながら話をしていた。

「ルイスのことは気にいっていたんだよ。人好きのする男でね。いつでも、きちんとした言葉づかいと笑顔を忘れなかった。与えられれば、どんな任務も引きうけたし、仕事の腕はおおむね非の打ちどころがなかった。ただし、判断力の面ではいささか不足があったようだね――いや、いささかの不足どころではないな」ルーファスはいった。「顧客と親密な関係になるなど、そのきわみだ。その顧客を殺すことこそ例外だが。しかし、わたし個人はあの男が犯人だとは信じていない。ルイスの幸運を祈っているよ。嘘じゃない。きみの力で自由の身にしてほしいと思う。万が一有罪にでもなれば、会社の評判はがた落ちになるに決まっているから、そんなことになってほしくないんだよ。あの電話が——」そういってあごを動かし、デスクにある電話のひとつ、大理石と縞瑪瑙《しまめのう》をもちいたフランス製のアンティーク電話をさし示す。「——鳴りっぱなしだよ。あの男が逮捕されてからというもの、マスコミがかけてくる電話でね。わが社も、きみたちの公判の結果に利害関係があることはわかってもらえるはずだ」

カー&ルーファス社の本社はサンディエゴのダウンタウンではなく、ラホヤ・ヴィレッジの中心部にあった。規模の大きな警備会社が本拠とするには不似合な場所だ。ルーファスの話では、長年の共同経営者ですでに故人となっているエミット・カーが、商業用途の不動産がまだ比較的安価だった時代に、ここに目をつけたのだという。さらにカーは海を一望のもとに見わたせる、かなり大きめのビルを買うこともできた。いまではそこが、ラホヤのダウンタウン中でも屈指の一等地である。ただし会社の設備の大多数や警備スタッフは、もっと不動産価格の安いラメサ近郊の工業団地にあつめられている。

「しかし、先ほどは今回の逮捕がなくても、ルイスには会社を去ってもらうほかはなかったという意味のことをおっしゃっていますね？」わたしはいった。

「いったとも。それ以外にどうすればいい？　きみも、ルイスがマデリン・チャプマンその人の要請で、アイソテニックス社の要人警護任務からはずされたことは知っているのだろう？　例の……いささか外聞をはばかる出来ごとのあとでね」ルーファスが話しているのは、チャプマンのオフィスのソファ上での行為、ビデオ撮影されていたルイスとチャプマンの行為のことだ。

「アイソテニックス社は、こちらの大口取引先のひとつと考えていいのですね？」わたしはたずねた。

ルーファスは、わたしの言葉が真実だとも、そうではないかもしれないともとれる表情をのぞかせた。「カー&ルーファス社は全世界に取引先をもっているよ。しかし、アイソテニックス社が優良取引先であることは事実だ」

「では、アイソテニックス社はルイスが起訴されたあとも、警備保安関係のコンサルタント会社を変更していないんですか？」

「ああ、変えてはいないよ。なぜ変える必要がある？　理由がない。あれは、うちの会社がしたことじゃないんだしね」ルーファスは一切合財を、〝厄介な情況〟の語で片づけた。「最高経営責任者がじきじきに電話をかけてきて、担当ボディガードが不快なので自分の身辺警護を打ち切りたい、といってきたら、それは確かに問題だよ」と、言葉をつづける。「しかし、ミズ・チャプマンが死んだことは……あれには、わが社はいっさいかかわりがない。ルイスには、アイソテニックス社に近づくべからずと――はっきりと、強く――申しわたした。そのあと、ほかの任務に割り当てもした――大半はほかの取引先の、あまり厳重な警備が必要とされない夜警の仕事だ。例のビデオテープの件での社内調査がおわるまでの場つなぎとしてね。もっと早くルイスを解雇したほうがよかったのかもしれない。しかし調査完了前に、あの男がミズ・チャプマン殺害容疑で逮捕されてしまった……」

「マデリン・チャプマンは、あなたに直接電話をかけてきて、ルイスを身辺警護からはずせといってきたんですか？」

「ああ、そのとおり」

「ミズ・チャプマンはどういってました？」

「それについては、警察の捜査報告書に書いてあるから、きみも見たのではないかな？」

「ええ、しかし、あなたの口から直接きいてみたくて」

「ミズ・チャプマンがどういっていたか？　だいたい、あの女になにがいえる？」ルーファスはいった。「なにせ男とふたりきりでまずい行動におよんでいるところを、防犯カメラの記録テープに録画されてしまったんだぞ。わたしはあれこれ質問をする立場ではなかった。ミズ・チャプマンは、ルイスの行動がプロらしからぬものであり、自分の弱味に巧みにつけこんだものだった、と話していたよ」

「ミズ・チャプマンは自分のオフィスのソファの上に、ルイスといっしょにいたんですよね――アイソテニックス社という大企業トップのオフィスに。それでいて、ミスター・ルイスの行動をプロらしからぬものと見ていたんですか？」

「ともかく、それがあの女の言葉だよ。というか、そういう意味のことを話していたんだ」

「それにしても、ミズ・チャプマンが自分のオフィス内で自分の姿を撮影されてしまうようなことが、なぜ起こったんです？」

「どういう意味だ？」

「いえ、ミズ・チャプマンなら当然、カメラの設置場所を知っていたはずだと思いまして」

「ああ、いいたいことがわかった」ルーファスはいった。「ありていにいえば、ミズ・チャプマンはカメラの場所を知らなかったんだ。問題のカメラはペンシル形で、直径はきみの中指程度だ。先端には広角の魚眼レンズがあるから、オフィスのほぼ全体を視界におさめられる。カメラは中央警備室のモニターにつながれているよ」

「ということは、ルイスとミズ・チャプマンの行為がテープに記録されているときには、それをモニターで見ていた者がほかにもいるんですか？」

ルーファスは微笑んだ。「いや、いなかった。その点では、きみたちは幸運だったね。ほかの目撃者はたったひとり……ミス……なんといったかな……」ルーファスは名前を思い出そうとしていた。

「カレン・ローガン?」

「ああ、そう、その女だ。あの時点ですべての設備がととのって警備システムが稼働していたら、モニターを見ていた者がいたにちがいない。しかしあのときは、まだシステム構築中だった。そう、カメラを設置したばかりだったんだよ。書棚の奥に設置したのは、あの出来ごとのつい二、三日前だ。そのときミズ・チャプマンは、仕事で出張中だった。わが社からアイソテニックス社に派遣していた保安警備の責任者は――事件直後に解雇したがね――ミズ・チャプマンのオフィスにも防犯カメラをとりつけるのが賢明だと考えたんだな。というのもミズ・チャプマンは、警備スタッフがきっちり審査していない人物とオフィスで会うことがあったからだ。あえて口にするまでもないことだが、責任者はまずミズ・チャプマン本人の意向をきくべきだったね。

ひとことでいうなら、大失態だ」ルーファスはつづけた。「だからといって、ルイスが会社の厳格な方針を無視したことの責任をまぬがれるわけではない。就業規則に明記されているんだよ――顧客、あるいは取引先企業の従業員とは、勤務中であると非番であるとにかかわらず、関係をもってはならない、とね。ルイスも知っていたはずだ。すべてがテープに記録されたことを知ると、ミズ・チャプマンは……控えめにいっても、顔から火の出るような思いをした。頭から湯気をたてるほど怒りもした。そして、わたしを電話で猛烈に叱りつけてきた。わたしのほうは、取引先から求められた業務を提供しているだけだ、といったよ」

その言葉にデスクの反対側にいるわたしが微笑んだのを見て、ルーファスは自分の発言が別の意味にもとれることに気がついたらしい。

「わたしは……ええと……そのとおりの発言をしたわけじゃないよ」ルーファスは顔を赤く染めながら体を起こし、椅子にすわったまま身を乗りだしてきた。「つまり、カメラを設置したのはあくまでも顧客の要請によるものである、という意味だ。だから、ミズ・チャプマンのオフィスへのカメラ設置を求めてきたのが御社内の保安警備の責任者であり、わが社としてはご本人の承諾も当然あるものと考えて誠実に業務を遂行しただけだ、と話した。アイソテニックス社内の保安警備の責任者ともあろうものが、ミズ・チャプマンの承諾を得ていないと事前に知っていれば、わが社もそんなところにカメラを設置するはずはなかった。いちいちいうまでもないことだがね」

ルーファスが、殺人事件の公判の結果に利害を左右される身であることはわかっていた。すでに新聞にはミズ・チャプマンの遺族——ニューヨーク州在住の母親とオレゴン州在住の妹——が、ルイスを身辺警護任務に配属したことは過失という不法行為にあたるとして、ルーファス&カー社を訴えることを視野に入れつつ、弁護士と相談していると報道がなされていた。新聞の記事には、ルーファスは不在でコメントをとれなかった旨の記載もあった。会社側は、ルイスが従業員として危険な存在であることを事前に知るすべはなかった、という主張を弁護の柱にするはずだ。それゆえ、ルイスが殺人事件の裁判で無罪になれば、カー&ルーファス社を訴える民事訴訟はその時点で消えるはずである。

「いまの話で、なにがどうあろうとも、わが社がルイスを解雇せざるをえなくなっていたこともわかってもらえたね」ルーファスはいった。「それ以外の理由もあるにはある。ただし、いまの時点ではすべてを話すわけにはいかなくてね」

「それは、ルイスが身辺警護任務からはずされたあとでも、ミズ・チャプマンにストーカー行為を働いていたという話のことですか?」

わたしが質問したときにはデスクトップに落とされていたルーファスの目が、言葉をききおわるなりさっと上をむいて、わたしにむけられた。わたしがそこまで知っていたことに、驚いていたように見うけられた。

「いまもいったとおり、まだ口に出せないこともいろいろある。警察がルイスを逮捕したのが決定打になった。わが社はルイスを解雇した。残念だが、苦渋の決断だったんだ」

「なにも、あの男を復職させたいから来たのではありません。わたしはただ、なにがあったのかを知りたいだけです」

「それはわかる」ルーファスはいった。「ただね、いまはなんの商売をしていても、ちょっと方向を変えるたびに訴えられるご時世だ。待ってましたとばかりにね」

「ルイスの軍隊時代の記録については？」わたしはたずねた。

「それがどうかしたか？」

「優秀な記録だったのか、お粗末なものだったのか、あるいはそんなことに関心はなかったのか。御社はルイスを雇いました。そのさいには、当然ルイスのことを調べたでしょうね？」

「ああ、当然だよ。立派な記録のもちぬしだった。模範的そのものだったな」

もちろん、相手が弁護士ならルーファスはそう話すに決まっていた――危険な男を雇ったうえ、チャプマンの身辺警護に配属したことが過失にあたり、それゆえチャプマンの死が不当死亡にあたるとして会社が訴えられた場合も、証人席でそう証言をするのだろう。

「ルイスは軍隊でなにをしていたんです？　どんなことをご存じですか？」

「そんなことを、わたしにきくのか？　当然きみも、依頼人から話をきいているのだろうが」

「もちろん。しかし、ルイスが軍隊にいたときになにをしていたかについて、あなたはどのように理解しているのかをききたいのです」

ルーファスは渋面をつくると、椅子の背もたれにまた体をあずけ、一定の距離をはさんでわたしを見つめた。ついで、ようやくその口をひらく。「申しわけないが、これは個人的な問題だ。嘘いつわりなく、個人的な問題に立ち入って話すわけにはいかないよ」

「ルイスの公判で証人として喚問されたら、その場で話すほかはなくなりますよ」

「まあ、そうなればなったで、そのときに乗り切るようにするとも。しかしいま現在は、会社の方針で個人的な問題には立ち入れない。わかってもらえるとは思うが」

ルイスによれば、この会社の方針とは、すなわちルーファスが会社の方針として口にした言葉のすべてだという。いまのところこの男は、自分の選択肢がひとつでも減らないように、忙しくタップダンスを踊っているのだ。殺人事件の公判でルイスの軍隊での前歴という分野での証言を避けられれば、そのあとルーファスが訴えられても、顧問弁護士たちがふたたび引き返して、会社がなにを知っていたのか、それをいつ知ったのかという点について発言するにあたり、自由の幅が広がる。わたしのほうは、わが依頼人の人生において七年間の空白らしき時期について——エミリアーノ・ルイスがこの惑星上から事実上完全に消え去っていた時期について——ルーファスが多少の光を当ててくれないものかと期待していたのだが。

13

わたしたちの手もとにレーザーサイトがないかぎり、平均的な射手でも〝ダブルタップ〟——マスコミはマデリン・チャプマンの死因となった、着弾点がきわめて近接している二発連続の銃撃をそう呼ぶようになっていた——が可能であると主張するのは困難に思えた。レーザーサイトがない以上、本年度最優秀狙撃手の候補はルイスだ。警察はすでに、ルイスが写っている二枚の大判の光沢写真を入手していた。ルイスが陸軍拳銃射撃チームといっしょにポーズをとっている写真と、グループが小型自動車ほどのサイズのあるトロフィーを前にしているところの写真である。

あまたある悪業のなかには、実行していながらも大衆の関心というレーダーに捕捉されずにすむ種類の悪業もないではない。しかしケーブルテレビ全盛のご時世にアメリカで金持ちを殺すという悪業は、残念ながらそのひとつではなかった。

ハリーとふたり、裁判所から北に二ブロックのところで道路を横断した拍子に見えたのだが、裁判所の横手の道路に、車長十八メートルでデュアルアクスル・タイプの白いボックストレーラーが駐まっていた。車体側面に大文字で書きこまれていたのは《MPV》の文字だった。ケーブルテレビ局やネットワーク局は、判事が法廷からのテレビ生中継を許可してくれることを期待して、この番組制作の母船《マザーシップ》というべき大型車をリースで借り受けているのだ。ルイスの公判がおわるまで、このトレーラーがテレビのスタジオになる。審理が本格的に開始され、法廷でいろいろと動きがある日ともなれば、アンテナ群やマイクロ波用のパラボラアンテナをそなえた衛星放送用トラックの小集団が、法廷内からの中継映像を入手しようとして群れあつまり、トレーラー近くの場所を確保しようとするはずだった。

きょうの朝は、カメラマンや撮影クルーや、各局それぞれの色のブレザー姿で目立っているリポーターの小規模な軍隊ほどの集団が、側面ドアをあけはなしているヴァンのまわりに群れあつまっていた。先住民たちの攻撃を待っている幌馬車隊の面々のように、ニュースクルーたちはみんな反対側のブロードウェイ方面に目をむけていたので、わたしとハリーは彼らの背後で道路を横断した。

このところ一カ月以上、取材陣たちはしだいに大きな問題になりつつあった。彼らはわたしたちのオフィスのまわりをうろつき、ゲートを勝手に通りぬけ、〈ミゲルズ・カンティナ〉にたむろしては、金を払っている客のような顔でテーブルを占拠していた。テーブル席に陣どった取材陣はそこで取材メモを整理し、カメラにフィルムを入れつつ、ハリーやわたしがオフィスに出入りするところをつかまえようと待ちかまえていた。さすがのわたしたちも、パパラッチを殴ったりカメラのレンズにスプレーペイントを吹きつけたりする有名人たちの心境がわかりかけてきた。

証人たちとの打ちあわせのさいにも、彼らがマスコミ連中に尾行されたり、つきまとわれたりするのを防ぐため、ハリーとわたしはホテルのスイートルームを借りざるをえなかった。わが最悪の悪夢は、この暴徒たちに自宅をつきとめられる事態だった。これまでにも二回、帰宅途中の車をバイクで尾行され、やむなく車をとめて携帯電話で警察に通報したことがあった。どちらのときもすぐにパトカーがあらわれて、わたしがその場を離れて安全な距離に行くまで、バイクと乗り手をその場に引きとめていてくれた。いまでは裁判に関係する法律家全員に法廷から箝口令《かんこうれい》が出ており、公判についてマスコミに話すことはいっさい禁じられていた。

いまではわたしも、ハリーの意見が正しいのではないかと思うようになっていた――ハリーは、いずれルネサンスを研究している学者たちは、ダンテが描いた地獄には第十層があることを発見するにちがいないし、そこには現世でマイクやカメラをもち歩いていた悪党どもがあふれかえっているはずだ、という意見だった。

「いずれはあの連中にも見ぬかれるな」ハリーはいった。

なにが見ぬかれるかといえば、わたしたちが裏口をつかうために清掃スタッフ用の通行証を買った件である。ハリーが管理人のひとりに、こっそりと五十ドルをつかませたのだ。裁判所まであと一ブロックのところで、ハリーがこの男に電話をかけると、男が下に降りてきて、荷物の搬入口近くの裏の通用口にやってきて、わたしたちのためにドアマン役を引きうけてくれるという取決めだった。裁判所の警備スタッフに知られたら、いい顔をされないに決まっているが、なに、最初から知らなければ彼らが気をわるくする道理はない。

「レーザーサイトはどうなったと思う？」ハリーがいった。二日前にルイスと最後に会って以来、その件が頭にとり憑いて離れないのだ。

「あえて推測するとすれば、犯人が岩棚から海に落としたというあたりじゃないかな」

「屋敷裏手の？」

「たぶんね」

「それなら、どうして一切合財を——拳銃もサイレンサーも海に捨てなかったんだ？どうしてサイトだけを捨てた？」

ハリーは書類や判例などの法律文書がつまったボックスタイプのブリーフケースを下げ、はあはあと息を切らしながら、わたしよりも半歩遅れて歩いていた。ブリーフケースの運び方といったら、ローマ帝国の兵士が楯と槍を運ぶところを髣髴《ほうふつ》とさせた。

重さは二十キロ以上にもなるだろう。しかもきょうの朝は、出がけにさらに旧式のノートパソコンをこの荷物に追加してきた。時代遅れもいいところのぽんこつで、普段ハリーが外にもちだすことはないし、もちだした場合でもまともに動かないと決まっていた。書類の作成や調査にかけては、ハリーはローテクな男である。かりに羽根ペンで写本をつくることに汗を流している僧侶たちに頼めば書類の控えをつくってくれるといわれたら、ハリーは喜んでコピー機を処分してしまうだろう。

「どうせ処分するつもりなら、なんで一式まとめて捨てなかった？」ハリーはなおも例の拳銃、政府の備品であるルイスの四五口径オートマティックのことを話していた。

「予想がはずれなければの話だが、検察はルイスが銃の一式を処分しようとして失敗した、と主張してくると思う」わたしは答えた。

「話がわからないな」

「考えてもみろ。犯人はチャプマンを撃ち殺したあとで、侵入経路とおなじルートで家の裏手に脱出した。逃げながら、銃の装備をはずしていった——サイレンサーをとりはずし、レーザーサイトを滑らせてはずした。そして裏庭に出て、すべてを海にむかって投げ捨てた。動揺していたのかもしれない。あるいは、なにかに集中を削がれていたのかもしれない。隣人か、あるいはビーチから人の声がきこえたか。軽いパーツはフェンスを越えて飛んでいった。レーザーサイトがあったとしたら、海に落ちたんだろう。サイレンサーは岩棚に落ちた。しかし拳銃そのものは、フェンスにぶつかってしまったか、あるいは投げるときの力が足りなかったんだろう。だから、フェンスの手前の花壇に落ちていたわけだ」

警察の捜査報告書によれば、四五口径の拳銃はフェンスのすぐ内側の灌木の茂みから発見されていた。近くには裏門があって、そこを出ていくと家の裏手にある砂岩の崖に通じている。

「だったら、犯人はなぜもう一度拳銃を拾いにいってから、あらためて投げ捨てなかったんだろう?」ハリーがたずねた。

「どこに落ちたのかを見ていなかったのかもしれないぞ。拳銃をさがして庭をうろついている姿を隣人に見られたくなかったのかもしれない。あるいは時間がなかったのかも。少なくとも、検察側はそのような線の主張をしてくるだろうな」

「つまり警察は拳銃を裏庭で見つけたわけだ」

「そのとおり。サイレンサーは岩棚で見つかった」

「そしてレーザーサイトはない」と、ハリー。

「じつに都合のいい話だね」

「というと?」

「考えてみろ。拳銃がだれにでも目につくところに放置されていたら、殺人の凶器の所有者として身元がすぐ割れるとわかりきっているのだから、ルイスがそんなことをしたはずがないと主張するのも無理じゃない。そんなことをしたとしたらよほどの愚か者だし、凶器の拳銃が警察の目につきやすい場所にあったこと自体、ルイス以外の者の犯行であることを示している、とね。ところが、銃にまつわる証拠品がこんなふうに見つかったとなると、いかにも犯人が凶器を隠そうとして失敗したように見える。おまけにレーザーサイトが紛失しているという事実がある以上、わたしたちはチャプマンの死因になったような射撃が、ほとんどどんな人間にも――目が見えないのでないかぎり――可能だと主張する道をふさがれたも同然だ」

「つまり、ルイスはだれかに巧妙な濡れ衣を着せられていると考えてるんだな？」ハリーはいった。

「その考えも頭に浮かんだよ」

「もちろん警察は、それほど熱心にレーザーサイトの海中捜索をおこなったわけではない、と」ハリーはいった。

「自分たちの主張を支えるわけではないとなったら、熱心にさがすわけがないさ」

「だったら、おれたちはどうすればいい？　ルイスを証人席につかせて、バッグになにがあったのかを証言させる？　殺人にもちいられた凶器といっしょに、どんな装具《アクターメント》があったのかを証言させるのか？」

「装具《アクターメント》？」

「意味はわかるはずだぞ」

わたしは微笑んだ。「装具《アクターメント》ね」

「からかうのもいいかげんにしてくれ」

「どうだろうな。ルイスに証言させて武器やパーツの身元確認をさせるのは、わたしの第一希望ではないね」

わたしたちは早足で、荷物の搬入口の階段をあがっていった。ドアの前で待っていた管理人が手にしていたモップをもちあげ、出入口にむけられている防犯カメラのレンズの前にかかげた。こうやって管理人が一時的にレンズをふさいでいるあいだ、ハリーとわたしはすばやくドアをくぐり、数メートル先の階段をめざした。

それからわたしたちは刑事訴訟部にあがり、集中砲火を浴びせかけられた。活字メディアの取材陣、および撮影機器を外に置いてくるという条件で入館を許されたテレビ関係の取材陣がいたのだ。こんなふうに商売道具をとりあげられると、彼らはわたしたちの発言のメガホン役でしかなくなる——いざ外に出たときには、カメラの前でわたしたちの発言をくりかえし、なにを見てきたかをまくしたてるのだ。

「ミスター・マドリアニ、法廷にテレビカメラを入れることを求める申立てには反対なさるおつもりですか？　人々の〝知る権利〟について、あなたのお立場は？」

「知りたければ、チケットを買って座席を確保すればいい」ハリーがいった。

「それがあなたのお立場ですか？　つまり、中立てには反対の意向なのですね？」取材陣はわたしたちをじりじりと包囲してきた。そのひとりがハリーの顔のすぐ前に手帳を突きだし、メモを書きつけているふりをしながら、ハリーをべつの方向に誘導しようとした。これがまちがいだった。

「ミスター・ハインズ。それであなたは――」という言葉の途中で、記者はうめき声をあげた。たちまち顔がまっ赤に染まる――枢機卿の赤帽子そっくりの色だ。ついで記者は前かがみになって、この群衆のどこやらに姿を消していった。

　ボックスタイプのブリーフケースには重要な書類や判例などが詰まっているが、ハリーがこのケースを気にいっているのは、角が鋭く尖っていたからだ。人ごみに囲まれて二進《にっち》も三進《さっち》もいかなくなると、ハリーはソフトボールで速球を投げるピッチャーに匹敵する優美なアンダーハンドで、ぶらさげたブリーフケースをふり動かすのだ。犠牲者以外、周囲はだれも気がつかない。さらに重量三キロ半を越えるノートパソコンをそこに入れるのは、ハリーにとっては革の警棒に鉛を詰めて威力を増すようなものだ。

　記者たちのうちふたりの女が人垣から離れていき、同僚を助けようとしはじめた。同僚の男は体をふたつ折りにして身をかがめ、手帳とペンをもった手を股間にあてがっていた。

「大丈夫？」女のひとりがそういいながら、男の背中を叩いていた。なにかのどに詰まらせているとでも思ったのかもしれない。

これで突破口がひらけた。ハリーがするりと抜けだして、ふたたびわたしの背後にまわりこみ、「さっきの男は言葉をうしなっていたみたいだぞ」と、耳もとでこっそりいって、わたしの背中をつついた。「おれが前に回ったほうがいいかもな」

「よせ」七転八倒してもがき苦しむ記者たちが法廷の外の廊下を埋めつくしている映像が五時のニュースで流されている場面が、ふっと脳裡をよぎった。

それからもわたしたちは、法廷にむかって人ごみを押しわけて進んでいった。ハリーとわたしがいくつかの物品についての提出令状をマスコミ各社に送達して以来、彼らとは交戦状態にあった——警官たちにインタビューしたときの記者の取材メモや、殺人事件当夜にチャプマンの屋敷を外から撮影したビデオテープ、さらにその翌日、室内で鑑識技官が仕事を進めているときの屋敷を撮影したビデオテープなどの提出を迫ったのだ。大衆には〝知る権利〟があるかもしれない。しかしマスコミ各社の記者の大多数にとって、メモ帳に書きとめたみみずののたくったような走り書きだの、クルーが撮影した状態のまま編集されていない生の映像データだのは、神聖不可侵な存在のようだ。彼らの報道の流れを見ていれば、腹いせにルイスを攻撃しはじめていることにはいやでも気がついた——殺人の詳細を目に見えるように生々しく描写した記事や、被害者と被告人がかつて男女の関係にあり、やがて被告人によるストーカー行為がはじまっていたという噂を報じる記事が出ていたのである。

ハリーとわたしは精いっぱいの努力で質問を無視しようとしながら、じりじりと前に進んでいった。

法廷の外に立っていた廷吏のひとりが、廊下の反対側から近づいてきた。「さあさあ、道をあけて、その人たちを通してください。さあ、あんたたちはみんなを困らせてるだけだ。こんなことがつづけば、判事があんたたちを裁判所から追いだしますよ。ええ、嘘じゃなくて」

廷吏がようやく記者たちの海をふたつにわけ、かろうじてハリーとわたしが通れる隙間をつくった。わたしたちがドアを通りぬけると、背後で廷吏がそのドアをぴしゃりと閉めた。

廷内は静まりかえっていた。照明はついていたが、法壇は無人だった。書記官は、判事執務室のすぐ外にある控えの間の自分のデスクにもどっている。女性書記官の声がきこえてきたかと思うと、つづいてもっと深みのある男の声がきこえた。それにつづいて盛大な笑い声。

わたしたちは傍聴席とその先を隔てる手すりを抜けて、さらに声の方向に進んでいった。目的の場所まで半分まで歩いたところで、廊下の突きあたりに見えている出入口の照明を遮る人影が見えた。その人影がひらいたドアからゴムまりのように弾みでてくると同時に、それが見覚えのある横顔だとわかった。禿げあがった頭、蝶ネクタイ、つねに笑みがたたえられた顔と笑い声。周辺視野のなせるわざか、人影はわたしたちの動きに気がついたらしく、一瞬ののちふたたびドアから廊下に出てきて、まじまじと目をむけてきた。

「噂をすればなんとやら。、マドリアニの名前を出したとたん、ご本人が煙のごとく姿を見せたとは。瓶に閉じこめられていた魔神《ジン》のごとし」

「もしやラリー・テンプルトンか！」

「おいおい、わたし以外にドアストッパーの代役をつとめられる人間を知ってるのか？」テンプルトンはたずねた。

ビリヤードの突き玉のような禿頭ではあるが山羊ひげをたくわえたテンプルトンの容貌と外見をとりあえず手っとり早く説明するには、〝レーニンのデスマスクの高品質コピー〟という表現がいちばん簡単だろう。これだけであればかなり目だつ容貌だが、惜しむらくはその身長だった。身長計の針が百三十五センチでとまってしまうのである。テンプルトンは、四肢の短縮と低身長の症状があらわれる軟骨低形成症という遺伝子障害を負っているのだ。

わがパートナーは、ドアにたどりつきもしないうちから相手の軽口に調子をあわせていた。「ラリー、そんなふうに自分をちっぽけに見せる自己卑下は感心しないな」

「おや、きみか、ハインズ？　いまなんといった？」

「きこえていたくせに」

「ああ、きこえていたさ。つまりこうだ、自分をちっぽけに見せたくなっても、そんなことはどこかの貧乏な法廷弁護士にまかせるべきだといいたいんだろう？」

「そっちがその話を出したからには……」ハリーがいった。わたしたちがドアにたどりつくころには、ハリーとテンプルトンは声をあわせて笑っていた。

判事づきの書記官のミリーはデスクについており、この漫才パフォーマンスに微笑んでいた。判事の執務室のドアは閉まっていた。

「遅刻したかな？」わたしはたずねた。

ミリーはかぶりをふった。

「ハリガンはどこに？」

「わたしも、たったいまミスター・テンプルトンから話をきいたところ」ミリーは答えた。

カート・ハリガンは、ルイスの裁判ファイルを引き当てた検事補である。これまでのところハリガンは手もちのカードの半分を融通しつつ、残りの半分を袖のなかに隠すことしかしていない。

「ということは、まだ話をきいてないね？」テンプルトンがいった。

「話とは？」

テンプルトンが本領を発揮するのは、自分だけがなにかを知っていて相手がまだ知らない場合だった。きょうの朝この男は、その瞬間を心ゆくまで味わっていた。

「悲しいかな、うるわしのハリガンはもういないのだよ。あの男は生者の国からすくいあげられた。ニンフの腕《かいな》と天使の翼によって、天国へと運びあげられたんだ」

「死んだってことか？」ハリーがたずねた。

「死んだのではない、神となったのだよ。カエサルの馬のごとく。というのも、きょうの朝十時半、州知事がハリガンを州最高裁判所の裁判官に任命したようでね。それゆえ、もはやしがない生者たちとともにいる姿を、人々に見られたくなくなった。そんなことをすれば、中立な裁判官という建前に傷がつくのではないかと恐れているわけだ」

「中立？」ハリーがいった。

「ちゃんと建前といったぞ」打てば響くようにテンプルトンがいった。

「いっそあいつに注射器で武装させたらいい。そうすればあいつは、最高裁の法壇から薬物注射ができるぞ」ハリーはもう冗談をいってはいなかった。いまは血がふつふつと滾《たぎ》っている状態だった。

「それも一興だな」テンプルトンが応じた。「その方向で努力してみるか」

「いや、もっと名案を思いついたぞ。最高裁の傍聴席のチケットを売りに出し、ハリガンに石のナイフで被告人の心臓を抉《えぐ》りだしてもらうんだ。それも法壇で。アステカの神官みたいに」ハリーはいった。

「その意見を目安箱に入れてもいいかな？」テンプルトンがハリーにウインクをした。

「その手間は不要じゃないか」ハリーが応じた。「どうせ地区検事局の組合が、次の選挙用のマニフェストとして原稿を書きあげているはずだからね」

「控えろ、ハリー」テンプルトンは神話の鞭をふるって、ハリーにお行儀を教えているかのようなしぐさをしてみせた。

「いやなこった」ハリーはいった。「いまやあんたの検事局は、裁判所を乗っ取っているじゃないか」

「だれがそう考えてる？」と、テンプルトン。

「おれが考えてる」と、ハリー。

「その気持ちは充分にわかる。わたしがその立場なら、やはり動揺を抑えられないだろうしね」テンプルトンは子どものように小さな両手をあわせて指を組み、さも悲しんでいるかのように目を伏せた。体全体が小さな上にバランスもとれていないため

——大きな頭と短い足と胴体がしっくり組みあわさっている感じがしない——テンプルトンの動作はどれをとっても、昔のサイレント映画の振付よろしく誇張されているような印象を人に与えた。

「そうかい、わかったよ」ハリーはいった。

「しかし、この漏斗雲《ろうとぐも》がいかに黒々と不吉に見えていようとも」テンプルトンがいった。「その乱流のなかには、ほんのわずかな一条の希望の光もあるぞよ。きみにとっても希望の光だ」

「というと？」

「いま検事局ではね」テンプルトンがいった。「州知事の出したプレスリリースが煙をあげて燃えあがり、スナイダーのデスクに穴を穿っているところさ」

歯がみしていることに変わりはないものの、ハリーの顔を一瞬ほかの表情がよぎっていった——微笑とまではいえず、むしろ首尾よく腸内ガスを放出できて、つかのまの安堵を味わっている幼児の呆けたような顔に似ていた。

ロイ・スナイダーは、地区検事局の筆頭検事補の地位にあり、テンプルトンの直属上司にあたる。検事局内部の人間からも、そして外部の人間からもひとしく好かれてはいない。そういう事情で、スナイダーはこの一年間は毎日、香を焚いて祈りを捧げつづけてきた——州知事が最高裁判所のふたつの空席の片方に自分を指名し、それによってこの仕事ばかりの無味乾燥な地獄からおのれを救済してくれないものか、と。しかしハリガンが指名されたことで、ひとつ残っていた空席も埋まった。

この事実が、なぜかラリー・テンプルトンを愉快な気持ちにさせているようだった。いまテンプルトンは部屋の中央に立って、両手の親指をスーツのスラックスのベルトにひっかけていた。スラックスといっても、急激に先細りになって裾を折りかえしたバミューダショーツに皺が寄っているものとしか見えなかった。赤い蝶ネクタイに合わせているのは糊のきいた白いシャツ、そして茶色いヘリンボーンのツイードのスーツ。これが事実上、テンプルトンの制服になっていた。茶色いツイード以外の服を着ているテンプルトンには会ったことがない。胸のあたりが、ようやくミリーのデスクとおなじ高さだった。

本名はロレンス・K・テンプルトン、スタンフォード大学のロースクール出身者だ。在学中は学内法律評論誌の編集人をつとめ、クラス二位の成績で卒業した。学業がきわめて優秀だったため、テンプルトンのもとにはこの国の格式ある法律事務所の半分から就職の勧誘が寄せられた。しかし、面接のときに会議用テーブルからちゃんと顔が出るようにするため、椅子に載せる大きな枕を持参していることに事務所側が気がつくと同時に、就職の話はすぐ帳消しにされた。

そのあとしばらく個人で法律事務所をひらいたものの、長つづきしなかった。依頼人たちが逃げてしまったからだ。そしていまを遡ること十年ほど前、だれかがテンプルトンにサンディエゴの地区検事局が人材を募集しているという話をきかせた。テンプルトンは応募書類を提出した。学歴や成績は非の打ちどころがなかったうえ、検事局が雇用機会均等を謳っている職場だという事実がある以上は、テンプルトンに就職の話をもちかけるほかはなかった。テンプルトンを採用するか、さもなければ連邦裁判所で勝つ見こみのまったくない差別訴訟に直面させられるか、という選択肢しかなかったのだ。

最初のうち、テンプルトンはただの珍しいマスコット的存在だった。秘書たちはこぞって、〝かわいい〟と評した。地元新聞は、《街でいちばん小さな法の番人》なるタイトルで特集記事を掲載した。そのときにはテンプルトンの写真が、セクション2の一面、それも中央の折り目のすぐ上に掲載されていた。

しかし、有罪判決が早撃ちガンマンの拳銃のグリップについている刻み目と同列視される世界で、テンプルトンはいちばん切望するものを手に入れられずにいた――自分の才能を世に見せる機会と他人からの敬意である。決定権をもつ人々や検事局のほかの検事たちは、テンプルトンに軽罪事件をあつかわせておけば、そのうち仕事に飽きて自分から辞めていくだろうと踏んでいた。いや、少年裁判所の担当にしてもいいかもしれない。テンプルトンなら、問題をかかえた少年少女も心をひらくかもしれない。体のサイズに差がない相手に話すのだから。しかし、実現はしなかった。運命が介入したのだ。

テンプルトンが検事局に採用されてから五カ月後、過去数十年でも最悪の規模のインフルエンザ大流行の波がカリフォルニア州南部を襲った。流行は検事局でも猛威をふるい、重罪事件担当検事の半分が倒れたばかりか、年配のスタッフのなかには命を落とした者もいた。公判予定にあわせるために、上司たちはあらゆる部署から人材をかきあつめるしかなかった。ロースクールを卒業したばかり、司法試験の結果通知を親指でこすると乾ききっていないインクがかすれるような若手が、殺人事件の公判を担当することになった。弁護士たちは相手を血祭りにあげるチャンス到来を見てとり、公判予定の延期を拒否した。司法取引が専門で、生まれてこのかた陪審の前に立ったこともないようなブローカー弁護士たちまでもが、われもわれもとばかり、それぞれの依頼人たちの公判の迅速な開催を要求した。

列の最後尾の男に案件ファイルを手わたした地区首席検事は、その男のさらにうしろにテンプルトンが立っているのを目にした。首席検事はテンプルトンをじっと見つめながら考えをめぐらし、こう結論づけた——犬一匹捨ててもいいではないか。

この〈州民対バーナード・ラッセル・チェスター裁判〉では、検事局は一年ほどにもわたってさんざんな目にあわされつづけていた。妻殺しで起訴された被告人チェスターは著名な慈善家であり、一代で叩き上げた実業家だった。チェスターはロサンジェルスでもトップクラスの刑事事件専門の法律事務所に弁護を依頼し、さらに軍隊ほどの数の法医学関係の専門家証人を後援部隊としてずらりとそろえていた。チェスターの顧問弁護士たちは中立てや開示要求などで、検事局をずたずたに引き裂いていた。もっぱら、被告人が金持ちであり、起訴を見おくれば検事局がマスコミからさんざっぱら叩かれるに決まっているという理由から起訴手続がとられた案件で、検察側には情況証拠しかなかった。つまり、もともとが腰が引けているような案件であり、このときには——検事局の大多数のスタッフとおなじく——肺が飛びだすほど激しく咳きこんでいるようなものだった。簡単にいえば、だれが担当しても負け戦になる裁判だったのだ。テンプルトンはファイルを受けとった。

それから十一週間にわたって、テンプルトンは暴れ者の野生馬に乗ったカウボーイのように裁判を担当した。最初のうちは、法廷での奇行の数々が裁判所雀たちの格好の噂になった。あるときには、プラスティックの資源ゴミ回収容器をふたつ陪審員席の前にもちこんで、両者のあいだに四メートル弱の二枚の板をわたし、その板の上にあがって海賊よろしく板の上を行きつもどりつ歩きはじめた。笑い声がおさまった時点で、陪審の半分がこの男に恋をしていた。テンプルトンは二日間にわたる冒頭陳述で——寄席演芸《ボードヴィル》はだしの演技と、毒物学という闇の領域から見た殺人にまつわるハーヴァード大学なみの講義とを往復するような内容だった——陪審をすっかり魅了した。テンプルトンの法廷での言動は、全国の十指にあまる大新聞の見出しと記事で報道された。やがて陪審が、第一級殺人というひとつの訴因だけで被告人を有罪とする評決をくだし、これが三大ネットワークの臨時ニュースとして流された。拍手喝采のなかでおこなわれた量刑審理でテンプルトンは、バーナード・ラッセル・チェスターをサンクエンティン刑務所の死刑囚舎房に送るべきだ、そうなればチェスターは史上もっとも裕福な死刑囚になると主張し、八人の女性と四人の男性から構成されている陪審を納得させた。

ベルトに十八人の頭の皮をぶらさげるまでになったテンプルトンは、いまもなお極刑裁判では負け知らずの検事だった。才能を瓶に詰めたり、買収したりするのは不可能だ。たいていの女たちは、小さな子どもがよく子犬や子猫を家に連れ帰りたくなるように、テンプルトンを家に連れて帰りたがった。テンプルトンは専門家証人をランチ代わりにむしゃむしゃと食べた。およそどんなテーマでも、逆に専門家に講義をすることもできたし、おませな子どものように陪審と心の絆をつくることもできた——そのかたわらでは、被告側証人の半分をユーモアで殺し、残り半分の証人を知性という百万キロワットの電子レンジで調理してしまう。

わたしたちは、しばし黙ったまま立っていた。周囲には、なごやかな雰囲気と笑みが満ちていた。ついでわたしたちは天気や、ミリーのデスクに飾ってある家族写真のことを話題にした。それでようやく、《このピンクの象をパーティーに連れてきたのはだれだ?》という質問を口に出せるほどの砂塵を舞いあげることができた。「さてと、ラリー、よかったらきみがとりあえず、きょう一日だけの代役なのかどうかを教えてもらえるかな?」

両手の親指をしっかりとベルトにひっかけた姿のまま、テンプルトンはわずかに胸をふくらませ、ほくそ笑んでいるかのように横目でわたしの顔を見つめた。「世の中には、豚も空を飛ぶと話すような人もいるだろう。しかし、現実の世界でわれわれが信じるのは事実だけだ。そして事実をいわせてもらえば、これからきみたちには、わたしがつきまとうことになりそうだよ」

14

「最高だね」ハリーはいった。「依頼人は七年ものあいだ、自分がどこにいて、なにをしていたかを話したがらない。おまけに、被害者のオフィスのソファで被害者の上になって、がんがん腕立て伏せをしてる現場がビデオで録画されているときた。見事な射撃の腕の実例がある。決定的な証拠品かアニー・オークリーなみの銃つかいでも出てこないかぎり、ルイスにしかできない射撃の妙技だ。それだけではまだ災難が足りないというつもりなのかね……」と、言葉をつづける。「おれたちは法廷で、〈子ども死神〉の異名をとる検事を相手にしなくちゃならないときた」

わたしたちは事務所にもどっていた。ハリーがわたしのデスクの前を行きつもどりつしているあいだ、わたしは留守中の電話メモに目を通していった。束のなかに、仕事を依頼していた調査員のハーマン・ディッグズからの電話メモがあった。

「こんな光景を想像してくれよ」ハリーは、撮影のフレームを決定しようとしているかのように両手をかかげた。「テレビでチャンネルをつぎつぎ変えている途中、たまたま街角の消火栓ぐらいのちっちゃい検事が、証人に質問を浴びせているところが見えたとする。ここで質問だ――あんたなら、そのままリモコンのチャンネルボタンを押しつづけるか? それともゆったりソファに体をあずけて、そのチャンネルを楽しむ?」

ルイスの公判を指揮する判事は、法廷の最後部にとりつけた固定カメラで審理を生中継したいというケーブルテレビ二局からの申し出に屈服してしまっていた。ハリーとわたしは、わたしたちの最悪の悪夢であるこの案の実現に全力で反対した。テンプルトンがその場に登場することが決まったのだから、なおさらだった。ハリーにいたっては、証人と証人とのあいだの小休止中に、検事が法廷でバック転を披露する場面までも思い浮かべていた。

「テンプルトンは、あの申立てに反対していたか?」わたしはたずねた。

「おれが覚えている範囲でいうなら、テンプルトンは判事に、検事局ではテレビカメラの問題について〝態度を保留している〟とかいっていたよ。バリケードをぶっ壊そうとしているわけじゃない、ということか」ハリーはいった。「見ただろう、あいつが目をきらきら光らせていたのを。あの男の陪審審理での実績を考えにいれれば、テレビの画面にあいつが毎日毎日姿をあらわすなんていう事態を考えただけでも、リアリティ番組の世界に新しい流行が誕生するのはわかりきっているね――〈法廷のリリパット〉だ」

「オーケイ。テンプルトンは問題だな」

「問題？」ハリーはいった。「問題というのは、メルカリ震度階級でスケール九の烈震のことだ。宇宙船に乗っていて、まもなく超新星になるっていう恒星のそばを飛ぶのも問題だな。しかし陪審の前にわたした板の上でムーンウォークができる子どもみたいな弁護士を敵にまわして、殺人事件の裁判で泥んこレスリングの試合をやらされるとなると、もう問題というレベルじゃない。おれなら大災害と呼ぶね。いいや、いっそ大破滅でもいい」

「たとえテンプルトンが手に負えなくなったにしても、ギルクレストが手綱を引いてくれるさ」わたしはいった。テンプルトンがわたしたちにとって裁判の暗黒面なら、公判指揮をとるサミュエル・ギルクレストはひと筋の明るい光明だといえた。というのも——いまでは最後の生き残りになってしまったとはいえ——公選弁護人局出身の判事だからだ。公判ではテンプルトンの主張に礼儀正しく耳をかたむけはするだろうが、必要とあれば黙らせもするはずだった。

「これじゃ、ひきつけを起こしている最中に核弾頭を無力化するほうが、まだ簡単だぞ」ハリーはいった。「現実に直面しろよ——サーカスの中央リングで裁判をするようなことになるんだぞ。おまけにおれたちは、大テントのなかにもはいれないときてる」

「さすがに誇張しすぎだと思うな」

「誇張でもなんでもない」

「いいや、誇張だ。現時点では、わたしたちには選ぶべき道がそれほど多いとはいえないし」

「ケンダルはいい道をひとつ見つけたけどな」ハリーがいっているのは、この裁判から逃げだすという道だった。

「たとえわたしがその気だったとしても――現実にはそんな気はないよ――裁判所が許すものか。この段階では無理だ。こうも押しつまってからではね。依頼人がわたしたちを解任すれば話は別だが、ルイスがそんなことをするとは思えない」

「もしおれにルイスとさしで話をさせてもらえれば、その方向でお膳立てをつくってやれると思うぞ」ハリーはいった。

わたしは微笑み、話そのものは右から左へと受け流した。ハーマンからのメッセージには電話番号が書かれていた。メモには、ハーマンがそこには午後四時までしかいないとあった。わたしは時計を確かめた。となると、ハーマンに会うのは午後四時以降になる。その場合の場所の名前と住所もメモにあった。

「結局おれたちはテレビに生中継されながら、仕事をしなくちゃならないわけか」ハリーがいった。「二千万か三千万の人々が見まもり、その一方では北アメリカで仕事にあぶれている弁護士の全員が、休憩時間のたびにおれたちの作戦を批判したい一心で、短時間でもテレビに出たがってあくせくする。裁判がいざおわったときには、連中はうちの事務所の前に墓石を立てるんだろうよ。墓碑銘はなにになると思う？」

「さあね」

「《マドリアニとハインズここに眠る――親指トムに殺されし者たち》だ」

「わたしがテンプルトンを呼んだわけじゃない。わたしの知らないことをきみが知っているのならともかく、宣誓供述書で検事を担当事件からはずす手だてはひとつもないんだ。そこで……体を縮めてくれる魔法の薬を見つけるとか、ヘリウムを吸って、〈オズの魔法使〉のロリポップ・ギルドの歌を裏声で歌えるようにするとか、その手のことができなければ、わたしになにをさせたい？」

「手はじめとして、あのちび野郎の上にだれかを落っことすことはできるんじゃないか」ハリーはいった。

「あるいは、きみが自分で例のブリーフケースをあいつの頭の上に落とすのもおすすめだよ」

「おいおい。あの記者が最初におれを押してきたんだぞ。我慢にも限度ってものがある」

「それ以外にも、世の中には法律でいう暴行というものがあってだね」わたしはいった。

「あれは正当防衛だ」ハリーはいった。「あの記者はおれに螺旋《らせん》綴じノートの針金を食べさせようとしていたんだ」

わたしは電話メモの束をデスクマット中央にもどし、ハーマンのメモだけを手に残した。それから椅子を立ってドアにむかい、その途中でコートラックから上着を手にとった。

「どこに行く?」

「一杯飲みに」わたしはハリーに答えた。

「きょう一日で、初めてまともなことを考えついたわけか」

「せめてひとつくらいはね」

夕暮れどきであれば、建物全面の白い化粧漆喰を背景にして明るく光る〈クラッシュ&バーン〉という紫のネオンを、一ブロック離れていても目にすることができた。店は、アイソテニックス社のメインゲートから八百メートルばかり離れた小規模なストリップモール内の、道路からちょっとひっこんだところにあった。

ハーマンによれば、この店にはプログラマや経理関係などの数字計算屋たち、それに〈ソフトウエア・シティ〉の若干の重役たちがよく出入りしており、仕事をおえたあとのラッシュアワーにはいちばん人気のあるたまり場だという話だった。この店にやってきて、州間高速道路五号線上でのろのろと南にむかう数珠つなぎになった車の、赤いテールライトの大行列がしだいに途切れてくるのを待ちがてら、この店で時間をつぶすのだった。いまから三日前、ハーマンはこの店に来て知りあいをつくり、それから毎晩ここで人脈づくりにはげんでいた。

小さな中華レストランと宅配便の営業所こそあったが、〈クラッシュ&バーン〉はモールぞいのショップスペースの大半を占拠していた。巨大なネオンサインは建物の横幅いっぱいに広がっており、そこからはなたれる不気味な紫色の光がクラブの前面をブラックライトのように照らしていた。

店の正面にある駐車場で空きスペースを見つけるのに、二分ばかり手間どった。満車に近い状態だったからだ。わたしは上着を脱いで車に置き、財布をポケットから出してスラックスの尻ポケットにおさめ、ネクタイをゆるめた。ビジネスマンの雰囲気をできるだけ消したかったからだ。ハーマンといっしょにいるはずの男が——せめてわたしが席につくまでは——わたしの正体に気づかないでほしかった。

車をロックし、それから歩道の幅いっぱいに迫《せ》りだしているアールデコ調の天蓋《てんがい》の下にある入口にむかった。頭上からネオン管の低いうなりがきこえ、ワイシャツの袖口が蛍光色に光っていた。天蓋の下の突きあたりには、かなり色の濃いスモークガラスの両びらきのドアがあった。足を踏みいれもしないうちから、店内で流れている音楽の低音の響きが振動として肌に感じられた。

ドアを引きあけた。店内は肉体と笑い声とがぶつかりあう空間で、音響システムから流れている音楽は感覚器に過負荷をかけるエクササイズの域に達していた。消防署長の悪夢を絵に描いたような店だった。人々が石鹸水に浮かんだグリースのように小さなきつい輪をつくって、ぎっしりとならんだり密着したりしていた。歩くためだけでも、体を横向きにしなくてはならない者もいた。店内のいたるところに客が立っていた。そのほとんどがカクテルグラスを手にしており、音楽のビートにあわせて体を揺すっている者もいた。

店内では、建物外装の照明のテーマがいちだんと濃厚なものになっていた。ブラックライトのせいで、人々の肌がブロンズの色あいを帯びていた。微笑みで白い歯がのぞけば、目がくらむほど輝いた。

店内を埋めつくす客はおおむね二十代から三十代初めだったが、種類は多岐にわたっていた。スーツを着ているビジネス族と、もっとカジュアルな服装の者が入り乱れていた。わたしとおなじように、スーツの上着を脱いでいる者もちらほら。こちらに背をむけ、ともにカクテルグラスを手にしたふたりの若い女に通り道をふさがれた。

そのひとり――その場に立ったまま音楽のリズムにあわせて体を旋回させている、丈の短い白いシャツドレスを着た女――にいたっては、白熱して光を発しているかのように見えた。女は隣に立つ男に話をきかせるため、声をかぎりに大声で叫んでいた。

わたしの右手には、店のずっと奥までつづいているバーカウンターがあった。カウンターの奥は鏡仕立てになったガラスの壁で、そこに酒瓶のならんだ棚がつくってあった。ざっと見たところ少なくとも三人のバーテンダーが、頭上のラックからステムつきのグラスを取りだしたり、酒瓶でジャグリングを披露してカクテルをつくったりしていた。彼らの手は光の速さで動いていた。

左側に目をむけ、ときおりできる体と体の隙間からのぞき見ると、数卓あるテーブル席についている人々の姿がちらりと見えた。テーブルは、立錐の余地もなく人々が詰めかけている、椅子ひとつないダンスフロアをとりまく傘状の茸《きのこ》のように配されていた。

さらにその先、ダンスフロアを横切って反対側には一段高くして手すりを配したテラス状のスペースがあって、テーブル席やボックス席がもうけられていた。いまはすべて人で埋まっている。

ハーマンを見つけるのは容易ではなかった。いちばん奥の隅のテーブルでハーマンが立ちあがって手をふったときには、その前のテーブルにいたふたりの客がふりかえっていた。壁が動いたのかどうかを確かめようとしたのだろう。小さな家ほどの体格をもつハーマンは、今夜はスクーナーの帆にできそうなほど大量の布地でつくられた、熱帯のジャングルの柄のアロハシャツを着ていた。

姿を目にしたというサインに、わたしは片手をあげて合図を送った。それから体を横にしたり、くねらせたりしてダンスフロアを横切り、なんとか人ごみをすり抜けてから、二段の階段をあがってテラスエリアにあがった。

ハーマンと同席していたのは、おなじくアフリカ系アメリカ人だった。わたしが近づいていくあいだ男はべつの方向に顔をむけ、せわしなく群衆に目を走らせていた。いまごろはもうハーマンが男に酒の二杯も飲ませているだろうし、うまくすれば男の口もずいぶん軽くなっていることだろう。わたしがテーブルにたどりついたそのとき、男が顔をめぐらせてきた。照明が目を惑わせていた。シャツのカラーの上で、わたしの顔はオレンジ色の漠然とした球体になっていたにちがいない。わたしがだれか、わかったとは思えなかった。

ハーマンは片腕を伸ばして、わたしを待っていた。「ポール、さあさあ、おれの友だちに会ってくれよ」音楽に負けじとわたしの耳もとで声を張りあげたが、そのあと顔の向きを変えていった言葉はほとんどききとれなかった。「ハロルド、これがポールだ。ポール、こいつがハロルドだよ」

ハロルド・クレップは会話をすっかりききとろうとしてのことだろう、耳に手をあてがっていた。それからクレップは――ボックス席のいちばん奥に押しこめられているために立ちあがることもできぬまま――精いっぱいテーブルに身を乗りだし、わたしと握手をかわした。

ハーマンがすばやく腰を降ろして、ボックス席の片側を封じた。わたしはハーマンの向かいに腰を降ろして、反対側を封じた。

ハーマンであれだれであれ、調査員を名乗る人物に自宅を訪ねられたら、クレップはなにもいわずに鼻先でドアを閉めてしまうにちがいない、と思った。

「元気にしてたか？　どうだい、調子は？」ハーマンがわたしに顔をむけ、にこりと笑った。

「上々だよ。そっちは？」

「ああ、おれも元気だ」ハーマンはいった。「さあ、とりあえずおまえの酒を注文しないと。早くおれたちに追いつくんだ。ハロルド、そっちはどうする？　もう一杯もらうといい」いいながらハーマンは、ラミネート加工されてスタンドにおさめられたメニューを、わたしに押してよこした。「おれはもう遠慮する」

メニューに目を通しているあいだ、クレップが隣からむけてくる視線が顔に感じられていた。あからさまにならないよう気をつけつつ、わたしという人物をさぐり、値踏みしているのだ。「ええと、名前はなんといったっけ？」

「ポール」わたしはクレップに目をむけないまま答え、いまの答えを飲みこもうとした。それから先に話題を変える。「ここのおすすめの酒は？」

店の特製カクテルには、どれもハイテク風の名前がついていた。〈メモリーリーク〉〈データ爆弾《ボム》〉〈メルトダウン〉〈暗号破り《コードグラインダー》〉、そして〈無限《インフィニット》ループ〉。

「どれもうまいぞ」ハーマンがいった「〈ループ〉を試してみるといい。おれのいちばんのお薦めだ」

「じゃ、〈ループ〉を」

ハーマンはタックルするような勢いで、通りかかったウェイトレスを呼びとめた。

「全員に〈ループ〉を頼む」

ウェイトレスが指を三本かかげ、ハーマンがうなずいた。

「いや、いや」クレップがいった。「ぼくはもう家に帰らないと」

「いや、あと一杯くらいは飲んでいけよ」ハーマンがいった。

ウェイトレスは答えを待っていた。

「まあ、かまわないか」クレップはいった。その前には、あいたグラスがひとつだけあった。これ以前にもウェイトレスが空《から》になったグラスを片づけてくれていればいい、と思わずにはいられなかった。ここに来る時間を三十分遅らせていたら、ハーマンは首尾よくクレップをテーブルの下に沈めていたかもしれず、その場合わたしはテーブルの下に潜りこんで、この男に質問をむけることもできたかもしれない。

現実には、クレップはわたしにさらに興味をつのらせてきていた。「もう一回、名前を教えてもらえるかな?」上体を乗りだして、わたしの耳もとでそう大声をあげる。

「ポール」わたしは答えた。

「前に一度会っていると思う。あんたは弁護士だね?」

大当たり。わたしはさも驚いたように、さっと顔をクレップにむけた。「離婚裁判できみの奥さんの代理をわたしがつとめているとか、そんな話は勘弁してくれよ」

「苗字は?」

「マドリアニ」

これでクレップが逃げていってしまったら、そのときはそのときだ。しかしクレップはハーマンに目をむけた。「じゃ、あんたたちふたりは仕事仲間か?」

「おれが弁護士に見えるか?」ハーマンは質問にはまともに答えずに笑った。

ハーマンを信じていいものかどうか迷っていたのだろう、クレップはまたわたしにむきなおった。「あんたはルイスの弁護士だ」

「ミスター・ルイスを知っている?」

「ぼくはアイソテニックス社の社員だよ。あんたとはオフィスで会った——上のフロアでのミーティングでね。ヴィクター・ハヴリッツ。ジム・ベックワース。会議室だ」

「あれに出席していた？」

　クレップはうなずいた。

「もういちど会社での役職をきかせてもらえるかな？」わたしはたずねた。

「R&D……研究開発部門の臨時責任者だ」

「ああ、そうだった。思い出した。あの席では言葉をかわすチャンスがなかったね。ほら、そちらはテーブルのいちばん端にすわっていたから」

　クレップはうなずいた。用心深くなっている。

「思い出そうとしているんだが……あの人の名前はなんといったかな？　ほら、きみの上司の人だ」

「ヴィクター・ハヴリッツ」

「そうそう、ハヴリッツだ。しじゅうパンツを尻に食いこませてるような男だったな。とんでもなく窮屈な男だったよ」

　これがクレップの笑みを引きだした。「窮屈というのとは、ちょっとちがうと思うぞ」

　あの会合の席では、クレップがアイソテニックス社の取締役たちと同席していながらも、ひとり仲間はずれ気分を味わっていることが明らかだった。社内権力の中心にいないかもしれないが、チャプマンが殺された時期に社内でどんなことが進行中だったのかをオープンに話してくれる人間がいるとすれば、いちばんの候補者はこのクレップだろうと、わたしは当たりをつけていた。

わたしはこの会話には一時的な興味しかないという顔をよそおい、ふたたび音楽のリズムにあわせて体を動かしはじめた。わたしたちふたりにはさまれて身動きのとれないクレップが、そこにじっとすわって、わたしたちふたりの顔を見ているあいだ、数秒の落ち着かない時間が流れていった。いまここで席を立って帰ることが不作法にあたるかどうかが見きわめられないのだろう。ウェイトレスがやってきて、テーブルに酒のグラスを置いていった。

ハーマンが伝票に勘定を書きつけて、酒がなみなみとはいったグラスのひとつをクレップの前に滑らせた。ついでハーマンは、〝こんなものをつかうのはカマ野郎だけだ〟といいたげに自分のグラスからストローを抜きとり、「さあ、ぐっと飲んでくれ」といった。

わたしは、クレップが貝のように口を閉ざすのではないかと気が気でなかった。もしここでクレップがトイレに行くといって席を立てば、二度ともどってこないことはわかった。

ハーマンの表情から、わたしかハーマンのどちらかが思いきって虚空に身を躍りこませる必要のあることがわかった。

「ああ、そうだ」ハーマンがテーブルの反対側から身を乗りだしてきて、クレップにもきこえるように大声で怒鳴った。「レイカーズの試合のチケットを手に入れたぞ。火曜の夜だ。ハロルドとおれは行くんだが、あんたも来ないか?」

この話題はもっとあとで、おたがいが打ちとけたタイミングで出てくるものとばかり思っていた。しかし、いまは氷河の上を歩いているような状態でもあり……。「どうかな、なんともいえないね」

「あんたはかまわないだろう、ハロルド?」ハーマンはクレップにむきなおった。

「もちろん」クレップの表情はどことなく心もとなげだったが……この男にいまなにがいえるというのか。「かまわないよ」

「楽しそうだな」わたしはいった。

ハーマンからクレップとコネができたという話をきくとすぐ、わたしは秘書にいってオンラインで三枚のチケットを買わせていた。最初のデートで相手の男の腕をねじりあげ、ぎゅうぎゅうと情報を搾りとろうとしても失敗するに決まっている。ロサンジェルスまでの長いドライブのあいだ、三人だけの車内で大いにしゃべり、夕食で酒を飲んだあと、バスケットボールの試合見物。そのあとは、家に帰る長時間のドライブ。運がよければ、クレップの寝言でなにかがきけるかもしれない。

わたしは多少の世間話で、場の緊張をほぐそうと試みた。音楽に負けないためには、しじゅう大声で発言をくりかえす必要があった。結局十分もかかってしまったが、それでもクレップが経営学の学位をとってオハイオ州立大学を卒業し、そののちペンシルヴェニア大学でソフトウエア工学の修士号を取得したことがわかった。ひとたび話しはじめると、それまでの不安が消えていったようで、わたしはかねてから知りたかったハイスクール・サッカーの世界についてあますところなく知識を得た。話のあいまあいまには、酒をちびちびと飲んだ。

ハーマンに挑戦された以上、わたしも〈無限ループ〉をストローなしで飲むほかはなかった。どうやらハーマンは下調べもぬかりなかったようだ。これがメニューのなかでいちばん強い酒であることはまちがいなかった。最初にひと口含んだとたん押し寄せてきたアルコールの爆風から察するところ、ここでマッチに火をつければ、たちまち髪の毛が松明《たいまつ》のように燃えあがるにちがいないとさえ思えた。

クレップが二杯めを——ことによったら三杯めを——飲んでいながら、呂律《ろれつ》もしっかりしており、いまもまだ背すじを伸ばしてすわっているという事実に、わたしはこの男への新たな尊敬の念を感じていた。ハーマンについていえば、かつてこの男がメキシコでテキーラを浴びるように飲んでいるのを見た経験から、消化器の内側が銅張りになっていることをすでに知っていた。

クレップとわたしは、それぞれの生い立ちなどを話題にした。そのあと一分ばかりは三人とも黙りこみ、音楽がぽっかりとあいた穴を埋めているばかりだった。やがてクレップが、言葉を口にする必要に迫られたようだった。

「で、裁判のほうはどうなっているんだね？」クレップには、これ以外に共通の話題が思いつけなかったらしい。

「ぼちぼち進んでいるよ」いまさら、嘘をひとつ増やしてもかまうまい。

「ぼくは……ええと……ルイスのことはあまりよく知らないんだ」クレップはいった。「建物のなかで、何回かひょっこりと顔をあわせたことがある程度でね。あるとき社内食堂で、いっしょのテーブルになったことがある。そのとき、少し話をしたよ。まっとうで気だてのいい男に思えたな。ほら、相手がどんな人間かがなんとなく察しとれるときがあるだろう？」

「あるね」

「だから、あの男がやったとは思えないんだ」

「それは意見かな？　それとも六感のようなもの？」

「なにか知っている事実があるのか、という意味の質問なら、答えはノーだ。いまもいったように、ほんのちょっと……。いや、なんの意味もないことかもしれないし」

それから数秒ほど、わたしたちは全員が黙っていた。クレップは酒を見おろしているだけ。それから、大声を張りあげなくてもいいように、わたしに顔を近づけてきた。

「ぼくからあんたに質問させてくれ。今夜ここに来たのは、ぼくと話をするためだった――そうだろう?」クレップは馬鹿ではない。

「ご明察」

「ハーマンは?」

「わたしが仕事を頼んでいる調査員だ」

「つまり、ぼくがチームのなかでは倒しやすい相手だと見たんだね?」

「会議室で会ったあの日、きみにはまだ発言したいことがあったのではないかと、そうにらんだからさ」

「当たりをつける相手をまちがえているな。ぼくにはあんたを助けられない。なにも知らないからね。ありていにいえば、ぼくは会社の中枢部にはいないんだ。ひと月後にあんたがアイソテニックス社をまた訪ねたら、ぼくはもういないだろうしね」

ハヴリッツが、この男をドアから外に押しだそうとしているのだ。

「残された時間がどのくらいかはわからない。だから次の就職先をさがすために、履歴書や応募書類を書いてるんだ」クレップはいった。「いっておけば、チャプマンの死が会社そのものと関係があるのかどうかは知らないよ。あんたが知りたいのは、そのあたりなんだろう?」

わたしはうなずいた。

ハーマンには、わたしとクレップの会話がきこえていなかったと思う。しかしその表情から、わたしたちがいよいよ本題にさしかかったと察していることがわかった。

「わたしが会社に行ったあの日、ハヴリッツに話をさえぎられる前に、きみはチャプマンがIFS関係の仕事を個人で取りしきっていたという話をしていたね?」

「たしかに」

「その仕事をだれかに分担させることはなかった?」

クレップは頭を左右にふった。「もちろん、かなりの人数からなるプログラマのチームをつくってはいたけれど、すべてを掌握していたのはチャプマンひとりだよ。最終的なアーキテクチャーを決めたのはチャプマンだ」

「というと、そのときもまだ自分でソフトウエアを書いていた?」

「ときどきはね。いつもというわけじゃない」クレップはいった。「雲ゆきが怪しくなったのはウォルト・イーガンが死んでからだ。ほら、ぼくの前に研究開発部門の責任者をつとめていた男だ。去年、癌で世を去ったんだ。ことチャプマンに関することでは、イーガンは最高のパートナーだった。それもまた、ぼくの悩みのひとつでね。そんな人材のあとを、どうやれば引き継げる?」

「イーガンはＩＦＳ関係の仕事をしていた？」

クレップはかぶりをふった。「あのふたりは会社がはじまって以来、まだヴァージニア州にいたころからの関係なんだ。イーガンは政府から受注した仕事のうち、国防関係ではないソフトウエアをすべて監督する役目だった。うちの会社は教育関係や運転免許の発行事務関係、選挙がらみの仕事も引きうけている。政府なり議会なりから発注された、数字を処理する特殊なプログラムのたぐいをね。イーガンは選挙関係のソフトウエアを完成させようとしていた。連邦議会の選挙区割りの改訂がらみのね。そのイーガンが死ぬと、社内は大混乱におちいった。いろいろなものが、隙間からぼろぼろこぼれ落ちていってね。

チャプマンはかなりのプレッシャーにさらされていた。ひとつには、ほかの人間にまったく手伝わせなかったのが理由だな。死ぬまぎわには、イーガンは激しい痛みに苦しんでいた。大量の薬を服用していたのも知ってる。それでも精いっぱい長く仕事をしようとしていたよ。イーガンがチャプマンに傾倒していたのは知っているけれど、それ以外に理由があったのかどうかは知らない。でも、最期が近づくと、いろいろ仕事でミスを重ねていたな。

やがてイーガンが死ぬと、ぼくが仕事の欠けている部分を補うことになった。ぼくはチャプマンにイーガンがなにをしていたかを話し、数字がぴったりと合わないことも伝えた。ソフトウエアと国勢調査の生データとの整合性がとれていなかったんだよ。だから、これは問題ではない、自分がなんとかする、とチャプマンにいったんだ。するとチャプマンは、その仕事は自分がするのでファイルをデスクに届けておくように、といった。会社は坂を転がり落ちていた——最高経営責任者がこまかい仕事にばかり打ちこんでいたからだ。それでもチャプマンは、仕事を人にわたさなかった。それがあの人の流儀だったんだ」

「そういえばある人から、死のまぎわのチャプマンはＩＦＳプログラムをめぐって、ペンタゴンの人々と衝突していたという話をきいたよ」わたしはいった。

「それはサッツ元大将のことか？」

「そのとおり。サッツに会ったことは？」

クレップは頭を左右にふった。「チャプマンが、サッツにはだれも近づけようとしなかったからね。とくに、死が近いころには。サッツに近づくと病気がうつるみたいだった。それについては、チャプマンはなにかに憑《つ》かれていたみたいだったな」

「ふたりのあいだでなにが問題になっていたのかを知らないかな？」

クレップはまたかぶりをふり、肩をすくめた。音楽のボリュームがいちだんと大きくなっていた。「電話で大声で怒鳴りあっていたよ。オフィスの外にある秘書室にいた人たちが会話の断片を耳にしているんだ。チャプマンは癇癪もちだったし、その癇癪を爆発させることもあった。きいた話だと、ワシントンにいるサッツが電話に出なくても、チャプマンの怒鳴り声をききとれたというんだからね。ほら、ネットワーク局のひとつがIFSをニュースでとりあげて、個人のプライバシーの危機だと番組で報じた日の午前中のことだ。しかも番組ではアイソテニックス社の名前が出たばかりか、チャプマンが会議に出席するために郡のお偉方ともどもペンタゴンにはいっていくところをとらえた資料映像まで流されていた。おそらくチャプマンは、国防総省ならこの騒ぎを収められると感じたんだろうね。ビジネスからペンタゴンを追いだせる者はひとりもいないからさ。

しかし、アイソテニックス社のような民間企業には、これはまた別の問題だった。その件が報道されたとたん、株価が大暴落したんだ。チャプマンは秘書にいって、サッツに電話をかけさせた。きいた話だと、サッツは二日のあいだチャプマンの電話から逃げまわっていたらしい」クレップは微笑み、グラスの酒をひと口飲んだ。「ようやくサッツをつかまえたチャプマンは、〝国防総省のせいで自分と自分の会社がスパイウエアしかつくっていないように見えてしまったし、あれでは自作ソフトウエアをサッツやCIAがどう利用するのかを、自分がまったく知らないようにも見えてしまった、どうしてそんなことになったのか〟とわめきたてていたね。チャプマンには妙なところがあった。いい結果さえ出ているうちは、他人がなにをしようと気にしない。

ただしチャプマン自身が照準の十字線にとらえられたとなったら、警戒したほうがいいね」

「外の秘書室にいた人たちが、会話の一部を耳にしていたという話だったが――」

「ハ、ハ、ハロルド！」

たしかに音楽が大きく鳴り響いていたかもしれないが、ハーマンがすわったまま身をぎくりとさせたのも当然と思える調子の声だった。ふりかえると、赤毛と両目に燃えさかる炎が目に飛びこんできた。カレン・ローガンがわたしたちのいるテラスよりも下のダンスフロア――二メートルと離れていない場所――に立って、鉄をもどろどろに溶かしそうな怒りの視線を手すりごしにわたしたちにむけていた。

「いったいなにをしてるの？」ローガンは問いかけた。

「カレン……」クレップは自分がトラブルにはまりこんだことを悟っていた。

「まさか正気をなくしたの？」ローガンはいった。「それにあなたは……」と、今度はわたしを見つめて、「大事なことを教えてあげましょうか？　ハロルドには妻子がいるのよ。そのハロルドがこの店であなたと会って話をしていたとなったら、会社を馘になるわ。そうなれば、あなたの責任よ」

ハーマンの顔を見れば、〝ドアをあけてこの山猫を店に入れるのを許したのは、どこのだれなんだ？〟と考えていることは見てとれた。

「酒を楽しんでいただけだよ」わたしはローガンにいった。「よかったら、いっしょにどうだい？」

ローガンは殺意のこもった目をわたしにむけた。

「そろそろ帰らないと。では、失礼――」クレップはそういうと、ハーマンのほうに身を滑らせた。ハーマンが立ちあがって、クレップを通してやった。

ローガンはテラスに通じている階段の下に移動して、降りてくるクレップを待ちかまえていた。ついでふたりで肩をならべて歩きはじめたが、そのときにはふりかえって、わたしにいま一度だけ殺意のみなぎる視線を送りつけてきた。

「ちょっと待っててくれ」わたしはハーマンをテーブルに残して、ふたりを追いかけた。ようやくカレン・ローガンが群衆のあいだを通りぬけているところに追いつき、その腕をつかむ。ローガンはふりかえると、わたしの手を乱暴にふりほどいた。クレップは気づいていないようで、そのままドアにむかって歩いていた。

ローガンはダンスフロアに立ったまま、わたしを殴りたくてたまらないと語っている目をむけていた。

「クレップは、わたしがここに来ることを知らなかったんだ」わたしはいった。「わたしのほうは、背景調査に深くのめりこんでいるところでね」

「それはけっこう。知ってる？　ハヴリッツはよくこの店に来るのよ。ただでさえハロルドのキャリアは、細い糸一本でぶらさがってる状態。それなのにあなたと話をしている現場をハヴリッツに見られたら、ハロルドは一巻のおわりね。いい人なのよ。ハロルドが職をうしなうところは見たくないし、わるくすれば業界の爪はじきになるかもしれない。とても狭い世界なんだから」ローガンはいった。「お願いだから、あの人を裁判の被告側証人に呼んだりしないといって！」

「万一知らないといけないのでいっておけば、わたしの依頼人の生命も細い糸一本でぶらさがっている状態だ。だから、守れないかもしれない約束はできないな」

「あの人はあなたになにを話したの？」

「なにも話してない」

「ハロルドは、イーガンのあとを継ぐ仕事で、さんざん苦労させられてるのよ。上司のイーガンが死んだあとも、チャプマンがあの人にそのまま引き継がせて仕事をさせることをしなかったから。チャプマンは権力マニアだった。こういったことなら、どれも機密情報にはあたらないと思うわ」

チャプマンとサッツの電話での怒鳴りあいの一件は、あえて話に出さなかった。チャプマンの門番をつとめていたのだから、カレン・ローガンは前からそのことを知っていたのだろう。クレップが最初にその話を仕入れた先も、ローガンかもしれなかった。

「では、これからどうするつもりなのかを話そう」わたしはいった。「まずクレップと会話の機会をもったことについては、いっさい他言をしない。また避けられるものであれば——つまり、わたしが求めている情報がほかの場所で得られたのなら——クレップを証人として喚問することもしないよ」

ローガンの目のまわりの表情が、わずかにやわらいだ。「じゃ、あの人のことはそっとしておいてくれる？」

「できるものなら。さて、いずれきみとふたりで酒を飲む機会が……あるいは夕食がてら飲む機会がどれくらいあるだろうか？　どこか静かなところ、人に邪魔されないようなところで」

「わたしがなにか話すと思っているのなら、それはまちがいよ」ローガンはいった。「こっちは証拠の食物連鎖を上にたどっているだけだから、責められるいわれはないと思うな」わたしはいった。

ローガンは人に魔法をかけつつ、内心の困惑をあらわにしているような笑みをのぞかせた。

「あなたがハロルドのことをそっとしておくのなら、あの人のご家族もそれをありがたいと思うに決まってる。わたしもおなじ気持ちになるでしょうね」それだけいうと、ローガンはきびすを返して歩き去った。

ハーマンがわたしの背後から近づいてきた。すでにウェイトレスに話をつけて、勘定書きにサインをすませていた。

「これはつまり、ハロルドとのバスケットボール観戦ツアーの話がなくなったと、そういうことだな?」ハーマンはいった。

15

ジェラルド・サッツ元大将は、どこからどう見てもプライバシーをきわめて大切に守る人物だった。というのも、ルイスの裁判に被告側証人として出廷するようにという召喚状をこれまで三回にわたって送達しようとしたが、ことごとく失敗したのだ。ハリーはワシントンの令状送達屋に電話をかけ、さらに送達の努力をつづけるように指示した。

そしてきょうの午前中、わたしは先延ばしにしてきたあげく――というのも証拠を通じて、もっと確固たる材料をつかめないかという期待があってのことだったが――二日前から気が重くなっていた会合の席にむかっていた。

バーでの派手なライトショー――というのはハロルド・クレップとの会談のことだが――からすでに二週間が経過していたが、チャプマンとペンタゴンのあいだに深刻な意見の対立があった件については、噂や風評のたぐいこそあれ、確固たる裏づけがひとつもとれていなかった。ワシントン発のふたつの新聞記事、および通信社の配信記事が、軍と政府の複合体の闇の穴にスキャンダルの悪臭を——火山の噴火口から流れる硫黄の臭気を——嗅ぎつけたかのように周辺をつついていたが、これまでのところ観測されたのは熱いガスだけで、炎そのものは見えていなかった。

アイソテニックス社は、わたしたちを完全にシャットアウトしていた——わたしとクレップとの会合以来、会社は固く扉を閉ざしていたのだ。チャプマンとサッツ元大将のあいだの軋轢《あつれき》について新たな光を投げかけてくれるかもしれないという期待のもと、わたしたちは同社の数人の重鎮たちについて、自宅の電話番号をさぐりだそうとした。しかし、カレン・ローガンを含めて全員が番号を非公開にしていた。ハーマンはローガンの自宅住所を調べたが、成果は得られなかった。ふだんなら、借金をかかえたまま行方不明になった債務不履行者の所在であっても、あっという間に住所をさぐりあてる男なのだが……。ハーマンにきいたところ、こんな前例はひとつだけだったとのことだ。カレン・ローガンやハロルド・クレップ、それに同社の重役たちは、政府から高レベルの機密関与資格を与えられているのかもしれない、というのがハーマンの推測だった。アイソテニックス社のソフトウエアの達人や取締役なら、ＩＦＳ関連の文書に手をふれたり情報を目にしたりするのだから、この資格が与えられていることはまちがいなかった。

けさわたしは、いまの気分そのままの珍しい霧雨のなか、駐車場から重い足を引きずって拘置所にむかっていた。さいわい、まだ朝の早い時間だった。正面入口前にいるテレビの撮影クルーはひと組だけだった。クルーたちは、わたしがルイスの接見に来ることを前もって看守のだれかから教えられていたらしかった。

わたしが階段に近づくなり、撮影用ライトがいきなりともり、リポーターがわたしの顔にむかってマイクを突きだしてきた。「話しあいが進行中だというのは本当ですか？　あなたがエミリアーノ・ルイスの命を助けるために、司法取引をまとめようとしているという情報があるんですが？」

わたしはなにもいわずにリポーターの横をすりぬけ、建物一階の拘置所の公共ロビーにむかった。ここでもまた数人のリポーターたちが、メモ帳を片手に待ちかまえていた。おなじ質問がくりかえされた。すでにハリーはテンプルトンが情報をリークしているという噂をききこんでいたが、いまその噂が真実だという確証が得られた。

わたしはブリーフケースとレインコートをX線と係員による検査のためのベルトコンベヤに載せ、エアロック内に足を踏みいれた。抗弾仕様のブース内でモニターの前にすわっている係員には、わたしのすべてが――みだりに他人には見せない部分も含め――ありありと見えていた。背後で電気錠が音をたててロックした。つかのま、わたしはステンレススチールのフレームにはまった二センチ半もの厚みがあるアクリルの窓と扉があるだけで、金属の壁は戦艦の艦橋にあってもおかしくないほど頑丈という、狭苦しい小部屋に閉じこめられていた。ついで正面側の扉の錠前が解錠されて、わたしは内陣へと足を踏みいれていった。

わたしはブリーフケースとコートを手にとると、案内されるまま、ひとりの看守についてエレベーターにむかい、いっしょに上のフロアにあがった。目的のフロアに到着すると、わたしの身柄は別の制服看守の手にゆだねられた。

コンクリートづくりの接見室前にたどりつくと、ルイスがすでにわたしを待っていたことがわかった。室内のテーブルにつき、ドアの窓ごしにわたしに目をむけている。腰の鎖と足を拘束する器具はとりはずされていたが、あいかわらず手錠だけはかけたままだった。

わたしは喫煙者ではないが、きょうはルイスのためにタバコをもってきていた。そのタバコと紙マッチを、ドアの外に立っている看守に見せる。看守はマッチを調べてから、異物の有無を確かめるためにタバコの箱を指で押し、ぎゅっと握りつぶした。

「接見室内でのルイスの喫煙は許可しますが、お帰りになるときにはタバコとマッチをかならずもち帰ってください」看守はわたしにいった。「接見室から連れもどす前には、われわれがルイスの身体検査をします。そのときにマッチが見つかるのは望ましくありません」

かつてはマッチや安物のブタンガスのライターは拘置所内でもありふれた品物だっ

たが、現在では持ちこみが禁止されている。胸ポケットにおさまる小さなプラスティックのライターでも、心得のある者がちっぽけな燃料タンクに点火させる方法を編みだした場合、人命に危害をおよぼす爆発物になるからだ。そのためいまではタバコに火をつけるための道具も、使用や所持は拘置所内の休憩室に限定されており、スタッフによって注意深く監視されている。彼らが推奨するのは小型の電池式ライターだ。郡によっては、拘置所内での喫煙が全面的に禁止されている。

看守がドアをあけ、わたしは接見室にはいっていった。タバコとマッチを投げると、手錠をかけられていてもルイスは空中でその両方をキャッチした。

「うれしいね」ルイスはにっこりと笑った。

最初の接見からすでに数カ月、最近ではルイスもずいぶんとわたしたちに心をひらくようになってきていた。

「今回の接見はあんたからの申し出だ。だから、なにか吉報があるんじゃないかと期待しているんだよ。子どもたちにまた会える件で、なにか知らせは？」

「たぶん来週中には」わたしは答えた。

「それはいい。子どもたちが恋しいんだよ——たまらないほどね」ルイスはいった。

「考えれば妙な話だが」

「というと？」

「こんなふうに閉じこめられていると、考える時間だけはたっぷりある。だから、これまでの人生で感じた後悔のすべてが積みあがっていく気分になるんだ。そのリストの筆頭にあがってくるのが子どもたちのことでね。昔は……海外勤務だったころ……ほかの国に派遣されていた時分には、子どもたちに何カ月も会わないこともあった。ただそのときには忙しかったから、子どもたちのことを考えもしなかったんだろうな。最低の父親といわれても当然だ」

「いや、そんなことはないぞ。息子さんといっしょにいるきみを見たしね」

「リッチー。ああ、そうだな」ルイスは夢を見ているかのように……もっと幸せだった日々と場所に自分で自分を運んでいるかのように微笑んだ。「あいつはいい子だよ。野球がうまいんだ。ずいぶん、いっしょに野球をしたものだ――」と、ここで表情が現在にもどる。「――やつが小さいころの話だけどな」

息子といっしょにいるルイスの姿はすでに見ていた。少年はもうじき十三歳になる十二歳。黒髪に大きな鳶色の目。いちばん傷つきやすい年代に、あまりにも多くの内輪の秘密を見てしまった顔。それでも父親といっしょになると、少年の顔はランプのようにぱっと輝いた。目を見ればわかった。この前家族が接見に訪れ、息子が帰っていったあと、ルイスは――外から見えて数えられる傷痕から判断するかぎり、少なくとも四回は銃で撃たれた経験をもち、さらには戦闘で友人たちが殺されていく場面を見てきたにちがいないこの男は——泣きはじめた。両の頬を涙の粒が伝い落ちているとき、ルイスはわたしがいることに気がついて顔をそむけ、手錠をはめられたままの前腕で顔をごしごしとこすった。ふたたびわたしに顔をむけたとき、ルイスの目は最初に会ったとおりの目、無表情で死んだ目に逆もどりしていた。

「トレイシーは、ここまでやってきておれに会おうとはしなかった。いや、それも無理はないというほかはないな」ルイスはいった。「でも、あいつは子どもたちを連れてきてくれた。そのことに感謝していると伝えてくれ。頼んでもいいな?」

「もちろん」

「忘れるなよ」

「忘れるものか」

トレイシーは、ルイスの前妻だった。離婚はかれこれ六年も前のこと。いまは再婚相手の新しい夫とともに、北のロサンジェルス郡に暮らしている。二週間前、そのトレイシーが事務所に電話をかけてきて、裁判はどうなっているのかを質問してきた。わたしは、その件は話せないと答えた。するとトレイシーは、単刀直入に本題を口にした。ルイスが有罪判決を受けた場合、ふたりの子どもを現在の夫が養子にとることが可能かどうかを知りたい、といった。そこでわたしは、その件についてはほかの弁護士と相談してほしい、わたしは〝利益の衝突〟があってなにも話せないからだ、と答えた。その電話をもらってから、ルイスにこれを伝える勇気をまだ奮い起こせていなかった。

わたしはテーブルの反対側に腰をおろして、ルイスとさしむかいになった。「話しあいの必要があるんだ」

ルイスは目を大きくひらいて、わたしを見つめながら、タバコに火をつけた。

「検察側から提案が出されている」

「司法取引か？」火がついたあともマッチをその場からしばし動かさない。タバコの先端が燃えあがると、ルイスはマッチをふって火を消した。タバコが唇のあいだから垂れていた。

「第一級謀殺罪での有罪答弁をすれば、検察側はいま付帯している特殊情況をとりさげてもいいといってる」

ルイスは顔をクエスチョンマークにしてわたしを見つめ、小さくかぶりをふると、火のついたタバコを口から抜きとった。「話がよくわからない」

「向こうが提示しているのは、仮釈放の可能性なき終身刑だ。この業界では頭文字をとって〝L‐WOP〟と呼ばれている。向こうは極刑の求刑をとりさげてもいいといってる。認めれば、きみは死刑を避けられるぞ」

ルイスはなおもわたしを見つめ、しばし考えをめぐらせたのち、タバコを深々と吸った。「それで……その場合、どのくらい刑務所にいなくちゃならない？」

「話がわかっていないな。言葉どおりの刑だよ。きみは一生、刑務所に閉じこめられる。仮釈放はない。正式釈放日もない。死ぬまで刑務所暮らしだ」

この事実が巨大な岩のようになって、ルイスにのしかかったようだ。これまでルイスは一貫して自分の運命を、黒と白、あるいは闇と光の二分法で考えてきていた。有罪判決をくだされて死刑になるか、そうでなければ無罪と認められて自由の身になる。これまでの数カ月、ルイスには死について考えをめぐらせる時間がたっぷりとあった――振付をほどこされたかのように手順が決まっている、時間のかかる死刑。ストレッチャーに体を固定され、ガラスのパーティションの反対側から証人たちが見まもるなか、機械が毒薬を体内に注入していく。それを思っても、ルイスはまったく動揺していないかに見えた。しかし、仮釈放の可能性なき終身刑となると、死刑とはまったくの別問題のようだ。

「おれがマデリンを殺したと考えているのなら、検察はなぜそんな申し出をする？」

ルイスはたずねた。

「これで、一定の結果を得ることができるからだよ。公判審理にともなう経費と時間を節約できるばかりか、極刑判決が出た場合、その後の上訴にともなうあれこれをすべて省略できる。政治的に見ても、この裁判は大きな賭けだ。検察がしくじった場合

——これだけ世間に注目されている裁判で、きみが無罪放免になった場合——次の選挙で有権者が思い出すような判決になるからね」

もちろん検察側がこんな提案をしてきた背景にはほかの理由もあるのだが、ここですべてを明かしはしなかった。糖衣をかぶせるようにして、巧くごまかすのは本意ではないからだ。どれもこれも、見こみの薄い可能性ばかりだった。わたしたちにはルイスのこれまでの経歴を利用して、被告人ルイスを好意的に見せられる可能性がある。軍務に服していた歳月の長さ、名誉の負傷、そしてこれまでに苦しめられた傷の数々——精神的な傷も含まれるかもしれない——など、ルイスが故国を守るあいだに耐えてきた苦悩の数々。こうした要素は、陪審に被告人を同情の目で見てもらうために役に立つ。さらには被害者が、金で買える高価なおもちゃを残らず所有していた裕福な女だったという事実があった。地区首席検事も、われわれ被告側が死者を裁きにかけようとするほかないことを見ぬいているし、チャプマンの場合、その閉ざされたドアの向こう側には未知の大宇宙が広がっている。過去十年間にチャプマンのやったことであれば、それがどんなことであれ——わたしたちがそれを関連性のある事実というリング上に引っぱりこむことさえできれば——裁判の場で明るみに出されることになる。ルイスが犯人であることに陪審が一抹の疑問をいだくとするなら、おなじ陪審が被害者をどう見るかによっては、検察側主張を道路わきの側溝に落としこむこともできるかもしれない——この文章でいちばん大事な単語は〝かもしれない〟だ。

「おれはどうするべきだと思う?」ルイスは、天井にむかって螺旋を描きながら立ち昇る紫煙ごしにわたしを見つめた。

司法試験に合格すれば、法壇の前に勇躍進みでていくこともできる。判事という黒い法服をまとった神々が投げ落としてくる稲妻をかわすことも、ほかの法律家たちと毎日のように戦うこともできないではない。しかし、わたしがこれまでに会ってきた弁護士全員がもっとも恐れているのは、ルイスのような立場の人間から投げかけられる謎かけともいうべき、この質問にほかならない。

「ここで話題になっているのは、ドルに換算できる損害じゃない」わたしはいった。「公判審理にかけられるのを避けるために、数年ばかり刑務所で暮らすべきかどうかという話でもない。いま話題にしているのは、きみの命なんだ」

「それじゃ、おれの質問への答えになってないな」そう口にするルイスの目には、恐怖は一片も見あたらなかった。ただし、死に無頓着ということではなさそうだった。推し量ってみるに、ルイスはこれまでにも死の問題に直面した経験が一度ならずあるからだろうと思えた。もちろん極刑というレベルではないかもしれない。そしてこの州では極刑は、最上の場合でも時間のかかる拷問のようなプロセスでのろのろとしか進まず、上訴を揺《す》りつぶしていくのだ。しかし、ルイスがこれまでにも自分の命が有限だという事実に深く思いをめぐらせた経験があるばかりか、その思索に時間を注ぎこんできたことには疑いなかった。だからこそ――ヴェールの向こう側の彼岸になにがあるのかは、あいかわらず謎のままだとしても――ルイスには死が恐怖の対象ではなくなっているのだろう。

「とはいうが、あんたにだって意見があるだろう?」ルイスはいった。「死刑のことは忘れてくれ。おれが知りたいのは、もし公判に進んだ場合、検察の主張を負かす確率がどのくらいあるかということだ。あるいは……そう、自由の身になれる可能性が」

この男はすでに心を決めていた。ルイスのような男なら、外に出られるチャンスが金輪際ないとわかった時点で、指から血が出るまで独房の壁をひっかきつづけることだろう。ルイスにとっては、仮釈放の可能性なき終身刑よりも死刑判決のほうがましだし、かりにそんな判決が出ても上訴はしないように思えた。

わたしはルイスにハロルド・クレップと会ったことを話し、チャプマンとサッツ元大将が口論をしていたという噂がある件についても話した。ルイスは、殺される直前の数日間チャプマンが死ぬほど怯えており、その不安を自分に伝えてきた件を考えあわせると辻褄があうと思う、という意見だった。ルイスによれば、これこそチャプマンが記録に残らない形で、しかも距離を置いた身辺警護を自分に依頼してきた理由にちがいない、とのことだった。

「きみには真実を知る権利がある。わたしには、真実を変に飾って話すつもりはないよ」わたしはいった。

「情勢は暗いということかな?」

「アイソテニックス社の塀を破って、チャプマンが殺された当時あの会社でなにが起こっていたのかという点についての証拠を入手しないかぎり、たとえ公判に進んでも、わたしたちはきみの命を賭けてサイコロを投げることになる。いっておけば、これは危険な賭けだ。こんな賭けをするのは愚か者と自暴自棄になった者だけと相場が決まっている」

「つまり、司法取引に応じろといってるのか?」

「わたしがいっているのは、現時点での証拠に照らして考えた場合、きみが無罪放免になる可能性は決して大きくないということだ」

ルイスは口にタバコをくわえたまま、椅子から立ちあがった。ドアの外にいる看守が、接見がおわったのかどうかを確かめるためだろう、ガラスの外から室内をのぞきこんできた。

「やつらは……」ルイスはいったんいいかけてから、考えを頭のなかで整理しなおした。「もし彼らがおれに有罪評決をくだしたとして、それからどうなるんだ? つぎは量刑審理に進むんだろう？　陪審のことだ」

「そのとおり」わたしは答えた。公判手続の進行については、前にもルイスに話したことがあった。

「陪審がおれを死刑にしないと決めたら、その先は？」

「第一級謀殺罪での有罪評決だった場合、仮釈放の可能性なき終身刑が科されることになる」

「ひとつだけ約束してくれ。そんなことにはさせないと、そう約束してほしい」

「そんな約束をするのは無理だ」

「してくれなくちゃ困る」

わたしは頭を左右にふって深々と息を吸い、ルイスをまっすぐに見つめた。「わたしはきみの弁護士であって、死刑執行人じゃない。そんな約束はできないんだよ」

「一生、死ぬまで牢屋に閉じこめられるくらいなら、いっそ死んだほうがいい」

「その気持ちはわかる」わたしがしばし黙っているあいだ、ルイスは二歩ずつ行ったり来たりして歩いていた――接見室ではそれが精いっぱいの歩数だった。「では、メッセージを先方に伝えておくよ。きみが司法取引の申し出を拒んだというメッセージをね」

わたしに見えていたのは、背中をむけているルイスがゆっくりと頭をうなずかせているその動きだけだった。

できることなら慰めたかったし、暗い面ばかりに考えをむけてはいけないといってやりたかった。しかしいまはなにをいっても、言葉が安っぽく、しかも恩着せがましく響くだけだろう。ルイスはいろいろな意味あいで〝壊れた〟男だった——あまりにも多くのものを見てきたし、さらに——わたしの見立てがまちがっていなければ——命の薄いへりに指をかけてぶらさがっているだけの状態で、あまりにも長く生きてきた男でもあった。

平均的な人間には、ルイスの態度が不謹慎に感じられもするだろうし、死に直面していながらも無頓着になっているように思われたり、あまりにも軽薄な姿勢だと受けとられることも考えられる。陪審のことが心配だった——公判の法廷で陪審がルイスを、やはりそんなふうに受けとめるのではないかと思うと不安でもあった。

このところの接見のおりにタバコの煙という靄ごしにルイスを見ていると、この男の新しい側面を、それもこれまでよりも大きな部分、深く思索をめぐらせる部分を見ているような気分にさせられた——それはまた、叔父にまつわる暗い顔の思い出でもあった。子ども時代に見たイーヴォ叔父の顔、朝鮮半島から帰国したあとの過去にとり憑かれた日々を送っていた叔父の顔の記憶がおりおりに脳裡に閃いた。人好きのする楽しげな昔の人物の、ヴェールをかぶせられて色褪せた残像を思い出すこともあった――それは叔父がその目で見て耐えなくてはならなかった暴力によって、内面に埋めこまれてしまった魂そのものだった。ルイスはもっと頑丈な材料でできている人間かもしれないが、こういったストレスの多い場面でその声をきき、その目をのぞきこんでいると、硬質な感情のベニヤ板が剝がれていく前兆ともいうべき、小さな裂け目の輪郭を目にすることができた。ルイスが周辺部からひび割れかけていることも感じとれた。

そしてこうした瞬間にこそ、わたしは本物の痛みを感じた。ふりかえってても、はたしていつ起こったのかは特定できなかったが、初めて顔をあわせてからの数カ月間のどこかの時点で、エミリアーノ・ルイスの公判がわたし自身も充分に認識できなかったほどの恐ろしい重要性をそなえはじめていたのだった。

最近ではこれにくわえて、闇の使者がわたしのもとを訪れるようにもなっていた。彼らが来るのは決まって夜中、娘のセーラがすでに眠りについて、わたしがひとりになったときだ。ひとり残されたわたしは、ルイスに有罪をいいわたしそうな書類――警察の捜査報告書や、州当局作成の法医学的な報告書など――に埋もれていた。なかでもよく目にしていた品がある。軍服や戦闘服姿のルイスをとらえた数枚の写真だ。どの写真でも、顔はげっそりとやつれて汚れていた。写真のルイスは、いずれもおなじように疲労困憊しきったような小人数の男たちと半円をつくって肩を寄せあい、みんなで笑顔をのぞかせている。

理由となると、すでにわが子ども時代の暗い片隅に消えてしまったにちがいないが、夜中の孤独な時間にこの数枚の写真を見ていると、手を伸ばせばさわれそうなほどの恐怖の感覚があった。恐怖はわたしの奥深い核の部分から、不気味な冷たい感覚としてこみあげてきた。自分が麻痺しているようだった。闇の勢力との戦いにはまりこんで逃げられなくなっているかのような感覚、悪魔の死の抱擁を受け、いましも地獄に送りこまれる人々が落ちていく穴のへりに踏みとどまり、悪魔に爪を立てて引っかき、その髪の毛を引き抜こうとしているような感覚。なぜかはわからないがこの試練は、わたしが子どものころには決してしなかった戦いになっていた。説明はできなかったが、エミリアーノ・ルイスは代理——身代わり的な存在——になっており、それがわたしを、イーヴォの魂を救済するための戦いに駆りたてているのだった。

16

きょうの午前中、ハリーとわたしは砲丸なみに大きな発射体をかわしていた。サミュエル・ギルクレスト判事は法壇にすわり、相手方用テーブルについている五人の弁護士をにらみおろしていた。流れるような黒い法服、細長い鷲鼻、そして法廷の天井で金属のバスケットにおさめられた照明の光を浴びて、ぎらぎらと光っている禿げ頭——そんなギルクレストは、翼をもたず頭の禿げた鷹そのものだった。その鷹はいまにもとまり木から舞いおりて、獲物に食らいつくかに見えた。

ギルクレストはすでに、ルイスの公判のあいだは法廷にカメラを入れないという決定をくだしていた。

ハリーは被告側テーブルのわたしの隣の椅子に体をあずけて、深呼吸をくりかえしていた——心理的な過換気症候群だ。

テンプルトンは一時的に検察側テーブルを、マスコミ——全国テレビのケーブル・フランチャイズ局の三つを代表する弁護士たち——の頭脳委員会《ブレイン・トラスト》に明けわたしていた。

どうせ彼らは合衆国憲法修正第一条を楯にして派手に議論を展開するはずだが、なに、いちばん根底にある本音は金だ。エミリアーノ・ルイスの公判——マスコミから〝ダブルタップ殺人〟と呼ばれるようになった事件で、マデリン・チャプマンを殺したとされて起訴された男の裁判——を首尾よくテレビで生中継できれば、数千万ドルの広告収入が見こめるのだ。この事件のニュース価値を押しあげていた要因は、チャプマンが国際的な富豪のひとりであり、被告人と男女の関係にあったと信じられているとかいう、いつしか洩れていた生々しい細部ではなかった。要因となったのは、被害者チャプマンの会社がＩＦＳや、個人のプライバシーと政府による干渉をめぐって議会で目下議論沸騰中の件に深く関与している、という事実のほうだった。

検察側の面々は、判事に食ってかかろうとしていた。

「わたしの裁定はもうきいたはずだよ。答えはノーだ」ギルクレストの声の音量が二デシベルほどあがった。まだ怒りのレベルではなかったが、近づきつつある。

一時間以上にもおよぶ大激論のあいだに出現しなかったのは、たったひとつ——八トンの象に匹敵するラリー・テンプルトンの存在感だけだった。この愛らしい小男は椅子の前の床に置いたブリーフケースをフットストール代わりに両足を載せ、両手の指を組んで後頭部にあてがい、両肘を大きく左右に突きだして椅子によりかかったまま、議論を楽しそうにながめているばかりだった。といっても頭のてっぺんは、背もたれのいちばん上からたっぷり十センチは下にある。それこそ、ハリーとわたしの心配しているポーズ——愛さずにはいられない存在、〝ぼくを家に連れて帰って、ぎゅっとして〟と陪審の前で語っているかのようなポーズ——だった。ギルクレストは六十代なかばだった。力なく垂れた細い肩、ほっそりとした百九十センチの体から、黒いポリエステルが波をつくって流れ落ちていた——その黒い法服は、細い首からはじまって、法壇のいちばん高い場所の裏側に消えている。この男にまつわるすべてが鋭角的だった——鉤鼻の曲がり具合にはじまり、両目の下に大石のように位置している、よく目立つ高い頰骨にいたるまで。顔の骨の奥深くにくぼんでいる両目は、黒い影に隠されて瞳の色がまったく見えなくなっている。

「ミスター・テンプルトン、われわれに参加してくれるのなら、所定の位置にもどってすわってくれるかな。そうすれば、次の議題に移れるのだがね」

判事はそういうと、手をふってうなずき、廷吏に合図を送った。カメラの問題が片づいたので、法廷から人払いをしろという合図だった。次の議題は、公判前の証拠問題だった。これ自体は非公開手続だったが、最終的な裁定とその意義はまちがいなく新聞の第一面と、公判の進行を一分単位で垂れ流しているケーブルテレビにまで滲みだしていくはずだ。

人々が歩いて出口にむかう物音や騒ぎがきこえてきた。あつまっていた暴徒どもがそれぞれの席から立ちあがり、群れながら法廷最後部のドアにむかって歩いていた。

わたしたちと反対側のテーブルでは、弁護士たちがばらばらの書類を巧みにあやつり、それぞれのブリーフケースをつかみあげていた。ひとりは口にペンをくわえ、片手に半分あいたままのブリーフケースを、片手に書類をもっていた。テンプルトンはブリーフケースから足を降ろし、人々に踏みつぶされないよう椅子の上に立つと、眉を両方とも吊りあげて、わたしに笑みをむけてきた。〈退出していく群衆からの脱出〉とでも名づけられるミニチュアのポートレートそのままだ。ハリーのいうとおりだった。テンプルトンは陪審の前で、わたしたちを殺すつもりなのだ。

「次に話しあうべきはビデオテープかな?」ギルクレストがいった。

「そうだと思います、閣下」ハリーはファイルの中身を繰って、わたしたちが用意した書面をさがしていた。

テンプルトンはブリーフケースをぐいっと前に押しやり、肩の高さにまでもちあげてテーブルに載せた。そこにマイク・アーガストが近づいてきた。殺人課の花形刑事のひとり、チャプマン殺害事件の捜査指揮をとった人物だ。証人であり、いずれは証人席に呼ばれるはずであるにもかかわらず、検察側の〝州民代表〟としてこの法廷にすわる権利を与えられているのだ。法廷から検察と被告の双方に箝口令が出される以前には、アーガストの名前が新聞紙上でよく目についたものだ。いまでもテレビのニユース番組でチャプマン殺害事件がとりあげられるときには、この刑事の顔写真や映像が頻繁に登場していた。

「閣下、よろしければ座席面での補助をお願いしたいのですが」

すぐにでも次の議題にとりかかりたかったのだろう、ギルクレストは書類を読んでいたが、その声にぼんやりとした顔をファイルからあげた——火星から来た男と遭遇した人のようだった。「なに？　ああ、そうか。もちろんだとも。ジェリー！」

ギルクレストは、ちょうど法廷後方のドアを施錠していた廷吏を大声で呼んだ。廷吏は法壇に引き返してきた。

「椅子だ」ギルクレストはそう命じると、ふたたびファイルに没頭していきながら、おざなりに動かした手でテンプルトンをさし示した。ここでも手ぶり言語が利用されていた。そもそもこれは、テンプルトンが登場する刑事裁判の法廷ではすでに了解事項になっている。

「ああ、そうでした。すいません」廷吏はキーリングをベルトにかけると、急ぎ足で奥にある判事執務室にむかっていった。数秒後、廷吏は角が丸くなった黒っぽい立方形の品をもって引き返してきた。

郡は、法廷で法律家たちがすわるためのクッションつきでリクライニング機能のある肘かけ椅子専用の器具を開発していた。立方形の木のブロックにクッションを巻きつけて黒っぽい布で覆ったもので、これを椅子の肘かけのあいだに据えれば、テンプルトンをほかの面々とおなじ高さにまでもちあげて、公平な戦いの場を確保することができる。廷吏がこの器具を椅子に置くと、テンプルトンは十八輪の大型トレーラーの運転席にあがるドライバーのように、椅子によじのぼっていった。

「この問題については、それほど多くの時間をとることはないと思う」ギルクレストはいった。「わたしも問題のビデオを見たよ。かつて審理した事件、ポルノグラフィの劣情の刺激という側面と、その埋めあわせになるポルノの社会的価値とが争われた裁判の参考に見たビデオこそ例外だが、これもまたきわめて赤裸々な映像といわざるをえないね」判事がいっているのは、むろんチャプマンのオフィスに仕掛けてあったカメラがとらえた、ソファ上で行為におよんでいる最中のチャプマンとルイスの映像のことだ。「もちろん、わたしには両名がその行為を完遂したのかどうかを立証することはできない。しかし、陪審が独自に結論を出すことは考えられると思う」

「そここそが大事な点です」わたしは立ちあがった。わたしがテンプルトンよりも有利なのは——判事を前にした場合に限定した場合の話——こうやって立ちあがれることだけだった。「問題になっているビデオで証明できるのは、両名が無分別な行為に一回およんだという、その事実だけなのです」

「わたしとしては、マドリアニ弁護人の意見に同意したい心境だね」ギルクレスト判事がいった。

「それは意外なご発言ですな、閣下」反対側のテーブルについているテンプルトンが、いまもまだブリーフケースから書類を抜きだしているさなかではあったものの、一瞬の隙も逃さずに法壇の判事を笑顔で見あげた。「ビデオがそれ自体で語っているではありませんか。これこそ、被告人と被害者の関係を端的に示す最良の証拠です。検察側では、この両者の関係性こそが今回の犯罪の核心であり、そこにこそ本件被告人が被害者を殺害した動機があるものと信じております。ビデオテープは必要欠くべからざる証拠です。そして同時に、この関係性を示すようなほかの証拠に確証を与えるものでもあります」

わたしはその言葉をテンプルトンにお返しした。「閣下、検察側にはほかの証拠がありながら、なぜこのビデオテープが必要なのでしょう？　ビデオの内容は、陪審に強い先入観を与えてしまうものです」

「わたしも同意見です」テンプルトンはいった。「ビデオには、被告人が被害者を殺す動機がはっきりと写っていますからね。被告人は被害者を愛しており、その被害者は被告人との関係を断ったのです」

「そのようなものはビデオには写っておりません、閣下」わたしはいった。

「ひとりずつ発言してくれたまえ」ギルクレストはいった。「マドリアニ弁護人、ビデオの証拠からの排除を求めているのはきみだ。だから、まずきみが発言するように」

わたしはまず、州の証拠法の条文を引きあいに出した。被告人への陪審の心証を著しく害する可能性があり、それゆえ被告人が公平な審理を受けられなくなるおそれがある場合、判事には該当する証拠を陪審から遠ざけておく権限がある、とした法律である。「かたや陪審に先入観をいだかせる可能性、かたや証拠価値。さて、検察側はなにを立証しようとしているのでしょうか？　まずふたりの人間が一定期間のあいだ関係をもっていたこと、ついでその関係があまりにも濃密になり、被告人が理性をなくすほど被害者にのぼせあがった……それももう別れたいといわれたとたん、相手を殺したくなるまでに思慮分別をうしなっていた、ということです。それが検察側の主張です」

「さらにくわえて、殺害にもちいられた凶器、およびきわめて優秀な射撃能力も立証の対象です」テンプルトンがいった。

ギルクレスト判事はテンプルトンを払いのけた。「いいかげんにしなさい、テンプルトン検事。きみにも発言の機会はあるのだよ」

テンプルトンは黙諾のしるしに法壇にむかって会釈をひとつすると、蝶ネクタイをまっすぐになおした。

「しかしながら、そのビデオの中身で、熱烈な関係が長期間つづいていたことが立証できるのでしょうか？　いいえ。ビデオで立証できるのは、〝ひとときの激情〟とでもいうべき出来ごとがあった、それだけです。殺人の動機ではありません。またそのような内容の映像がスクリーンに映しだされれば、陪審を不快にさせかねないのと同様、被告人には埋めあわせのつかない打撃がもたらされ、結果として公平な審理を受けられなくなるおそれがあります。閣下、陪審に問題のビデオを視聴させれば、彼らの心証が汚染され、被告人に回復不可能な不利益がもたらされるがゆえに、ビデオの内容は証拠から排除されるべきだと考えます」

ギルクレストは、この意見に心が傾いているかどうかのヒントをいっさい見せない顔つきのままいった。「テンプルトン検事。さあ、発言を」

テンプルトンは、どうにかして靴の踵を椅子の座面の前半分に届かせていたらしい。一瞬ののち、座面の上に立ちあがると、皺のよったスーツのスラックスの膝がちょうどテーブルの高さになった。人の目を奪うこと必至の光景だ。

これまでテンプルトンを相手にした裁判の経験がないわたしにとって、これはまったく初めての光景だった。わたしは口をあんぐりとあけていた。ふたたび法壇に目をむける。判事の顔を見れば、わたしが顔にのぞかせていた仰天の表情をとらえていたことは明らかだった。

「わが学識ある同僚氏は、このビデオでは長期間にわたって熱烈な関係がつづいていたことを立証できないといってます」テンプルトンはいった。「弁護人はなにを期待しているのでしょう？　もしや、四夜連続放映のテレビのミニシリーズ番組？　ビデオによって、ふたりが男女の関係にあったことが立証されます。ビデオは一連の証拠の一部であり、証拠は全体として被告人と被害者の関係の長さやその濃密さを立証するものですし、被害者が死にいたったその核心にあるのは、まさしくその関係なのです。テープを欠いてしまっては、検察側の立証ははかりしれないほど弱体化させられるでしょう。われわれの構築した仮説では、両名の関係性が中核をなします。ビデオを排除することは、いわばわたしにとっては――」劇的効果のためにいったん間をおいてから、「――足を切り落とされるようなことです」

テーブルを前にして立ったままのわたしは、隣にすわっているハリーを横目で見おろした。ハリーの顔は、《だからいわんこっちゃない》と語っていた。

「たいへんけっこうな話だね」ギルクレストはいった。「しかし、やはりビデオの内容が心配だよ。いったいどうすれば、あれだけの息づかいや声を陪審に無視させられる？　スクリーンに登場する汗まみれのふたつの肉体はいわずもがなだ。なんといっても、公判のあいだ出廷するのは、その肉体のもちぬしのうち片方だけなのだからね」

ギルクレストは、法廷弁護士出身でいまは黒い法服をまとう身分になった者たちのうちでは、最上の部類にはいる男だった。

「それは、こうした場合にはつきものでしょう」テンプルトンはいった。「事実はあくまでも事実。ビデオに記録されているのは、ふたりがやったことです」

「しかし、ビデオに記録されているのは殺害行為ではないね」ギルクレストがいった。

「被告人が性交で被害者を死にいたらしめたのでもないかぎりは」

「もちろんそんなことはありませんし、また検察はそんなことを主張してもいませんよ」テンプルトンは笑った。「しかし、ビデオは検察側主張にとって、しだいに重みを増していく証拠の一部です。欠くべからざる証拠です」

「そして同時に、かなりの先入観を招きかねない――」

ギルクレストは――もう被告側の主張は充分にきいたといいたげに――片手をあげてわたしの発言をさえぎり、テンプルトンにたずねた。「つきつめれば、検察側にはビデオの内容と同等のものを提出する用意があるのか、ということになるね。つまり、そういうことなのだろう?」

「お言葉ですが、閣下、問題のビデオと同等の証拠などは存在しません」テンプルトンは答えた。

「もしわたしが陪審の心証を汚染しようという目的をいだいていたら、きみに同意するだろうな」ギルクレストはいった。「わたしの記憶が正しければ、ビデオの途中で登場してくる若い女性がいたではないか。わたしの目は——まちがいなく、きみと同様に——両名の行為に釘づけだったが、それでも女性が赤毛だったことにまちがいはないと思うよ」

わたしは女性の名前を口にした。「カレン・ローガンです、閣下」

「ありがとう。では記録のために——ミズ・ローガンだ。よほど目がわるくないかぎり、ミズ・ローガンは部屋でなにが進行中だったかを見ているはずだね」判事はいった。

「被告側は、ミズ・ローガンになにを見たのかを証言させることを要求いたします」わたしはいった。

「当然の要求だな」判事はいった。「あのビデオを見たあとならね。ミズ・ローガンの証言は可能だな?」判事は強盗が銃をつきつけるように、この質問をテンプルトンにつきつけた。

「わかりかねます」テンプルトンは答えた。「ミズ・ローガンにその目的で証言させることは考えておりませんでしたので」

「だったら考えるべきだろうね」ギルクレスト判事はいった。

「閣下……」テンプルトンは、裁定をくだす前になんとか判事を押しとどめようとした。

「では、ミズ・ローガンあてに召喚令状を出し、送達しておくように」判事はいった。

「さて、次の議題は?」

「つまり、ビデオは排除ということですか?」テンプルトンはいった。

「そのとおりだ」

「閣下、検察側は異議を申し立てます」

「当然だな。さて、話を進めよう」

これこそ、わたしが望んでいたことだった――ギルクレストはわたしたちにとって、相手との立場を公平にしてくれる存在である。

それから午前中いっぱいかけて、わたしたちは公判前申立ての審理をつづけていった。大半が瑣末な問題だった。いくつかはわたしたちが勝ち、いくつかで負けるうちに正午直前になって、テンプルトンが残っている議題については証人と外部弁護士の同席が必要になる、といいだした。しかも彼らが来るのは午後になるという。

ギルクレストは昼休みをはさむことにした。ハリーとわたしは昼食をとりに外に出た。

裁判所から三ブロック離れたところに、〈マック〉という油汚れだらけの小さなサンドイッチの店があった。大きなオフィスビルに左右をはさまれた狭い隙間に詰めこまれた、壁の穴のような店である。公判で出廷しているあいだは、ハリーとここに来る習慣だった。一方の壁にそって小さなテーブル席が四つあり、反対の壁にはカウンター席、両者のあいだの通路といえばひとりの人間が歩くのがやっとの狭さだ。ここはまた、裁判所で大声を張りあげれば声が届く近さにありながら、話を盗みぎきされる心配のない数少ない店のひとつだった。ときおり廷吏や書記官がテイクアウトを買いにくることこそあれ、裁判所関係者がたむろできるだけのテーブルも空間もなかった。テーブル席が満席だと、ハリーとわたしは外のベンチに腰かけてサンドイッチを食べた。これがサンディエゴのすてきなところだ――雨の心配はめったに必要ないし、人々が雪を蹴散らしてアジアから陸地づたいにアメリカ大陸に来ていた時代を最後に、雪が降ったこともなかった。

この日はちょっとだけ時間が早かったこともあって、わたしたち以外の客といえば、すぐあとから店にはいってきた男――黒っぽいトレンチコートを着て、その下のシャツにネクタイを締めていた――ひとりだけだった。

店の売り物はサンドイッチだが、足しげく通ってメニューにはない特別料理があることを知った常連客が相手なら、店主のマックは――時間は数分ほど余分にかかるが――絶品のシーザーズサラダをつくってくれる。ハリーはバーベキュー・ビーフとタオル――これはスーツに飛んだソースを拭くためだ――を注文したのち、店の奥の閉まっていた扉をあけて洗面所にむかった。

わたしはレジ脇に積んであった新聞をかきまわして、朝刊の第一セクションを掘りだしてからテーブル席を確保した。

マデリン・チャプマンとその〝ダブルタップ殺人事件〟は、一面の折り目から下のかなり分量のある記事で報じられていた。リードと、それにつづく記事冒頭の数パラグラフでは、社員数でわが国最大の企業のひとつであるアイソテニックス社が今回の公判に引きこまれるかもしれないという推測がなされていた。オフィスを訪ねたあの日、わたしが顧問弁護士たちに手ずから送達した文書提出令状のことで、ハヴリッツとその一味が不安を感じているという話を、どうやら功名心に長けた記者がききこんだようだ。さらにハリーとわたしが〈ソフトウエア・シティ〉のファイルキャビネットになんとしても手を伸ばそうとして努力しているという事実が、地元経済の予言者諸氏に少なからぬ不安をかもしだしていた。一般の国民なら、公判にIFS問題を引きずりこむのもおもしろく思えるだろうが、地元新聞はその後の影響を心配していた。政府のプロジェクトが中止になれば、この郡の多くの住民たち——経済を活発化させている新聞の定期購読者たちにして、アパレル製品のバーゲンの全面広告を出す根拠になっている人々——が人員整理の対象になることも考えられるからだ。

「ダイエットコークをもらおうか」

新聞のページのいちばん上からさらに目をあげると、トレンチコートの男がカウンターにいるのが見えた。

「うしろの冷蔵庫にはいってるよ。缶だ」マックは忙しく卵を割ってはステンレスのボウルに入れ、レモンジュースをくわえて、金属の泡だて器でかきまぜはじめた。

内側のページにつづいていた記事を最下段まで読みおえるころ、背後にある店の入口のドアベルが鳴った。わたしはといえば、ハリーがトイレに落ちてしまったのではないかと心配になりはじめた。

冷蔵庫の前に立っていた客が、わたしのほうを見ていた。「コークを飲むか?」

一瞬、わたしにたずねかけているのかと思ったが、すぐに男がいましがた店にはいってきた連れに話しかけているのだとわかった。

「いや、いらない」

二ページにもどって見出しに目を通しているあいだ、ドアから近づいてきていた足音がわたしのすわっているテーブルの真横でぴたりととまった。男が足をとめたのは、カウンターの上の壁に貼りだしてあるメニューを見るためだったのだろう。つづいて、こういった場合に決まって襲ってくるあの感覚、第六感が発する例の感覚が襲ってきた。……ちがう、この男はわたしを見ている……という感覚だった。

わたしが顔をあげると同時に、男はカウンター席の椅子をつかんで、テーブルの通路側に引き寄せてきた。

「すわってもかわまないか?」男はそういったが、椅子にはすわらなかった。椅子をまわして背をテーブルにむけると、座面に片足を載せる。

「友だちを待ってるんだ。もうじきもどってくるよ」わたしはいった。

「なに、話はすぐにすむ」男はいった。「あんたに話をしたいだけだ——悲しい出来事が起こる前に注意しておこうと思ってね。ちょっと心配なんだよ。あんたがあっちの裁判所でやってる仕事が、変な横道にそれてるんじゃないかとね。はっきりいえば、そんなことをしても依頼人のためにはならん。さらにいえば、それがあんた自身にふりかかる火の粉にもなりかねないな」

男は身長百九十五センチ、ことによったら二メートルにもなる大男で、肩ときたらラインバッカーなみだった。黒い髪の毛は短く刈りこまれていたが、スポーツ刈りというにはわずかに長かった。男は大型のサングラスをかけていた。まっすぐなメタルフレームで、つるの耳にかかる部分だけが透明なプラスティックになっている。灰色のレンズごしに見えた瞳で判断するかぎり、いまこの男は穴があくほどわたしをじっと見つめているようだった。

「きみが心配している〝裁判所でやってる仕事〟とは、具体的にはなにを指すのか教えてもらえるかな?」

「なんの話かはわかっているはずだぞ」

「あいにく、わからないな」

「だったら、手はじめに……」男はわたしの手から新聞をひったくった——親指と人さし指のあいだに、引き裂かれた新聞記事の小さな紙片だけが残った。男は椅子にかけた片足に体重をあずけて新聞を閉じ、一面を表に出すと、今度は小さな長方形に折りたたみはじめた。

男がそうしているあいだ、わたしは自分の膝のすぐ近くにある男の足を観察していた。靴のサイズは三十センチを越えているにちがいない。ゴム底の頑丈なコンバットブーツは、椅子の座面の奥ゆきを完全にカバーするだけの大きさがあった。ブーツのハイトップが見えているのは、灰色のポリエステルのスラックスの裾がずりあがっているからで、スラックスは黒いタートルネックや青いブレザーと調和しているとはいいがたかった。

新聞を折りたたむと、男は身をかがめてわたしの顔に顔を近づけてきた——わが個人空間に侵略し、それこそ息を吐けば口臭が嗅ぎとれるほどの近さにまで。

「おれが話しているのはこのことだよ」

男は折りたたんだ新聞を、右手の二本の指でわたしの胸に押しつけてきた。ぶあつい紙ごしでも、なぜか男はわたしの胸郭の下をつついて、横隔膜のなにかのスイッチを押していた。瞬時にわたしは苦しくなって、息をととのえようとした。強烈な痛みに襲われながらも動くことができなかった。体が麻痺しているかのようだった。

「いいか、一回しかいわないからよくきけ」男はさらに身をかがめ、顔をわたしの顔のすぐ前にまで近づけていた。「おまえは立ち入るべきでない場所を嗅ぎまわってる。あちこちに紙っきれを送りつけて、そもそもたずねてはいけない質問の答えを求めてるんだ」

男は手をひっこめて、折りたたんだ新聞をテーブルのわたしの前に置いた。

わたしは空気を求めてあえいだ。

テーブル上のきつく四角に折りたたまれた新聞は、ルイスの公判についての見出しと記事しか見えなくなっていた。男が皺の寄った新聞をとんとんと指で叩くと、布を巻いた材木を金属で叩くような音がした。

「これがおれの話していることだ」男はいった。「きいた話だと、おまえは新聞に出ている話はどれもこれも信じようとしないらしい。しかし、これなら――これなら骨身にしみただろうよ」椅子から足をもちあげて、友人に顔をむけると、「用はすんだみたいだぞ」といって体の向きを変え、出口にむかって歩きはじめた。

男のパートナーがカウンターにコークの勘定書きと代金の小銭を置き、肩をそびやかしてわたしに近づいてきた。トレンチコートがテーブルをかすめた。「前かがみで、頭を膝のあいだに突っこんだほうがいいかもしれないな。そうすれば、気分がずいぶんましになる。あいつがさっきみたいなことをするたびに胸が痛むよ」男はにやりと笑いながら、出口にむかっていった。

　マックはわたしに背中をむけて、ずっとサラダをかきまぜていた。いまの一部始終にはまったく気づかず、どちらの男にも注意をむけていないかのようだった。数秒後、店の玄関の上にとりつけられているベルの鳴る音がきこえた。ついで、ハリーが店の奥からもどってきた。

「時間を食ってすまなかったね」ハリーはテーブルの反対側の椅子を通路にむかって引きだし、腰をおろした。

　わたしはふたたび呼吸ができるようになってはいたが、汗はいまなお顔を伝い落ちていた。

「奥のトイレに行ったら、足の不自由な男が身動きがとれないっていうんだよ」ハリーはいった。「なんでも、イラクで爆弾の破片だかを足に食らったそうだ。で、裏口から自分の車に引きかえそうとしていたんだ。それで、できたら手を貸してほしいといわれてね。こざっぱりした若い男だった。大男でね。手伝うしかないだろう？」

　ということは、彼らは三人組だったのだ——そのうちひとりは、見ず知らずの他人に親切に接する〝よきサマリア人《びと》〟のハリーを足止めする役目だったのである。

（上巻終わり）

◉訳者紹介　白石 朗（しらいし　ろう）
1959年生まれ。早稲田大学第一文学部卒。翻訳家。主な訳書に、マルティニ『重要証人』『裁かれる刑事』『ザ・リスト』（以上、集英社文庫）、グリシャム『法律事務所』『ペリカン文書』（共に小学館文庫）、キング『リーシーの物語』『悪霊の島』（共に文藝春秋）、デミル『アップ・カントリー』『ワイルドファイア』（共に講談社文庫）がある。

策謀の法廷（上）

発行日　2011年2月10日　第1刷

著　者　スティーヴ・マルティニ
訳　者　白石　朗

発行者　久保田榮一
発行所　株式会社 扶桑社
〒105-8070　東京都港区海岸1-15-1
TEL (03)5403-8870（編集）　TEL (03)5403-8859（販売）
http://www.fusosha.co.jp/

印刷・製本　株式会社 廣済堂
万一、乱丁落丁（本の頁の抜け落ちや順序の間違い）のある場合は
扶桑社販売宛にお送りください。送料は小社負担にてお取り替えいたします。

ISBN978-4-594-06350-4 C0197
Printed in Japan（検印省略）
定価はカバーに表示してあります。

扶桑社海外文庫

嵐に舞う花びら(上・下)

ローラ・キンセイル　清水寛子／訳　本体価格各895円

言葉を喪った天才数学者の公爵クリスチャン。彼を献身的に支える敬虔な看護婦マディー。信仰と愛のはざまで揺れる心を描く、激しくも切ない究極の愛の物語。

偽りの一夜は罪の味

コニー・メイスン　中村藤美／訳　本体価格914円

七歳で政略結婚させられたハイランド領主の孫娘クリスティン。夫とは挙式直後別居し十五年が経過した今、その夫を誘惑しなければならない事情が生じた……。

春は嵐の季節

シドニー・クロフト　古関まりん／訳　本体価格933円

動物との会話能力を持つキラ。彼女を守って闘う非情の諜報部員エンダー。二人の決死の逃避行、そして愛の行方とは。大反響のパラノーマル・ロマンス第二弾。

家路を探す鳩のように

リンダ・フランシス・リー　颯田あきら／訳　本体価格933円

十九世紀末のアフリカ・コンゴ。当地で成長したフィニアは父の他界に伴い故国へ帰る車中、美しい男性と出会った。暫く後、故郷ボストンで運命の再会が……。

＊この価格に消費税が入ります。

扶桑社海外文庫

冷たい瞳が燃えるとき
ナリーニ・シン　河井直子／訳　本体価格1048円

超能力者と動物に変身する種族が暮らす世界を舞台としたパラノーマル・ロマンス第二弾。予知能力者フェイスへの愛をかけて、ジャガー＝ヴォーンが走る！

誰にも聞こえない（上・下）
カレン・ローズ　伊勢由比子／訳　本体価格各857円

奇怪な連続殺人の捜査に協力する考古学者ソフィ。刑事のヴィートはソフィを殺人鬼の魔手から守り抜けるのか。RITA賞作家が贈る白熱のラブサスペンス！

セブンデイズ・トリロジー2
今甦る運命の熱い絆
ノーラ・ロバーツ　柿沼瑛子／訳　本体価格952円

繊細な感性を持ちながらも強い芯を内に秘めたレイラ。ヒッピーの両親に育てられながら弁護士になったフォックス。同じ能力を持つ二人が町を襲う災厄と闘う。

誘惑のルール
サブリナ・ジェフリーズ　上中　京／訳　本体価格933円

冒険に憧れる伯爵令嬢アメリアは、魅力的な米軍将校ルーカスと出逢うが、彼には秘密の目的があった……。危険な恋の駆け引きの行方とは。シリーズ第一弾！

＊この価格に消費税が入ります。